W0365293

SCIENCE FICTION

Herausgegeben
von Wolfgang Jeschke

Ein Verzeichnis weiterer
im Heyne-Taschenbuch erschienener Bücher des Autors
finden Sie am Schluß des Bandes

HARRY
HARRISON

Die Stahlratte singt den Blues

Roman

**Achter Band des
STAHLRATTEN-ZYKLUS**

Deutsche Erstausgabe

Aus dem Amerikanischen
übersetzt von
THOMAS SCHLÜCK und
RONALD M. HAHN

WILHELM HEYNE VERLAG
MÜNCHEN

HEYNE SCIENCE FICTION & FANTASY
Band 0605296

Titel der amerikanischen Originalausgabe
THE STAINLESS STEEL RAT SINGS THE BLUES
Deutsche Übersetzung
von Thomas Schlück und Ronald M. Hahn
Das Umschlagbild malte Karel Thole

Redaktion: Wolfgang Jeschke
Copyright © 1994 by Harry Harrison
Erstausgabe by Bantam Hooks / A Division of Bantam Doubleday
Dell Publishing Group, Inc., New York
Copyright © 1995 der deutschen Ausgabe und der Übersetzung by
Wilhelm Heyne Verlag GmbH & Co. KG, München
Printed in Germany 1995
Umschlaggestaltung: Atelier Ingrid Schütz, München
Technische Betreuung: M. Spinola
Satz: Schaber, Satz- und Datentechnik, Wels
Druck und Bindung: Elsnerdruck, Berlin

ISBN 3-453-08556-6

1. KAPITEL

Die Wand hinaufzuschreiten, war schon nicht leicht gewesen. Doch an der Decke entlangzugehen, erwies sich als völlig unmöglich. Bis mir aufging, daß ich die Sache falsch anpackte. Hätte ich eigentlich gleich erkennen können. Wenn ich mich mit den Händen an der Decke festhielt, konnte ich die Füße nicht bewegen. Also schaltete ich die Kontakthandschuhe aus und ließ mich, an den Stiefelschäften hängend, nach unten schwingen. Das Blut strömte mir – kein Wunder – in den Kopf und überflutete mich mit einem Gefühl von Übelkeit und Unbehagen.

Was sollte es eigentlich, hier kopfüber an der Decke des Münzamts zu hängen und auf die Maschine unter mir zu starren, die Fünfhunderttausend-Kredit-Stücke stanzte? Die Münzen fielen klirrend in wartende Körbe. Die Frage war also ziemlich leicht zu beantworten. Wenn ich die Energie in einem Stiefel abschaltete, wäre ich den Münzen beinahe hilflos gefolgt. Mit einem Riesenschritt führte ich den Fuß nach vorn und knallte ihn mit eingeschalteter Bindeenergie fest an die Decke. Ein Generator im Stiefel erzeugte ein Feld aus jener fesselnden Energie, die auch Moleküle zusammenhält, und machte meinen Fuß so zumindest vorübergehend zu einem Teil der Decke. Solange die Energie eingeschaltet war.

Einige weitere Schritte dieser Art brachten mich über die Körbe. Ich versuchte das Schwindelgefühl zu ignorieren, tastete an meiner Hüfte herum und zog die Leine aus der übergroßen Gürtelschnalle. Dann beugte ich mich vor, drückte den am Ende des Seils befindlichen Knopf gegen den Putz und schaltete ein. Das Molebindefeld griff zu, und ich schaltete meine Füße frei. Ich hing pendelnd an dem Seil, nun endlich wieder richtig herum, während mir das Blut aus dem roten Gesicht wich.

»Los, Jim, trödle nicht rum«, ermunterte ich mich. »Jeden Moment muß der Alarm losgehen.«

Wie aufs Stichwort schrillten die Sirenen. Lichter blinkten. Ein gewaltiger Heulton dröhnte durch die Wände. Ich verzichtete darauf, mir vorzuwerfen, daß ich es an sich gleich gewußt hatte. Dazu war keine Zeit. Daumen auf den Schaltknopf, damit die ungeheuer feste, fast unsichtbare Molekularschnur aus der Gürtelschnalle sirrte und mich in schnellem Flug nach unten beförderte. Als meine ausgestreckten Hände zwischen die klirrende Pracht fuhren, hielt ich inne, öffnete meine Aktentasche und zog sie durch die klappernden Münzen, bis sie bis zum Rand voller schimmernder, funkelnder Freudenbringer war.

Ich verschloß das Ding, während der winzige Motor mich summend wieder zur Decke hochzog. Meine Füße berührten die Fläche und fanden Halt; ich schaltete den Heber aus.

Unter mir öffnete sich die Tür.

»Vielleicht ist hier jemand drin!« rief der Wächter und führte seine Waffe im Kreis. »Der Türalarm ist losgegangen.«

»Schon möglich, aber ich sehe nix«, meinte der zweite Wächter.

Die beiden schauten nach unten und überall herum. Nur nicht nach oben. Hoffte ich. Ich spürte, daß mir der Schweiß ins Gesicht hinaufrollte, sich dort sammelte, in die Tiefe fiel.

Entsetzt sah ich, daß die Tropfen dem Wächter auf den Helm klatschten.

»Nächster Raum!« blökte er. Seine Stimme übertönte das leise, feuchte Klatschen. Die beiden stolperten hinaus, die Tür schloß sich. Ich marschierte über die Decke, kroch die Wand hinab und sank erschöpft auf dem Boden zusammen.

»Zehn Sekunden, nicht länger«, ermahnte ich mich. Das Überleben übte ein strenges Regiment. Vielleicht war das, was mir zu Anfang als tolle Idee erschienen war, eigentlich gar nicht so übel, aber im Moment bedauerte ich, die Nachrichtensendung überhaupt gesehen zu haben.

Feierliche Eröffnung der neuen Münzprägeanstalt auf Pasķönjak … Ein Planet, oft auch Münzwelt genannt … Die erste je herausgebene Münze mit einem Nominalwert von einer halben Million Kredit … Würdenträger und Presse eingeladen …

Auf mich hatte es die Wirkung der Startpistole auf einen Sprinter gehabt. Ich hatte losgelegt. Schon eine Woche später hatte ich den Raumhafen von Pasķönjak verlassen, mein Gepäck in der Hand und den gefälschten Presseausweis in der Tasche. Die massenhaft aufmarschierten Truppen und strengen Sicherheitsvorkehrungen hatten mich in meinem Wahnsinn nicht aufhalten können. Die Geräte in meinem Koffer waren von keinem bekannten Prüfapparat aufzuspüren. Er gab unter Strahlung ein völlig falsches Bild seines Inhalts ab. Ich war leichten Schrittes und mit breitem Lächeln aufgetreten.

Nun aber war mein Gesicht aschgrau, und meine Beine zitterten von der Mühe des Aufstehens.

»Tu ruhig und gefaßt, denk unschuldige Gedanken.«

Ich schluckte eine Lässig-Pille, die in ein sofort wirkendes Aufputschmittel getaucht worden war. Einen, zwei, drei Schritte in Richtung Tür – schon rötete sich mein Gesicht vor Stolz. Meine Haltung war edel, mein Gewissen rein.

Ich setzte die ausgeflippte edelsteinbesetzte Brille auf und schaute durch die Tür. Das Ultraschallbild war zwar verschwommen, aber es ließ Gestalten erkennen, die draußen vorbeihuschten. Als sie verschwunden waren, öffnete ich die Tür, trat hinaus und zog sie hinter mir zu.

Der Rest meiner Journalistengruppe wurde von schreienden, waffenschwingenden Uniformierten durch den Korridor getrieben. Ich machte kehrt und marschierte entschlossen in die andere Richtung – und um die Ecke.

Der dort postierte Wächter nahm die Waffe herunter und richtete sie auf meinen Gürtel.

»*La necesejo estas ĉi tie?*« fragte ich und lächelte honigsüß.

»Was ist los? Was tun Sie hier?«

»Ach!« rief ich und schnaubte durch die Nase. »Ziemlich kurzgekommen mit der Bildung, besonders bei Esperanto, wie? Wenn Sie es unbedingt wissen müssen, ich kann Sie auch im vulgären Kauderwelsch dieses Planeten fragen. – Man sagte mir, hier sei irgendwo die Toilette.«

»Nee, Mann nicht hier! Da hinten rum.«

»Sehr freundlich von Ihnen.«

Ich machte kehrt und schlenderte gemächlich durch den Gang. Und schaffte gerade drei Schritte, bis die Wirklichkeit seine behäbigen Synapsen durchwandert hatte.

»Sie da – stehenbleim!«

Ich blieb stehen, drehte mich um und deutete auf eine Stelle hinter ihn. »Da lang?« fragte ich. Der Gasprojektor, den ich ergriffen hatte, als ich ihm den Rücken zuwandte, fauchte kurz. Der Knabe schloß die Augen und sackte zu Boden; als er an mir vorbeifiel, entzog ich seinen schlaffen Händen die Waffe. Legte sie ihm auf die schlafende Brust, da sie mir nichts nützen konnte. Marschierte entschlossen an ihm vorbei und stieß die Tür zur Nottreppe auf. Schloß sie hinter mir und lehnte mich tief durchatmend dagegen. Nahm dann die Karte heraus, die sich in der Pressemappe befunden hatte, und stupste mit dem Finger auf das Symbol für Treppe. Nun also in den Lagerraum hinab … unter mir waren Schritte zu hören.

Hinauf. Auf leisen Sohlen. Der Alarm bedingte, daß ich meinen Plan änderte; ich konnte nun nicht mehr mit den anderen einfach das Gelände verlassen. Fünf, sechs Stockwerke hinauf, bis die Treppe an einer Tür mit den Buchstaben KROV endete. Was in der hiesigen Sprache wohl ›Dach‹ bedeutete.

Ich mußte drei verschiedene Alarmsysteme lahmlegen, ehe ich die Tür aufstoßen und ins Freie huschen konnte. Ringsum das übliche Dachgewirr: Wassertanks, Luftschächte, Aggregate für die Klimaanlage – und ein nicht gerade kleiner Schornstein, der Umweltgifte verströmte. Perfekt.

Es gab ein dumpfes Klirren, als ich alle belastenden Waffen und Werkzeuge in meine Tasche stopfte. Ich drehte die Gürtelschnalle auf und nahm Spule und Motor heraus. Befestigte den Molebindungsstecker der Schnur an der Tasche und ließ sie in den Schornstein hinab. Schließlich langte ich so tief hinein, wie ich konnte, und befestigte den Spulenmechanismus im Innern des schwarzen Rohrs.

Fertig. Ich wollte hier warten, bis die Aufregung sich legte. Gewissermaßen eine Investition, die auf den richtigen Zeitpunkt wartete. Dann wappnete ich mich in meiner Unschuld und marschierte wieder die Treppe hinab ins Erdgeschoß.

Lautlos öffnete und schloß sich die Tür, vor mir stand ein Wächter, zum Greifen nahe. Ich klopfte ihm von hinten auf die Schulter. Er schrie auf, sprang zur Seite, fuhr herum, hob die Waffe.

»Ich wollte Sie nicht erschrecken«, sagte ich überfreundlich. »Ich bin leider von meiner Gruppe getrennt worden. Die Presseleute ...«

»Sergeant, ich hab einen!« brabbelte er in das Mikrofon an seiner Schulter. »Ja, ich, Gefreiter Izmet, Posten elf. Jawoll. Festhalten. Verstanden.« Er richtete seine Waffe auf die Stelle zwischen meinen Augen. »Keine Bewegung!«

»Ich gedenke mich nicht zu bewegen, keine Sorge.«

Ich begutachtete meine Fingernägel, zupfte mir einige Fusseln von der Jacke und pfiff vor mich hin; dabei versuchte ich die schwankende Pistolenmündung zu übersehen. Schließlich erklang Stiefelgetrappel, und eine Einheit stürmte heran, angeführt von einem Sergeanten.

»Guten Tag, Sergeant. Können Sie mir sagen, warum der Soldat mich in Schach hält? Und warum Sie alle mit Waffen auf mich zielen?«

»Schnappt euch seine Tasche, legt ihm Handschellen an. Abführen.« Kein Freund vieler Worte, dieser Sergeant.

Der Fahrstuhl, in den man mich drängte, war auf der den Journalisten ausgehändigten Karte nicht eingezeichnet gewesen. Auch hatte der Plan nicht erkennen lassen, wie viele Stockwerke es noch unterhalb des Erdgeschosses gab – eine Anlage, die sich tief ins Innere des Planeten erstreckte. Ein starker Druck legte sich auf meine Ohren, als wir ihn hinabsanken, etwa so viele Stockwerke, wie man normalerweise in einem Wolkenkratzer aufwärts fährt. Druck legte sich auch auf meinen Magen, als ich erkannte, daß ich mir da wohl mehr eingehandelt hatte, als zu erwarten gewesen war. In irgendeinem unterirdischen Stockwerk wurde ich hinausgestoßen, durch verschlossene, vergitterte Tore geschleust, eins nach dem anderen, bis wir schließlich einen überaus deprimierenden Raum erreichten. Ohne jede Ausstattung, wie es sich gehört, mit greller Beleuchtung und einer Sitzgelegenheit ohne Rückenlehne. Ich seufzte und nahm Platz.

Meine Versuche, ein Gespräch anzufangen, wurden ebenso ignoriert wie mein Presseausweis. Der wurde mir zusammen mit den Schuhen abgenommen – dann folgte der Rest meiner Kleidung. Ich zog den Umhang aus kratzigem Sackleinen über, den man mir gab, ließ mich wieder auf den Schemel fallen und gab mir keine Mühe, stierer zu glotzen als meine Bewacher.

Ich will ehrlich sein – diese Stunden waren eine Art Tiefpunkt, der in dem Maße weiter absackte, wie die Wirkung der Lässig-Pille nachließ. Als meine Moral etwa im tiefsten Keller war, gab der Lautsprecher unverständlich gegurgelte Befehle von sich, und ich wurde durch den Korridor in einen anderen Raum geschafft. Beleuchtung und Stuhl waren identisch – diesmal aber standen sie vor einem Stahltisch mit einem noch stahlhärter wirkenden Offizier. Er deutete auf meine gefilzte Kleidung, Tasche und Schuhe und ließ seinen Blick für sich sprechen.

»Ich bin Colonel Neuredan – und Sie sind in Schwierigkeiten.«

»Behandeln Sie interstellare Journalisten immer so?«

»Sie haben eine falsche Identität angegeben.« Seine Stimme hatte so wenig Wärme, wie zwei sich aneinander reibende Felsen. »Ihre Schuhe enthalten Molebindungs-Projektoren ...«

»Das ist nicht verboten!«

»Auf Paskönjak schon. Hier ist alles verboten, was die Sicherheit der Münze und der hier produzierten Interstellaren Kredite bedroht.«

»Ich habe nichts Unrechtes getan.«

»*Alles*, was Sie getan haben, war unrecht. Sie haben versucht, unser Wachpersonal mit einer falschen Identität zu täuschen; Sie haben einen Wächter betäubt und sind ohne Aufsicht in die Prägeanstalt eingedrungen – dies alles sind nach unseren Gesetzen schwere Verbrechen. Schon die bisher bekannten Taten dürften Ihnen vierzehnmal lebenslänglich einbringen.« Seine ernste Stimme wurde noch ernster. »Aber da gibt es noch Schlimmeres ...«

»Was könnte schlimmer sein als vierzehnmal lebenslang verknackt zu werden?« Obwohl ich mich zu beherrschen versuchte, klang meine Stimme brüchig.

»Der Tod. Das ist die Strafe für Diebstahl aus der Münzanstalt.«

»Ich habe nichts gestohlen!« Nun zitterte meine Stimme eindeutig.

»Das wird sich bald herausstellen. Mit der Entscheidung, Fünfhunderttausend-Kredit-Stücke herzustellen, wurde jede denkbare Vorsorge gegen Diebstahl getroffen. In das Material der Münzen ist ein Transponder eingebaut, der auf einer bestimmten Frequenz auf ein bestimmtes Signal wartet. Der Transponder antwortet und offenbart damit den Aufenthaltsort der Münze.«

»Unsinn«, sagte ich mit mehr Burschikosität, als ich innerlich spürte. »Hier funktioniert das nicht. »Nicht bei all den Münzen, die hier schon hergestellt wurden ...«

»Die aber hinter drei Meter dicken Bleimauern strahlungssicher gelagert werden! Wenn sich irgendwo Münzen befinden, die nicht zu unseren Beständen gehören, wird das Signal ertönen.«

Wie auf ein Stichwort hörte ich in der Ferne eine Glocke läuten. Über das eiserne Gesicht meines Inquisitors huschte ein kaltes Lächeln und verschwand wieder.

»Das Signal«, verkündete er. Unser Schweigen dehnte sich zu langen Sekunden. Bis die Tür aufflog und die hereineilenden Wächter einen mir allzu gut bekannten Beutel auf den Schreibtisch knallten. Der Offizier hob ihn an einem Ende an. Scheppernd ergossen sich die Münzen auf den Tisch.

»So sehen sie also aus. Ich habe noch keine ...«

»Schweigen Sie!« donnerte er mich an. »Diese wurden aus dem Produktionsraum entnommen. Sie hingen im Schornstein der Schmelzanlage. Zusammen mit diesen anderen Gegenständen.«

»Das beweist gar nichts.«

»Es beweist *alles!*« Schlangenhaft schnell ergriff er meine Hände, drückte sie auf eine Platte, die sich auf dem Tisch befand. Sofort erschien in der Luft darüber ein Hologramm meiner Fingerabdrücke.

»Waren Abdrücke auf den Münzen?« fragte er über die Schulter hinweg.

»Viele«, antwortete eine Spektralstimme. Ein Teil der Tischplatte wurde angehoben; darauf lagen Abdrucke, die fotografiert zu sein schienen. Der Offizier betrachtete sie und gönnte mir wieder sein frigides Lächeln, während er die Abdrucke durch einen Schlitz schob. Ein zweites Hologramm erschien neben dem ersten in der Luft, schob sich hinüber und legte sich, den Befehlen seiner Kontrollkonsole folgend, über das erste.

Das Doppelbild flackerte und verschmolz.

»Identisch!« rief er triumphierend. »Sie können mir Ihren Namen nennen, wenn Sie wollen. Damit er auf Ihrem Grabstein richtig geschrieben wird. Aber nur wenn Sie wollen.«

»Was soll das heißen – Grabstein? Und was meinen Sie mit Todesurteil? Nach den galaktischen Gesetzen ist das illegal!«

»Hier unten gilt kein galaktisches Gesetz«, versicherte er, und sein Tonfall ließ an einen Trauermarsch denken. »Hier gibt es nur das Gesetz des Münzamts. Das Urteil ist unumstößlich.«

»Die Verhandlung ...«, sagte ich mit schwacher

Stimme. Vor meinem inneren Auge tanzten Anwälte, Eingaben, Berufungsappelle und Dokumente.

Seine Stimme kannte keine Gnade, seine Lippen verzichteten sogar auf das gelindeste Eisberg-Lächeln.

»Die Strafe auf Diebstahl aus dem Münzamt ist der Tod. Die Verhandlung findet *nach* der Hinrichtung statt.«

2. KAPITEL

Ich bin noch immer jung – aber es sah nicht so aus, als würde ich viel älter werden. Daß ich mich einem verbrecherischen Leben gewidmet hatte, führte nun wohl zu einer weitaus kürzeren Lebensspanne als üblich. Da saß ich nun – und war noch keine zwanzig Jahre alt. Ein Veteran, der in zwei Kriegen gekämpft hatte, der in Gefangenschaft geraten und in den Dienst gepreßt worden war, deprimiert vom Tod meines guten Freundes, des Bischofs, implantiert von Mark Forer, der großen Künstlichen Intelligenz. Sollte dies alles gewesen sein? Hatte ich das Ende der Fahnenstange erreicht? Würde mir das Leben nicht mehr bieten? Es war alles vorbei.

»Niemals!« brüllte ich hinaus, aber die beiden Wächter umfaßten meine Arme nur ein wenig fester und drängten mich den Korridor entlang. Ein dritter bewaffneter Aufpasser ging voraus und entriegelte die Zellentür, während der vierte mir von hinten den Lauf seiner Waffe in die Nieren stieß.

Sie waren gut und gingen kein Risiko ein. Sie waren hochgewachsen und tückisch, ich dagegen war klein und zart von Gebein. Ich schauderte vor Angst und kauerte mich noch mehr zusammen. Sobald die Zellentür offenstand, wandte sich der Mann mit den Schlüsseln zu mir um und öffnete die Handschellen.

Und schnappte nach Luft, als mein Knie ihn am Sack erwischte und rückwärts in die Zelle torkeln ließ. Im gleichen Moment packte ich die beiden neben mir stehenden Wächter an den Handgelenken, legte in einem einfachen zuckenden Energiestoß die Arme kreuzweise übereinander und zog die beiden auf diese Weise heftig gegeneinander, wobei ihre Schädel ein hübsches, dumpfes Dröhnen ertönen ließen. Im gleichen Augenblick hieb ich nach hinten aus – und erwischte den vierten Mann mit dem Hinterkopf auf dem Nasenrücken. Die Dinge passierten ziemlich schnell hintereinander.

Noch vor zwei Sekunden war ich hilflos gefesselt gewesen.

Nun lag ein Wächter außerhalb meines Blickfeldes ächzend in der Zelle. Zwei weitere hielten sich jammernd den Kopf, der dritte betastete seine blutige Nase. Sie hatten nicht damit gerechnet; ich aber sehr wohl.

Ich rannte los. Den Weg zurück, den wir gekommen waren, durch die noch immer geöffnete Tür. Heiserzorniges Gebrüll wurde unterbrochen, denn ich knallte den Durchgang zu, ließ das Schloß einschnappen. Die dicke Türfüllung erbebte unter dem Aufprall massiger Körper.

»Hab dich!« rief eine siegesgewisse Stimme. Rauhe Hände packten mich. Wie hätte er auch wissen können, daß ich ein Träger des Schwarzen Gürtels war. Er fand es auf die unangenehmste Weise heraus.

Schon lag er einfach nur da, die Augen geschlossen, flach atmend, und erhob keine Einwände, als ich ihm Uniform und Waffen abzunehmen begann. Er dankte mir auch nicht, als ich die Robe aus Sackleinen über seine bleiche Gestalt drapierte und seine schwarzen Spitzenhöschen vor neugierigen Blicken schützte. Seine Sachen paßten mir nicht schlecht. Aber leider auch nicht gut, die Mütze rutschte mir über die Augen. Es mußte für den Augenblick reichen.

Drei Türen führten aus dem Raum heraus. Eine hatte ich verriegelt; sie erdröhnte und wackelte im Rahmen;

durch die danebenliegende Tür waren wir ursprünglich gekommen. Es bedurfte keiner sonderlichen Intelligenz, um die dritte Tür mit dem Schlüssel des bewußtlosen Wächters zu öffnen.

Sie führte in einen Vorratsraum. Dunkle Regale, angefüllt mit namenlosen Gegenständen, erstreckten sich in die Unendlichkeit. Nicht gerade vielversprechend – aber ich konnte nicht wählerisch sein. Mit einem riesigen Satz kehrte ich zur Eingangstür zurück, schloß und riß sie auf und stürzte mich dann in vollem Lauf in den Vorratsraum. Als ich die letzte Tür hinter mir zuknallte, blieb mir nicht einmal die Zeit, den Schlüssel herumzudrehen, als ein lautes Dröhnen und wütendes Geschrei auch schon anzeigte, daß meine Verfolger die Sperre endlich beseitigt hatten.

Die Irreführung würde nicht lange dauern. An den Regalen entlanglaufen? Hier ein Versteck suchen? Nein – man würde alles gründlich durchhecheln. Eine Tür auf der anderen Seite, von innen verriegelt. Ich öffnete sie einen Spalt und schaute in den dahinterliegenden leeren Raum. Machte auf und trat hinaus.

Und blieb stocksteif stehen, als ich die Wächter entdeckte, die sich an die Wand gepreßt hatten und Waffen auf mich richteten.

»Erschießt ihn!« befahl Colonel Neuredan.

»Ich bin unbewaffnet!« Ich riß die Hände in die Luft, und meine Waffe glitt über den Boden. Finger zuckten am Abzug – es war alles aus.

»Nicht schießen! Ich will ihn lebend! Jedenfalls im Moment.«

Ich blieb starr stehen und atmete erst weiter, als die Finger sich von den Abzügen lösten. Schaute empor und entdeckte sofort die Überwachungswanze in der Mitte der Decke. Davon gab's wohl in jedem Raum eine, und auch im Korridor. Man hatte mich die ganze Zeit beobachtet. Alles für die Affen, Jim. Der Colonel knirschte entsetzlich mit den Zähnen und zeigte energisch mit dem Finger auf mich.

»Ergreift ihn! Fesselt ihn! Bringt ihn zu mir!«

Seine Befehle wurden mit gnadenloser Tüchtigkeit in die Tat umgesetzt. Meine Zehen schleiften über den Boden, als ich zur Zelle zurückgebracht wurde. Dort entkleidete man mich brutal, warf mich auf den Boden und den schwarzen Sack über mich. Dann fiel die Tür dröhnend ins Schloß, und ich war allein. Sehr allein.

»Kopf hoch, Jim, du bist schon in schlimmerer Lage gewesen«, säuselte ich lächelnd. Und fauchte: »Wann?«

Wieder total am Boden zerstört. Mein in die Hose gegangener Fluchtversuch hatte mir außer Prellungen nichts eingebracht.

»So kann es doch nicht zu Ende gehen!« brüllte ich. »Das kann doch nicht alles gewesen sein!«

»Es kann – und wird«, meldete sich die Grabesstimme des Colonels, als die Zellentür erneut aufging. Ein Dutzend Waffen war auf mich gerichtet, während ein Wächter ein Tablett mit einer Flasche Champagner und ein einzelnes Glas hereinbrachte.

Ich schaute ungläubig zu, als er den Korken herausruckelte. Ein leiser Knall, dann strömte die goldene Flüssigkeit ins Glas. Er reichte es mir.

»Was soll das, was soll das?« murmelte ich und starrte mit aufgerissenen Augen auf die emporsteigenden Luftbläschen.

»Ihr Henkerstrunk«, sagte Neuredan. »Und eine Zigarette?«

Er zog eine aus einer Packung, zündete sie an und hielt sie mir hin. Ich schüttelte den Kopf. »Ich rauche nicht.« Er trat die Zigarette mit dem Schuhabsatz aus. »Und überhaupt, *ich* habe weder Champagner noch Zigaretten bestellt!«

»O doch. Der letzte Wunsch ist gesetzlich vorgeschrieben. Trinken Sie aus.«

Ich trank. Das Zeug schmeckte ganz gut. Ich rülpste und gab ihm das Glas zurück. »Füllen Sie nach!« Ich mußte Zeit gewinnen, ich mußte nachdenken. Ich schaute zwar zu, als der perlende Wein eingeschenkt wurde, doch mein Gehirn war matt und leer. »Sie haben mir noch nichts über die … Hinrichtung erzählt.«

»Wollen Sie's wirklich wissen?«

»Eigentlich nicht.«

»Dann erzähl ich's Ihnen besonders gern. Ich versichere Ihnen, es hat lange Diskussionen über die korrekte Methode gegeben. Man dachte an ein Erschießungskommando, den elektrischen Stuhl, Giftgas. Als das Gesetz diskutiert wurde, hat man ernsthaft etliche Möglichkeiten erwogen. Aber sie alle setzen voraus, daß jemand einen Hebel oder Abzug betätigt, was für diesen Jemand nicht human wäre.«

»Human! Und was ist mit dem Delinquenten?«

»Der ist doch absolut unwichtig. Sein Tod ist beschlossen und wird baldmöglichst stattfinden. Und zwar folgendermaßen: Man wird Sie in eine versiegelte Kammer schaffen und dort anketten. Der Eingang wird verschlossen. Anschließend wird eine automatische Vorrichtung, die Ihre Körperwärme aktiviert, den Raum überfluten. Körperwärme ist immer da, stets eingeschaltet. Somit sind Sie für Ihre Hinrichtung selbst verantwortlich. Na, ist das nicht sehr human?«

»Es soll human sein, jemanden zu ersäufen? Seit wann denn das?«

»Vielleicht ist es auch nicht human. Aber man wird Ihnen eine Pistole mit einer einzigen Kugel geben. Wenn Sie wollen, können Sie auch Selbstmord begehen.«

Ich öffnete den Mund, um ihm zu verdeutlichen, was ich von der Humanität einer solchen Justiz hielt, wurde aber, ehe ich etwas sagen konnte, von zahlreichen Händen ergriffen und vorwärts gezerrt. Das Glas wurde mir entrissen – und ich fortgeschleppt. Tief hinab in einen feuchten Raum, mit feuchtschimmernden, moosbedeckten Wänden. Eine Schelle wurde mir ums Fußgelenk gelegt; sie war durch eine Kette mit der Wand verbunden. Meine Häscher gingen, nur der Colonel blieb zurück und faßte an den Bedienungshebel der dicken, zweifellos wasserdichten Tür.

Er setzte ein Siegergrinsen auf, bückte sich und legte eine antike Pistole auf den Boden. Als ich mich auf sie warf, klappte die Tür zu und schloß sich mit einem letzten Dröhnen.

War dies wirklich das Ende? Ich drehte die Pistole in den Händen und sah die einzelne Patrone matt schimmern. Das Ende von Jim diGriz, das Ende der Edelstahlratte, das Ende von allem.

Aus der Ferne war dumpf das Öffnen eines Ventils zu hören. Gleich darauf ergoß sich aus einem dicken Rohr in der Decke kaltes Wasser über mich. Gurgelnd und plätschernd breitete es sich aus, stieg mir schnell bis an die Knöchel. Als es meine Hüften erreichte, hob ich die Waffe und schaute sie an. Die Auswahl war nicht sonderlich attraktiv. Gleichmäßig stieg der Wasserpegel an. Bedeckte meine Brust, erreichte mein Kinn. Ich schauderte.

Dann wurde der Wasserstrahl unterbrochen. In der kalten Flüssigkeit fing ich unkontrolliert an zu zittern. Das Licht der wasserdichten Lampe zeigte mir Steinmauern und dunkles Wasser, weiter nichts.

»Was spielt ihr herum, ihr *bastardacoj!*« brüllte ich. »Soll vor dem humanen Mord noch ein bißchen humane Folter stattfinden?«

Gleich darauf erhielt ich die Antwort. Der Wasserspiegel fing an zu sinken.

»Ich hatte recht – ihr Folterknechte!« schrie ich. »Zuerst Folter – dann Mord. Und ihr nennt euch zivilisiert? Warum tut ihr das?«

Der Rest des Wassers verschwand gurgelnd im Abfluß, und langsam ging die Tür auf. Ich richtete die Pistole auf sie. Das Ertrinken hätte mir nichts mehr ausgemacht, wenn ich den kretinoiden Colonel oder den sadistischen Sergeanten mit in den Tod hätte nehmen können.

In der halb offenen Tür erschien etwas Dunkles. Die Waffe dröhnte auf, die Kugel bohrte sich hinein. Eine Aktentasche.

»Nicht schießen!« rief eine männliche Stimme. »Ich bin Ihr Verteidiger!«

»Ihnen kann nichts passieren, er hat nur eine Kugel«, sagte der Colonel.

Zögernd kam die Aktentasche über die Schwelle; sie ruhte in der Hand eines grauhaarigen Mannes. Er trug den goldpunktierten und diamantenverzierten schwarzen Anzug, den alle galaktischen Anwälte tragen.

»Ich bin Ihr Pflichtverteidiger, Pederasis Narcoses.«

»Was soll mir das nützen – wenn der Prozeß erst nach der Hinrichtung stattfindet?«

»Nichts. Aber so steht es nun mal im Gesetz. Ich muß mit Ihnen sprechen, damit ich beim Verfahren Ihre Verteidigung wahrnehmen kann.«

»Das ist der reinste Wahnsinn – ich bin dann doch längst tot!«

»Das ist richtig. Aber so steht es im Gesetz.« Er wandte sich dem Colonel zu. »Ich muß mit meinem Mandanten allein sprechen. So ist es ebenfalls vorgeschrieben.«

»Sie haben zehn Minuten, nicht mehr.«

»Das reicht. Lassen Sie meinen Assistenten in fünf Minuten herein. Er hat die Gerichtsakten und das Testament.«

Dumpf fiel die Tür ins Schloß, und Narcoses öffnete seine Aktentasche und nahm eine Plastikflasche heraus. In ihr schwappte eine grünliche Flüssigkeit. Er drehte den Verschluß ab und reichte sie mir.

»Trinken Sie sie leer. Ich halte so lange die Waffe.«

Ich gab ihm die Waffe, nahm die Flasche, roch daran und hustete. »Scheußlich. – Warum sollte ich das trinken?«

»Weil ich es Ihnen sage. Es ist lebenswichtig, Sie haben keine andere Wahl.«

Womit er recht hatte – was machte es aus? Ich kippte das Zeug hinunter. Der Champagner hatte weitaus besser geschmeckt.

»Und jetzt die Erklärung«, sagte er, machte die Flasche wieder zu und verstaute sie in seiner Tasche. »Sie haben gerade ein Dreißig-Tage-Gift getrunken. Es handelt sich um einen computergemischten Komplex aus Toxinen, die zwar im Augenblick neutral sind, Sie aber, wenn Sie kein Gegenmittel erhalten, in genau dreißig Tagen auf schreckliche Weise tötet. Es stammt ebenfalls aus dem Computer und läßt sich nicht nachmachen.«

Er sprang gelenkig zurück, als ich mich auf ihn stürzen wollte. Leider reichte die Kette meiner Fußfessel nicht bis an ihn heran. Meine Finger krampften sich dicht vor seinem Hals wirkungslos zusammen.

»Wenn Sie mit der Herumkrallerei aufhören, könnte ich Ihnen das alles erklären«, fuhr Narcoses mit einer erschöpften Miene fort, laut der all dies nichts Neues für ihn war. Hatte er so etwas schon öfter getan? Ich verschränkte die Arme und trat zurück.

»So ist es viel besser. Ich bin zwar als Anwalt auf diesem Planeten zugelassen, doch gleichzeitig arbeite ich als Repräsentant der Galaktischen Liga.«

»Wunderbar. Die Psakönjakianer wollen mich ersäufen, und Sie wollen mich vergiften. Ich hatte gedacht, ich lebe in einer Galaxis des Friedens!«

»Sie verschwenden nur unsere Zeit. Ich bin gekommen, um Sie zu befreien – unter bestimmten Voraussetzungen. Die Liga braucht einen Verbrecher. Einen geschickten und zuverlässigen Verbrecher. Was eigentlich nicht zusammenpaßt. Ihr fast erfolgreicher Diebstahl beweist Ihre kriminellen Fähigkeiten. Das Gift stellt Ihre Zuverlässigkeit sicher. Kann ich davon ausgehen, daß Sie mitmachen? Im mindesten Fall verlängert sich Ihr Leben um dreißig Tage.«

»Ja, klar, ich bin dabei! – Als ob ich 'ne Wahl hätte.«

»Sie haben keine.« Er schaute auf die Uhr, die in seinen kleinen Fingernagel eingelassen war, und trat zur Seite, um der sich öffnenden Tür Platz zu machen. Ein rundlicher, bärtiger Jüngling trat ein. Er hielt einen Stapel Papiere in der Hand.

»Ausgezeichnet«, sagte Narcoses. »Sie haben das Testament?« Der junge Man nickte. Die Tür wurde wieder geschlossen und versiegelt.

»Fünf Minuten«, sagte Narcoses.

Der Neuankömmling öffnete einen Reißverschluß an seinem einteiligen Anzug. Dabei klappte nicht nur der Anzug zurück, sondern auch eine Menge – Fleisch. Der Anzug war dick gepolstert. Der Mann war gar nicht rundlich gebaut, sondern hager und muskulös, wie ich. Als er den falschen Bart abnahm, ging mir auf, daß er mir sogar sehr ähnlich sah. Nervös blinzelnd starrte ich in mein eigenes Gesicht.

»Nur noch vier Minuten, diGriz. Ziehen Sie den Anzug an. Ich mache Ihnen den Bart fest.«

Der gut gebaute, gutaussehende Fremde zog die Robe über, die ich zu Boden gleiten ließ. Trat zur Seite, als Narcoses einen Schlüssel aus der Tasche nahm, sich bückte und die Fessel an meinem Fußgelenk öffnete. Er reichte sie dem anderen, der sich gelassen bückte und das Metall an seinem Bein festmachte.

»Warum … warum tun Sie das?« fragte ich den Burschen.

Er schwieg, beugte sich nur vor, um die Waffe an sich zu nehmen.

»Ich brauche eine neue Patrone«, sagte er – mit meiner Stimme.

»Der Colonel wird Sie Ihnen zur Verfügung stellen«, antwortete Narcoses.

Im nächsten Moment fiel bei mir der Groschen. »Sie haben mich eben diGriz genannt. Sie kennen meinen Namen!«

»Ich weiß noch viel mehr über Sie«, antwortete er und drückte Bart und Schnurrbart an meinem Gesicht fest. »Nehmen Sie diese Papiere. Folgen Sie mir durch die Tür. Halten Sie die Klappe.«

All dies tat ich nur zu gern. Mit einem letzten Blick auf mein gefangenes Ich trabte ich in die Freiheit hinaus.

3. KAPITEL

Ich trottete hinter Narcoses her, hielt mich an den Papieren fest und versuchte bärtig und dick zu erscheinen. Die Wächter ignorierten uns; sadistisch-fasziniert beobachteten sie, wie einer der ihren erneut die wasserdichte Tür schloß.

»Moment«, sagte der Colonel, klappte eine kleine Schachtel auf und entnahm ihr eine Patrone. Als ich vorbeikam, hob er den Blick und starrte mir direkt ins Gesicht. Der Schweiß perlte mir aus den Poren. Der kurze Blick schien eine ganze Stunde zu dauern. Dann setzte er seine Drehung fort.

»Nochmal öffnen, Sie Idiot!« rief er dem Wächter zu. »Ich lade die Waffe, dann machen Sie die Tür zu. Und danach ist diese Sache ein- für allemal ausgestanden.«

Wir bogen um eine Ecke, und die unsägliche Gruppe verschwand aus unserem Blickfeld. Wie befohlen blieb ich stumm, während ich dem Anwalt durch zahlreiche bewachte Portale in einen Fahrstuhl folgte, schließlich wieder hinaus und durch eine letzte Tür – wir hatten das Münzamt verlassen! Ich gab ein erleichtertes Seufzen von mir, als wir den waffenstarrenden Wächter passierten und auf den wartenden Bodenwagen zugingen.

»Ich ...«

»Schnauze! In den Wagen. Sprechen Sie mich im Büro auf eine Gehaltserhöhung an – erst dann.«

Narcoses schien Dinge zu wissen, die mir unbekannt waren. Detektoren in den Zierbäumen, an denen wir vorbeikamen? Akustische Mikrofone, die uns belauerten? Mir ging auf, daß mein sorgfältig geplantes Verbrechen seit dem Augenblick, da ich es mir ausgedacht hatte, zum katastrophalen Scheitern verurteilt gewesen war.

Der Fahrer war stumm wie ein Grab – und in etwa ebenso sympathisch. Ich sah die Gebäude vorübergleiten. Schließlich erreichten wir die Außenbezirke der Stadt. In einem bewaldeten Vorort erreichten wir ein kleines Gebäude, dessen Tor sich, anscheinend ohne menschliches Zutun, öffnete und hinter uns wieder schloß. Ebenso die Innentür, auf der in geschmackvollen, edelsteinbesetzten Buchstaben die Inschrift *Pederasis Narcoses – Rechtsanwalt* prangte. Der Durchgang schloß sich lautlos, und ich fuhr herum und richtete einen drohenden Finger auf den Mann.

»Sie wußten schon über mich Bescheid, bevor ich auch nur auf diesem Planeten gelandet war!«

»Selbstverständlich. Die Ermittlungen begannen, sobald Ihre falschen Personendaten eingegeben wurden.«

»Und Sie haben in aller Ruhe zugeschaut, wie ich meine Tat geplant und durchgeführt habe und zum Tode verurteilt wurde – ohne auch nur den Versuch zu machen einzugreifen?«

»Korrekt.«

»Das ist ein Verbrechen! Verbrecherischer als das meine!«

»Eigentlich nicht. Man hätte Sie sowieso aus dem tödlichen Schwimmbecken herausgeholt. Wir wollten nur sehen, wie Sie sich halten.«

»Und wie habe ich abgeschnitten?«

»Sehr gut – für einen jungen Burschen Ihres Alters. Sie haben den Job.«

»Na, prächtig! Aber was ist mit meinem Double – mit dem Burschen, der meinen Platz eingenommen hat?«

»Der Bursche, wie Sie ihn nennen, ist einer der besten und teuersten humanoiden Roboter, die es gibt.

Eine Investition, die nicht ins Leere geht, da der Arzt, der zur Zeit die Leichenöffnung durchführt, von uns bezahlt wird. Die Akte ist abgeschlossen.«

»Prächtig«, seufzte ich und ließ mich kraftlos auf die Couch sinken. »Hören Sie mal, gibt's hier was zu trinken? Es war ein langer Tag. Nichts Hartes, ein Bier wäre genau richtig.«

»Eine großartige Idee. Ich mache mit.«

In einer Wand öffnete sich eine winzige, aber gut sortierte Bar und ließ sich zwei kalte Biere entnehmen. Ich schluckte und schnalzte mit der Zunge.

»Ausgezeichnet. Wenn ich nur dreißig Tage Zeit habe, sollten Sie mir dann nicht sagen, was ich tun soll?«

»Alles zu seiner Zeit«, antwortete er und nahm mir gegenüber Platz. »Captain Varod läßt Sie grüßen. Ich soll Ihnen ausrichten, er hätte genau gewußt, daß Sie gelogen haben, als Sie ihm versprachen, mit der Verbrecherlaufbahn Schluß zu machen.«

»Er hat mich also überwachen lassen?«

»Sie kommen langsam auf den Trichter. Nach diesem letzten verbrecherischen Auftrag für uns werden Sie sich zum ehrlichen Menschen wandeln. Oder ...«

»Und das aus Ihrem Munde!« sagte ich spöttisch und leerte das Glas. »Ein durchtriebener Winkeladvokat, der sein Geld eigentlich dafür erhalten sollte, daß er das Gesetz schützt. Dabei schauen Sie in aller Ruhe zu, wie die Schurken sich hier auf Paskönjak ein Gesetz zurechtzimmern, das Prozesse *nach* der Hinrichtung zuläßt – und dann wollen Sie einen Verbrecher anheuern, um ein Verbrechen zu begehen. So etwas würde ich nicht gerade überzeugend gesetzestreu nennen.«

»Erstens«, sagte er und hob einen Finger, als stehe er vor dem Richter, »haben wir das Geheimgesetz im Münzamt nie offiziell geduldet. Es ist auch noch sehr neu und wurde vom dortigen außerordentlich paranoiden Management geschmiedet. Ihre Verhaftung war überhaupt die erste – und wird die letzte bleiben. Es hat bereits zahlreiche Umbesetzungen gegeben. Zweitens …« – ein weiterer Finger stellte sich neben den ersten – »… hat die Liga zu keiner Zeit Gewalt oder Gesetzlosigkeit unterstützt. Dies ist das erste Mal – als Folge einer ungewöhnlichen Reihe von Umständen. Nach langer Überlegung fiel die Entscheidung, dieses eine Mal auf solchen Wegen das Ziel zu suchen. Und nie wieder.«

»Millionen könnten so etwas glauben«, sagte ich spöttisch-ungläubig. »Ist es nicht an der Zeit, damit herauszurücken, welcher Auftrag auf mich wartet?«

»Nein – denn ich weiß es selbst noch nicht. Ich habe mich gegen das Unternehmen gesperrt und wurde deshalb nicht eingeweiht. Sie erhalten Ihre Instruktionen von Professor Van Diver.«

»Aber was ist mit dem Dreißig-Tage-Gift?«

»Man wird sich mit Ihnen am neunundzwanzigsten Tag in Verbindung setzen.« Er stand auf und ging zur Tür. »Es verstößt gegen meine Prinzipien, Ihnen Glück zu wünschen.«

Dies war sein puritanisch-belehrendes Schlußwort, denn als er den Raum verließ, trat ein älterer Bursche mit weißem Bart und Monokel ein.

»Professor Van Diver, nehme ich an?«

»Richtig«, antwortete er und reichte mir eine feuchte, schlaffe Hand. »Sie müssen der Freiwillige mit dem Decknamen Jim sein, von dem man mir berichtet hat und der mich hier erwarten soll. Sehr nett von Ihnen, diesen Auftrag anzunehmen, den man nur ziemlich kompliziert und schwierig nennen kann.«

»Ach ja«, sagte ich und stellte mich auf seinen trockenen akademischen Tonfall ein. »Besteht vielleicht eine entfernte Möglichkeit, daß ich über die Art dieses Auftrages informiert werde?«

»Selbstverständlich. Ich besitze die erforderliche Vollmacht, Ihnen zusätzliche Informationen hinsichtlich der Vorgeschichte und der tragischen Umstände des Verlustes zukommen zu lassen. Ein weiteres Individuum, das ungenannt bleiben soll, wird die von Ihnen gewünschte Hilfe zur Verfügung stellen. Ich beginne nun mit den Sachverhalten, die vor ein wenig mehr als zwanzig Jahren eintraten ...«

»Ein Bier. Ich muß mich erfrischen. Schlucken Sie mit?«

»Ich entsage allen alkoholischen und koffeinhaltigen Getränken.« Glasig-bedrohlich musterte er mich durch sein Monokel, während ich mir nachschenkte. Ich trank, nahm Platz und bedeutete ihm mit einer Handbewegung, er solle loslegen. Seine Stimme umschwappte mich wie ölige Wellen und löste eine Art Halbschlaf aus, doch machte mich der Inhalt seines Vortrags schnell wieder munter. Er redete zwar viel zu lange und zu umständlich, doch begannen mich die Dinge schnell zu faszinieren.

Eine abgekürzte Version hätte ihm nicht halb so viel Spaß gemacht und überdies nur wenige Minuten gedauert. Kurz, die Galaksia Universitato hatte eine Expedition zu einer angeblichen archäologischen Fundstätte auf eine ferne Welt geschickt – wo man auf ein Artefakt nicht-menschlichen Ursprungs gestoßen war.

»Sie machen Witze«, sagte ich. »Die Menschheit hat in den letzten zweiunddreißigtausend Jahren einen Großteil der Galaxis erkundet, ohne auch nur die Spur einer fremden Rasse zu finden.«

Er schniefte laut. »Ich mache keine ›Witze‹, wie Sie es in Ihren einfachen Begriffen formulieren. Ich verfüge über Bildbeweise; Fotografien, die die Expedition eingeschickt hat. Das Artefakt wurde in einer mindestens eine Million Jahre alten Bodenschicht gefunden und hat keine Entsprechung in irgendeiner Datenbank des bekannten Universums.«

Er zog einen Ausdruck aus der Innentasche und reichte ihn mir. Ich griff zu und schaute darauf, dann drehte ich die Abbildung herum, da sich nicht erkennen ließ, wo oben oder unten war. Ein verdrehter Brocken aus unpassenden Schrägen und Formen. So etwas hatte ich in meinem ganzen Leben noch nicht gesehen.

»Es sieht fremdartig genug aus, um von Aliens zu stammen«, sagte ich schließlich. Da mir vom intensiven Hinschauen allmählich die Augen wehtaten, ließ ich das Bild auf den Tisch fallen. »Was macht das Ding, oder woraus besteht es? Oder wie muß ich fragen?«

»Davon habe ich nicht die geringste Vorstellung, da der Fund der Universität nie überstellt wurde. Sein Transport hierher wurde, wie soll ich sagen, unterbrochen, und wir müssen das Ding unbedingt wieder in unseren Besitz bekommen.«

»Ziemlich laxer Umgang mit dem einzigen außerirdischen Artefakt im Universum!«

»Das steht außerhalb meiner Zuständigkeit und kann von mir nicht beurteilt werden. Aber ich bin ermächtigt, mit größter Eindeutigkeit zu erklären, daß das Gebilde gefunden und zurückgegeben werden muß. Um jeden Preis – welchselbige Summe ich Ihnen auszahlen kann. Offiziere der Galaktischen Liga haben mir versichert, daß Sie, der unbekannte Jim, sich freiwillig gemeldet haben, das Artefakt zu finden und auszuliefern. Man hat mir versichert, daß Sie trotz Ihrer Jugend ein Spezialist in solchen Dingen sind. Ich kann Ihnen nur viel Glück wünschen – und freue mich, Sie wiederzusehen, wenn Sie uns das aushändigen, das wir am meisten begehren.«

Daraufhin machte er seinen Abgang und wurde von einem kahlköpfigen uniformierten Marineoffizier abgelöst. Der Mann schloß die Tür und bedachte mich mit einem stahlharten Blick. Ich stierte zurück.

»Sind Sie derjenige, der mir endlich verraten kann, was hier vorgeht?« fragte ich.

»Ganz recht!« knurrte er. »Eine verdammt törichte Idee – aber die einzige, die zur Zeit zur Diskussion steht. Ich bin Admiral Benbow, Leiter des Liga-Marinegeheimdienstes. Die idiotischen Akademiker haben sich das kostbarste Objekt des Universums durch die Lappen gehen lassen – jetzt müssen wir den Scherbenhaufen durchsuchen und einen neuen Angriff aufs Tor machen.«

Die verwirrend bildhafte Sprache des Admirals war nicht besser als das akademische Professoren-Gedrechsel zuvor. Sollte die klare Ausdrucksweise schon zu den verlorenen Künsten zählen?

»Ich bitte Sie!« forderte ich. »Erzählen Sie mir einfach, was geschehen ist und was ich tun soll.«

»Recht so.« Er ließ sich schwer auf einen Stuhl fallen. »Wenn da Bier ist, nehme ich auch eins. Nein, doch nicht. Einen doppelt... Nein, einen dreistöckigen Whisky. Ohne Eis. Los, los.«

Die Robobar lieferte die Drinks. Er hatte sein Glas geleert, ehe ich das meine zum Mund heben konnte.

»Hören Sie nun zu. Die betreffende Expedition kehrte von einer Ausgrabung zurück, als auf dem Schiff Kommunikationsprobleme auftraten. Um die Navigation besorgt, landete man auf dem nächstbesten Planeten, bei dem es sich unglücklicher- und tragischerweise um Liokukae handelte.«

»Warum unglücklicher- und tragischerweise?«

»Maul halten, zuhören. Wir bekamen die Leute und das Schiff relativ intakt zurück. Doch ohne das Artefakt. Aus bestimmten Gründen sollen wir mehr tun. Deshalb will man Ihre Dienste in Anspruch nehmen.«

Er hustete und wandte den Blick ab. Dann stand er auf und füllte sein Glas nach. Wenn es nicht gänzlich unmöglich gewesen wäre, hätte ich gemeint, der alte Raumhaudegen sei verlegen.

»Sie müssen sich klarmachen, daß unsere Rolle und unser Ziel darin besteht, den galaktischen Frieden zu wahren. Das ist nicht immer möglich. Manchmal treten Individuen und sogar Gruppen auf, die sich unserer Aufmerksamkeit widersetzen. Gewalttätige Typen, manche offenbar unheilbar wahnsinnig. Störrische Querärsche. Obwohl wir uns größte Mühe geben, bleiben sie unseren Segnungen gegenüber immun, übt unsere Hilfe keine Wirkung aus.« Er kippte das Glas bis zur Neige, und ich hatte das Gefühl, daß wir der Wahrheit endlich auf den Grund gingen.

»Da wir sie nicht umlegen dürfen – Ihnen muß klar sein, daß nur höchste Stellen von den Dingen wissen, die ich Ihnen hier offenbare –, sorgen wir gewissermaßen dafür, daß sie ... nun ja, nach Liokukae transportiert werden, um ein Leben zu führen, das ihnen gefällt. Ohne die friedlichen Kulturen der Liga in Gefahr zu bringen ...«

»Eine galaktische Mülldeponie!« entfuhr es mir. »Wo ihr bigotten Heuchler eure Fehlschläge unter den Teppich kehrt! Kein Wunder, daß das alles streng geheim ist.«

»Nun spielen Sie mal nicht den Etepetete-Typen, di-Griz. Ich kenne Ihre Akte – und für mich ist sie höchst anrüchig. Aber wir haben Sie in der Mangel, seit Sie das Dreißig-Tage-Gift getrunken haben – Sie müssen also tun, was ich sage. Nun also zu den schrecklichen Einzelheiten über Liokukae, zu allen Informationen, die wir darüber haben. Anschließend tüfteln Sie einen Plan aus, wie Sie das Ding zurückholen können. Ihnen bleibt nichts anderes übrig.«

»Danke. Welche Mittel stehen mir zur Verfügung?«

»Alle Mittel der Welt. Geld unbegrenzt, jede Menge Unterstützung. Jeder Planet in der Galaxis fördert die Galaksia Universitato. Der Laden hat so viel Zaster, daß die Superreichen dagegen superarm aussehen. Ich möchte, daß Sie diese Leute ausnehmen.«

»Na, da ist mir aus dem Herzen gesprochen! Zum ersten Mal regt sich bei mir so etwas wie Interesse an diesem giftigen Projekt. – Holen Sie die Unterlagen – und etwas zu essen. Mal sehen, was ich tun kann.«

Da gab's nicht viel zu tun, resignierte ich nach stundenlangem Studium der dünnen Akte, während ich einige alte, nach nichts schmeckende Brote hinunterwürgte. Der Admiral saß zusammengesunken in seinem Sessel und schnarchte wie eine Raketendüse. Lösungen boten sich hier und jetzt nicht, also galt es einige Fragen zu stellen. Was mir das Vergnügen verschaffte, ihn aufzuwecken. Ein bißchen Gerüttel führte zum Ziel, und seine bösen roten kleinen Augen stierten in die meinen.

»Sie haben hoffentlich einen guten Grund für die Störung.«

»O ja. Was wissen Sie persönlich über Liokukae?«

»Alles, Sie Dummkopf. Deshalb bin ich hier.«

»Der Laden scheint mir ziemlich gut abgeschirmt zu sein.«

»Ziemlich gut würde ich es nicht nennen. Hermetisch abgeriegelt, bewacht, bepatrouilliert, beobachtet, abgeschlossen, unter Quarantäne gestellt – suchen Sie sich's aus. Nahrungsmittel und Arzneien werden hingeschafft. Nichts kommt heraus.«

»Hat man dort eigene Ärzte?«

»Nein. Es gibt Ärzteteams im Krankenhaus innerhalb der Landestation – und die ist wie eine Festung gebaut. Und ehe Ihnen die Frage in den Sinn kommt – die Antwort ist nein. Das geringe Vertrauen, das zwischen der Marine und den Liokukaern herrscht, dreht sich um medizinische Versorgung. Sie kommen zu uns, und wir behandeln sie. Wenn sie auch nur andeutungsweise vermuten, daß die Medicos in irgendwelche schrägen Züge verwickelt sind, ist es mit dem Vertrauen aus. Krankheiten und Todesseuchen wären die Folge. Das Risiko gehen wir nicht ein.«

»Wenn der Rest der zivilisierten Galaxis keine Ahnung von Liokukae hat – was wissen dann die Leute dort über uns?«

»Alles, nehme ich an. Wir üben keine Zensur aus. Wir lassen sie alle üblichen TV-Unterhaltungskanäle sehen und senden auch Bildungs- und Nachrichtenprogramme. Fernsehempfänger gibt es genug, so daß die Leute sich jede widerwärtige Sendung immer wieder anschauen können. Nach der Devise, daß sie keinen richtigen Ärger machen, wenn es uns gelingt, sie mit dem Fernsehscheiß in Trance zu versetzen.«

»Und es funktioniert?«

»Mag sein. Wir wissen jedenfalls, daß sie unübertroffen sind, was die Verweildauer vor der Glotze angeht.«

»Ach, es werden Erhebungen angestellt?«

»Reden Sie keinen Unsinn. In jedem Fernsehgerät gibt's einen Aufzeichner. Die werden per Satellit abgefragt.«

»Wir haben es hier also mit einem Planeten voller rauflustiger, ränkeschmiedender Fernsehfanatiker zu tun?«

»Mehr oder weniger.«

Ich sprang auf und ließ dabei allerlei trockene Brotkrumen zu Boden rieseln. Ich hob die Fäuste und rief mit lauter Stimme: »Das ist es!«

Benbow blinzelte mich an und runzelte die Stirn. »Was ist was?«

»Die Lösung! Ich habe zwar erst den Ansatz einer Idee – aber sie wird sich auswachsen und unglaubliche

Dimensionen annehmen. Ich werde mal darüber schlafen, und wenn ich aufwache, poliere ich ein bißchen daran herum und arbeite alles aus. Dann verkünde ich Ihnen die Einzelheiten.«

»Was haben Sie vor?«

»Nicht ungeduldig werden. Alles zu seiner Zeit.«

4. KAPITEL

Die Automatenküche brachte noch ein betagt schmeckendes Sandwich und einen Becher lauwarmen, wäßrigen Kakaos hervor. Die Kiste war halb defekt und schlecht eingestellt. Ich kaute und schluckte schlechtgelaunt, dann fand ich noch ein Schlafzimmer unten am Flur. Natürlich mit Klimaanlage – aber das Fenster war nicht verschlossen. Ich öffnete es und roch die kühle Nachtluft. Der Mond stieg auf und gesellte sich zu den drei anderen, die sich da oben bereits herumtummelten. Interessante Schattenspiele. Ein Bein über das Fensterbrett geworfen, ein Sprung in den Garten – im Nu wäre ich weg gewesen, ehe Alarm geschlagen werden konnte.

Und in neunundzwanzig Tagen wäre ich tot. Der kleine Drink, den ich im Gefängnis zu mir genommen hatte, motivierte mich wirklich zu Konzentration und Loyalität. Aber konnte ich in der zur Verfügung stehenden Zeit ein so kompliziertes Ding drehen?

Angesichts der Folgen blieb mir keine andere Wahl. Ich seufzte zitternd, schloß das Fenster und ging zu Bett. Es war ein sehr langer Tag gewesen.

Am nächsten Morgen hatte ich das Schloß der Küchensteuerung geknackt und legte gerade neue Schaltungen, als Admiral Benbow hereinstürmte.

»Dürfte ich in aller Höflichkeit fragen, was Sie da tun, zum Teufel?«

»Sieht man doch – ich will diese Scheißkoch-Apparatur dazu bringen, mir etwas anderes als uralte Käsesandwiches zu servieren. – Na, bitte!«

Ich drückte die Verkleidung zu und gab einen Befehl ein. Sofort erschien ein Becher mit dampfendem Kaffee. Gefolgt von einem dampfenden, saftigen Stachelschweinsandwich. Der Admiral nickte.

»Ich nehme es – besorgen Sie sich ein neues. Und dann schildern Sie mir Ihren Plan.«

Das tat ich. Brummelnd-kauend, mit dem Frühstück beschäftigt.

»Wir werden auf die Berge von Geld zugreifen, die uns zur Verfügung stehen, und ein paar Kredite ausgeben. Zuerst lancieren wir einige Nachrichtenmeldungen. Ich möchte Interviews, Kritiken, Klatschmeldungen und dergleichen – alles über die neue Popgruppe, die in der Galaxis berühmt ist.«

Stirnrunzelnd knurrte er: »Welche Popgruppe denn? Bei Hades, wovon reden Sie?«

»Na, von der planetenstürmenden Hit-Band namens …«

»Ja, namens …?«

»Weiß ich noch nicht. Hab ihn mir noch nicht ausgedacht. Irgendwas Abgehobenes, Einprägsames. Oder Perverses.« Ich lächelte und hob inspiriert einen Finger. »Ich hab's! Die Gruppe heißt … Die Edelstahlratten!«

»Warum denn das?«

»Warum nicht?«

Der Admiral war nicht zufrieden. Sein mürrischer Ausdruck wandelte sich zu offen spöttischer Ablehnung, und er deutete anklagend mit einem Finger auf mich. »Mehr Kaffee. Dann sagen Sie mir, wovon Sie überhaupt reden, oder ich bringe Sie um.«

»Zügeln Sie Ihr Temperament, Admiral. Denken Sie an Ihren Blutdruck. Wovon ich rede? Ich will einen Zugang nach Liokukae finden – zusammen mit allem benötigten Gerät und einigen kräftigen Helfern. Wir werden eine Musikgruppe namens Edelstahlratten gründen …«

»Was für Musiker?«

»Na, zunächst ich – und Sie werden mir die anderen liefern. Sie haben doch gesagt, Sie wären Chef des Marinegeheimdienstes der Liga?«

»Ja. Ja, bin ich ja auch.«

»Dann rufen Sie Ihre Truppen zu Hilfe. Einer Ihrer Techniker soll alle Einsatzagenten überprüfen, alle Dienstgrade, die mal im Einsatz waren, so wie man es in diesem zivilisierten Universum versteht. Die Suche wird ganz einfach, denn wir wollen nur eine einzige Tatsache herausfinden: Hat der Betreffende musikalische Neigungen? Kann er ein Musikinstrument spielen, oder singen, tanzen, pfeifen oder eine Melodie summen? Verschaffen Sie mir die Liste, dann haben wir auch bald unsere Band.«

Er nickte in seinen Kaffee hinein. »Es scheint mir eine gewisse Logik zu haben. Eine Popgruppe aus Geheimagenten. Aber wir brauchen Zeit, um sie zusammenzustellen und zu organisieren. Und zum Proben.«

»Wieso?«

»Na, damit sie gut klingt, Sie Blödel!«

»Wer merkt denn schon den Unterschied? Haben Sie schon mal Country- und Kohlentrimmer-Musik gehört? Oder Aqua Regia und ihre Plutonium-Pflaumen?«

»Eins zu null für Sie. Wir stellen also eine Gruppe zusammen und bringen sie groß heraus, damit man sie auf Liokukae kennt…«

»Und auch ihre Musik…«

»Und mehr davon hören will. In Form einer Tournee. Was unmöglich ist. Der Planet steht unter Quarantäne.«

»Das ist ja das Schöne an meinem Plan, Admiral. Wenn die Publicity ihren Höhepunkt erreicht und der Ruhm der Band bis in den letzten Winkel der Galaxis reicht, begehen die Ratten ein Verbrechen, das so schrecklich ist, daß sie augenblicklich auf den Gefängnisplaneten gebracht werden. Wo man sie mit großer Begeisterung begrüßt. Und ohne jeden Verdacht. Wo wir dann ermitteln und das nicht-menschliche Artefakt finden und zurückholen können, damit ich mein Gegenmittel kriege. Noch etwas. Ehe wir die Show anfahren, brauche ich drei Millionen interstellare Kredite. In frisch hergestellten Münzen aus dieser Prägerei.«

»Nie und nimmer!« fauchte er. »Finanzen gibt's nur auf nachweislichen Bedarf!«

»Sie übersehen das Wesentliche. Es ist meine Gage für das Unternehmen. Die eigentlichen Spesen kommen noch dazu. Entweder Sie blechen, oder …«

»Oder was?«

»Oder ich sterbe in neunundzwanzig Tagen, und die Aktion stirbt ebenfalls. Und Sie haben einen schwarzen Fleck in Ihrer Akte.«

Der Egoismus führte ihn zu einem schnellen Entschluß. »Warum nicht? Diese finanziell überladenen Akademiker können es sich leisten und merken's nicht mal. Ich verschaffe Ihnen die Liste.«

Er löste das Telefon von seinem Gürtel, brüllte eine vielstellige Zahl hinein und blaffte einige knappe Kommandos. Ehe ich meinen Kaffee ausgetrunken hatte, fing der Drucker im Büro an zu summen, und Blätter stapelten sich in der Auslage. Wir arbeiteten sie durch und kreuzten einige vielversprechende Kandidaten an – die dort nicht mit Namen, sondern nur mit Codeziffern verzeichnet waren. Dies getan, gab ich dem Admiral die Liste zurück.

»Wir brauchen vollständige Akten über die Angekreuzten.«

»Es sind geheime, gesperrte Informationen.«

»Und Sie sind Admiral und kommen dran.«

»Ich beschaffe die Akten – und zensiere sie. Kommt

nicht in Frage, daß ich Sie an Details meines Geheimdienstes heranlasse!«

»Ihre Geheimnisse können Sie gern behalten – die sind mir wurscht!« Was natürlich eine freche Lüge war. »Geben Sie den Männern auch noch Codenamen zu den Zahlen, damit Ihre Identität verborgen bleibt. Mich interessieren nur ihre musikalischen Fähigkeiten und ob sie im Einsatz etwas taugen, wenn es hart auf hart geht.«

Die Aktion dauerte. Ich machte einen längeren Dauerlauf, um meine Muskeln zu lockern. Als meine Sachen im Vakuumwascher saubergezappt wurden, duschte ich heiß und dann kalt. Ich nahm mir vor, mehr Kleidung zu kaufen – aber erst nachdem die Aktion in Fahrt gekommen war. Vor der tödlichen Uhr, die die Sekunden zum Untergang abzählte, gab es kein Entrinnen.

»Hier ist die Liste«, sagte der Admiral, als ich sein Büro betrat. »Keine Namen, nur Ziffern. Männliche Agenten tragen die Kennzeichnung A, und ...«

»Darf ich raten? Die Frauen sind B!«

Er knurrte nur, Humor ging ihm völlig ab. Ich blätterte die Liste durch. Magere Ausbeute bei den Frauen, die von B1 bis B4 reichten. Eine Organistin, nein, danke; Harmonika, Tuba – und eine Sängerin.

»Ich brauche ein Photo von B3. Was bedeuten die anderen Eintragungen nach B1? 19T, 908L, und so weiter?«

»Ein Code«, antwortete er, und entriß mir den Bogen. »Jedenfalls ist sie nahkampferfahren, Scharfschützin für Handwaffen und hat sechs Jahre Ernstfallerfahrung. Der Rest geht Sie nichts an.«

»Vielen Dank. Wunderbar, Sie helfen mir wirklich weiter. Ich kann sie bestimmt gebrauchen – aber nicht, wenn sie eine Orgel mit sich herumschleppen muß. Jetzt wollen wir mal die Männerliste durchgehen und die Fotos antanzen lassen. Außer für A19. Kein Foto – den will ich möglichst schnell von Angesicht sehen.«

»Warum?«

»Weil er Schlagzeuger ist und Molekularsynthesizer spielt. Da ich von Musik so gut wie nichts verstehe, wird er mir mein Rüstzeug für diese handverlesene Band verschaffen. A19 zeigt mir, wie es läuft, zeichnet die Stücke auf und arrangierte die Maschinen, die die verschiedenen Nummern spielen. Ich lächle nur und drücke auf die Knöpfe. A propos Maschinen: Verfügt Ihr supergeheimer Dienst auf diesem Planeten über elektronische Reparatureinrichtungen?«

»Das ist geheim.«

»Was unsere Aktion betrifft, ist *alles* geheim. Trotzdem muß ich ein paar elektronische Fummeleien machen können. Hier oder sonstwo. Okay?«

»Man wird Sie einweisen.«

»Gut. Und noch etwas – was ist ein Gastrophon? Was ist ein Dudelsack?«

»Keine Ahnung. Wieso?«

»Weil die hier als musikalische Fähigkeiten oder Instrumente verzeichnet sind oder so. Ich muß Bescheid wissen.«

Geschmiert durch die Kredite der Universität, bedient von den Helfershelfern des Admirals, nahm die Maschinerie meines Plans allmählich Fahrt auf. Die Liga verfügte über einen Außenposten auf diesem Planeten – getarnt als interstellare Reederei –, und hier fand ich eine bestens ausgestattete Werkstatt, denn das Feinste vom Feinsten der Elektronik war gerade gut genug. Die Tatsache, daß man mich uneingeschränkt wirken ließ, konnte nur bedeuten, daß die Anlage vermutlich verschwinden würde, sobald das Unternehmen beendet war. Während die Proben arrangiert wurden, ließ man Agent A19 auf schnellstem Wege antanzen. Noch am gleichen Nachmittag erschien er, ein wenig glasig stierend, auf der Bildfläche.

»Ich kenne Sie nur unter dem Code A19. Könnten Sie mir einen etwas besseren Namen nennen – so für den täglichen Umgang? Muß ja nicht der Ihre sein.«

Er war hochgewachsen und hatte breite Wangenknochen, an denen er rieb, als er sein Gehirn anwarf. »Zach – so heißt mein Cousin. Nennen Sie mich Zach.«

»In Ordnung, Zach. Ihrer Akte zufolge haben Sie allerhand Erfahrung mit Musik.«

»Und ob! Ich habe mich als Mitglied einer Band durchs College gearbeitet. Wir machen immer noch ab und zu einen Auftritt.«

»Dann wird Ihnen gefallen, was ich zu bieten habe. Sie werden sich mit offenem Scheckbuch umtun und den besten, teuersten und komplexesten Haufen elektronischer Instrumente zusammenkaufen, den Sie kriegen können. Die Sachen müssen so kompakt und mikrominiaturisiert sein wie möglich. Ich verkleinere den Kram dann noch weiter, weil wir alles auf dem Rücken schleppen müssen. Was auf diesem Planeten nicht zu finden ist, bestellen Sie aus dem galaktischen Versandhaus. Geben Sie das Geld mit vollen Händen aus! Je mehr, desto besser.«

Musikalische Inbrunst flackerte in seinen Augen. »Echt?«

»Absolut. Erkundigen Sie sich bei Admiral Benbow, der wird alle Ausgaben genehmigen. Los jetzt!«

Er zog ab, und die Einzelgespräche begannen. Ich will einen Schleier des Vergessens vor die widerlicheren Details der nächsten beiden Tage ziehen. Offensichtlich vertrugen sich musikalische Fähigkeiten und Militärdienst so gut wie gar nicht. Ich ackerte herum, und die Liste verkürzte sich sehr schnell. Ich hatte mir eine große Band erhofft – nun schien es eher auf eine winzige Combo hinauszulaufen.

»Das wär's, Admiral«, sagte ich und gab Benbow die kurze Liste. »Wir müssen an Qualität wettmachen, was uns an Quantität fehlt. Die Sache läuft darauf hinaus, daß ich mit diesen drei Pfeifen auf die Bühne muß.«

Er furchte die Stirn. »Sind das denn genug?«

»Muß reichen. Die Abgelehnten mögen großartige Agenten sein, aber was sie an Geräuschen von sich geben, könnte mir jahrelang den Schlaf rauben. Und Alpträume auslösen. Also schnappen Sie sich die Überlebenden und erzählen Sie ihnen von mir und dem Auftrag. Ich treffe mich nach dem Mittagessen mit ihnen im Musikraum.«

Ich stellte gerade Gläser und Flaschen mit erfrischendem Inhalt auf dem Tisch zurecht, als die vier hereinkamen. Im Gleichschritt!

»Erste Lektion!« brüllte ich. »Ihr müßt wie Zivilisten denken. Auch nur ein Hauch von militärischem Gehabe – und wir röcheln zum letzten Mal. Also – hat ihr alle mit dem Admiral gesprochen?« Sie nickten. »Gut, gut. Nickt noch mal, wenn ihr einverstanden seid, Befehle von mir anzunehmen – und von keinem anderen. – Noch besser. Jetzt werde ich euch miteinander bekannt machen. Man hat mir untersagt, eure echten Namen und Dienstränge kennenzulernen, also habe ich mir etwas ausgedacht. Los geht's mit der Neuerschaffung der Welt. Der Mann zu eurer Linken – Codename Zach – ist Berufsmusiker und bringt mir bei, was ich von diesem Job wissen muß. Er wird bei diesem Projekt von größtem Nutzen sein. Ich heiße Jim und werde bald den elektronischen Kram da spielen können und die Gruppe führen. Die junge Dame in eurer Mitte, im Moment als Madonette bekannt, ist ein sehr talentierter Alt, unsere Lead-Sängerin. Applaus, Applaus für sie!«

Zuerst klatschten sie langsam, dann lauter und angeregter, bis ich gebieterisch die Hand hob. Die vier waren ziemlich verkrampft, ich mußte mir noch einiges einfallen lassen, um sie zu lockern. Madonette hatte helle Haut und dunkles Haar; sie war ein großes, kräftiges Mädchen, ziemlich attraktiv. Sie lächelte und winkte den anderen zu.

»Ein guter Anfang, Leute. Nun zu euch anderen: Ihr rundet die Truppe ab, Floyd und Steengo. Floyd ist der große hagere Bursche mit dem falschen Bart – er läßt sich noch einen wachsen, aber wir brauchten schon jetzt etwas für die Publicity-Fotos. Die Wunderhelfer der Struppi-Forschung haben einen antidipilatorisationelles Mittel entwickelt, das den Haarwuchs anregt. In drei Tagen hat er einen schönen Bart. Aber er läßt nicht nur was wachsen, er spielt auch eine Reihe von Blasinstrumenten – wie ihr wißt, eine historische Familie von Musikinstumenten, in die man kräftig reinblasen muß, um Töne zu erzeugen. Er kommt von einem fernen Planeten namens Och'aye, der galaxisweit auch wegen eines anderen großen Sohnes bekannt ist: Angus McSchwein, des Gründers und Inhabers der allgegenwärtigen automatisierten McSchwein-Restaurantkette. Floyd spielt ein Instrument, dessen Herkunft in den Nebeln der Urzeit untergegangen ist und bei dem ich mir manchmal wünsche, es wäre nicht wieder aufgetaucht. – Floyd, eine kurze Kostprobe auf dem Dudelsack, bitte.«

Ich hatte das Ding schon gehört und war daher ein wenig gefaßt, als er den Koffer öffnete und einen Apparat herausnahm, der wie eine riesige, massige Spinne mit vielen schwarzen Beinen aussah. Er schnallte es sich um, puffte es energisch und knetete den Unterleib der Spinne heftigst mit dem Arm. Ich warf einen Blick auf die anderen und bewunderte ihren entsetzten Gesichtsausdruck, als das Geschrei krepierender Tiere den Raum füllte.

»Genug!« brüllte ich, und das letzte geschlachtete Schwein verstummte wimmernd. »Ich weiß noch nicht, ob dieses Instrument bei unseren Auftritten dabei ist – aber Ihr müßt zugeben, daß es Aufmerksamkeit erregt. Als letzten – und auf keinen Fall unwichtigsten – Mann unserer Runde möchte ich Steengo vorstellen, der sich nach Verlassen des aktiven Dienstes mit der Fiedelino angefreundet hat. Bitte eine Demonstration, Steengo.«

Steengo lächelte uns väterlich an und winkte. Er hatte graues Haar und einen ziemlich runden Bauch. Ich hatte mir wegen seines Alters und seiner Fitness Sorgen gemacht, aber der Admiral hatte verstohlen in seine Unterlagen geschaut und mir versichert, Steengo sei bei besonders guter Gesundheit, da er regelmäßig Konditionstraining betriebe. Abgesehen von seiner Neigung zu leichtem Übergewicht sei er für den Einsatz geeignet. Ich zuckte die Achseln – etwas anderes blieb mir auch kaum übrig. Den Akten zufolge hatte Steengo sich dem Instrument nach dem Verlassen des aktiven Dienstes zugewandt; da wir knapp an geeigneten Leuten waren, hatte ich auch die Veteranen abklappern lassen. Er hatte sich sofort bereit erklärt, wieder mitzumachen. Die Fiedelino hatte zwei Hälse und zwanzig Saiten und stieß gezupfte, kratzende Töne aus, die allgemein als fröhlich und angenehm empfunden wurden. Steengo verbeugte sich vor unserem Applaus.

»Das wär's. Damit haben die Edelstahlratten sich kennengelernt. Irgendwelche Fragen?«

»Ja«, meldete sich Madonette, und alle Augen waren auf sie gerichtet. »Was für Musik werden wir spielen?«

»Eine gute Frage – auf die ich eine gute Antwort habe, glaube ich. Wenn man sich mit heutiger Musik befaßt, stößt man auf eine Vielzahl von Rhythmen und Themen. Einiges ist ziemlich unsäglich – zum Beispiel Country und Kohlentrimmer. Andere haben einen gewissen Charme, zum Beispiel die Tschieperinos und ihr Singvogelschwarm. Wir brauchen aber etwas Neues,

Andersartiges. Oder etwas Altes und Andersartiges, nur darf es seit einigen tausend Jahren nicht mehr gespielt worden sein. Damit wir angeregt werden, habe ich die Musikabteilung der Galaksia Universitato auf die ältesten Datenbänke angesetzt. Jahrtausende sind vergangen, seit unsere Musik zuletzt erklang. Eigentlich aus gutem Grund.«

Ich hielt eine Handvoll Aufzeichnungen in die Höhe. »Dies sind die Überlebenden eines strengen Tests, den ich veranstaltet habe. Von jedem Stück, das ich mir länger als fünfzehn Sekunden anhören konnte, habe ich eine Kopie gemacht. Diesen Prozeß werden wir jetzt noch verfeinern. Alles, was wir dreißig Sekunden aushalten, kommt in die zweite Runde.«

Ich schob einen winzigen schwarzen Chip in das Abspielgerät und lehnte mich zurück. Atonaler Musikdonner umhüllte uns, durchstochen von einem Sopran, der wie ein schwangeres Stachelschwein klang. Ich ließ die Aufzeichnung herausschnappen, zermahlte sie unter meinem Schuh und wandte mich der nächsten zu.

Gegen Ende des Nachmittags waren unsere Augen tränenrot, in unseren Ohren dröhnte es, unsere Hirne waren wie abgestorben und ebenfalls von einem Dröhnen erfüllt.

»Reicht das für den Augenblick?« fragte ich überhöflich und erhielt ein vielstimmiges Ächzen zur Antwort. »Also gut. Auf dem Weg hierher ist mir eine Destille namens ›Staub auf die Mandeln‹ aufgefallen. Ich kann nur vermuten, daß es sich bei dem Namen um einen Scherz handelt und man vielmehr den Gästen den Staub von den Mandeln spülen will. Wollen wir sehen, ob es stimmt?«

»Gehen wir!« rief Floyd und führte den Abmarsch an.

»Einen Trinkspruch«, sagte ich, als die Getränke auf

dem Tisch standen. Wir hoben die Gläser. »Auf die Edelstahlratten – auf daß sie lange spielen!«

Die anderen jubelten, tranken und bestellten lachend eine zweite Runde. Es wird bestimmt alles klappen, sagte ich mir.

Wieso war ich dann so deprimiert?

5. KAPITEL

Ich war so deprimiert, weil es wirklich ein echt beknackter Plan war. Es war geplant, die Publicity innerhalb einer Woche rausfegen zu lassen, bis hin zu einigen Musikpreisen – dann mußte das Verbrechen geschehen. In dieser kurzen Zeit mußten wir nicht nur zu ein bißchen Musik kommen; wir mußten das Zeug auch einstudieren und, wenn möglich, eine moderate Handfertigkeit im Umgang mit unseren Instrumenten gewinnen. Tolle Aussichten. Die Zeit war zu knapp. Wir brauchten mehr Unterstützung.

»Madonette, eine Frage.« Aber vorher genehmigte ich mir noch einen Schluck Bier. »Ich muß zugeben, daß ich abgrundtief wenig von der technischen Seite der Musik verstehe. Gibt es jemanden, der die Melodien irgendwie erfindet und dann alles aufschreibt, was die anderen spielen sollen?«

»Du meinst einen Komponisten und einen Arrangeur? Es könnte ein- und derselbe sein. Aber meist ist es besser, die Arbeit zu trennen.«

»Können wir einen oder vielleicht beide heranschaffen? Zach, Sie sind ja fast Profi – fällt Ihnen etwas ein?«

»Dürfte nicht zu schwierig sein. Wir brauchten uns nur an den GAVKUM zu wenden.«

»Gaffke? Wer ist denn das?«

»GAVKUM! Eine Abkürzung für Galaktischer Verband der Komponisten und Musiker. Da es in diesen Berufen ziemlich viele Arbeitslose gibt, müßten wir gute Leute finden können.«

»Einverstanden. Ich werde den Admiral sofort darauf ansetzen.«

»Unmöglich!« knurrte Benbow auf seine gewohnt freundliche Art. »Keine Zivilisten, keine Außenseiter. Die Sache ist durch und durch geheim.«

»Das ist sie noch – aber in sieben Tagen treten wir an die Öffentlichkeit. Wir brauchen nur eine Tarngeschichte. Etwa, daß die Gruppe zusammentritt, um einen Holofilm zu drehen. Oder als Publicity-Gag einer großen Firma. Als wolle McSchwein sein Image ändern und sich zum anspruchsvollen Markt hin öffnen. Daß er statt Ronnie McDonnie und seinen Saufnasen eine Pop-Gruppe für die Werbung engagiert. Aber es muß passieren – und zwar sofort.«

Und das tat es dann auch. Am nächsten Morgen wurde ein schmächtiger, bleicher junger Mann in unser Studio gebracht. Zach flüsterte mir zu: »Das ist Randy Cloyd Schlaebber. Vor zwei Jahren hat er ein Pop-Musical herausgebracht: *'n Wein noch für mich, Angelina*. Seitdem hat er keinen Erfolg mehr.«

»Ich erinnere mich daran. Da geht es doch um die Winzerin, die den Diktator heiratet.«

»Genau.«

»Willkommen, Randy, willkommen«, sagte ich und schüttelte dem Mann die knochige Hand. »Ich heiße Jim und führe hier das Kommando.«

»Tütelü, Mann, tütelü.«

»Ihnen auch ein Tütelü.« Ich erkannte, daß wir wohl noch ein bißchen vom musikalischen Slang der Welt lernen mußten, wenn unser Plan Erfolg haben sollte. »Also – hat man Ihnen unseren Laden erklärt?«

»So lala. 'ne neue Plattenfirma, die 'n Haufen Asche zum Verblitzen hat. Finanziert neue Gruppen, um in Schwung zu kommen.«

»Genau. Sie sind für die Musik zuständig. Ich führe

Ihnen mal vor, was wir haben, Sie können's dann zurechtfeilen.«

Ich überließ ihm einen Kopfhörer und das Abspielgerät: die scheußlichen Kompositionen wollte ich mir nicht noch einmal antun. Er schob die Würfel einen nach dem anderen hinein und wurde dabei, so unmöglich es schien, noch bleicher. Gewissenhaft arbeitete er alle Stücke durch. Er seufzte schließlich tremulös, nahm den Kopfhörer ab und wischte sich die Tränen aus den Augen.

»Wollen Sie meine offene, ehrliche Meinung hören?«

»Ich bitte darum.«

»Also, um Ihnen schonend beizubringen, dieses Zeug ist wirklich der letzte Scheiß. Es ist zum Würgen. Läßt einen glatt implodieren.«

»Können Sie's besser?«

»Meine Katze kann's besser. Und Dreck drüber kratzen.«

»Dann lasse ich Sie hiermit von der Leine. Fangen Sie an!«

Ich konnte nicht viel tun, ehe die Musik geschrieben, einstudiert und aufgezeichnet war. Während alle anderen ihre Instrumente bedienten und sangen, beschränkte sich meine Arbeit darauf, vor jedem Stück den Hebel umzulegen. Woraufhin Zachs Trommeln, Zimbeln, Hörner, Glocken und molekulare Synthesizer-Effekte in voller Zahl und Stärke aus den Lautsprechern dröhnten. Während dies geschah, bediente ich Hebel, die nichts bewirkten, und klimperte auf einer Tastatur, die mit keinem Gerät in Verbindung stand. Während die anderen also die Musik auf den Weg brachten, kümmerte ich mich um die Spezialeffekte.

Dies setzte voraus, daß ich mir Aufzeichnungen aller berühmter Gruppen, Bands und Solokünstler ansah. Manche Stücke waren vergnüglich, andere mehr als schrecklich, alle waren zu laut. Schließlich knipste ich den Sound ab und beobachtete die Laserstrahlen, explodierenden Feuerwerkskörper und körperlichen Verrenkungen. Ich skizzierte herum, brabbelte viel vor mich hin und gab viel vom Geld der Universität aus.

Und baute unglaubliche Mengen komplizierter Schaltungen in bestehende Verstärkeranlagen. Widerstrebend lieferte der Admiral die Extras, die ich forderte, und ich modifizierte alle Geräte in der Werkstatt. Alles in allem eine befriedigende, erfüllende Woche. Ich ließ auch nicht locker, bis der Admiral die versprochene Zahlung von drei Millionen Krediten lockermachte.

»Sehr freundlich«, sagte ich und klimperte mit den sechs schimmernden Fünfhunderttausend-Kredit-Münzen. »Eine anständige Gage für einen anständigen Job.«

»Schaffen Sie die lieber in ein Bankverlies, ehe sie noch irgendwohin verschwinden«, riet er mürrisch.

»Natürlich. Eine gute Idee!«

Eine bemerkenswert dumme Idee. Banken waren zum Ausrauben da, und für Steuerbehörden, die den Dingen auf der Spur bleiben wollten. Als erstes ging ich also in die Werkstatt, wo ich ein bißchen mit Metall bastelte, ehe ich die Münzen einpackte, umhüllte und etikettierte. Dann begab ich mich auf einen Spaziergang, wobei ich all meine nicht unbeträchtlichen Talente einsetzte, um etwaigen Verfolgern des Admirals zu entgehen. Ich riskierte für dieses Geld mein Leben – in mehr als einer Beziehung! Wenn ich lebendig aus der Sache herauskam, sollten die Münzen auf mich warten.

Schließlich erreichte ich ein kleines Postamt auf dem Lande, ein gutes Stück von der Stadt entfernt; meine Wahl war eher zufällig darauf gefallen. Hinter dem Schalter saß ein kurzsichtiger Herr fortgeschrittenen Alters.

»Raumexpreß und außerplanetarisches Wertpaket? Das wird aber nicht billig, junger Mann.«

»Mach nur, Paps, mach nur. Ich hab den Schotter.« Er blinzelte verständnislos, und ich verklarte ihm den Sachverhalt in seiner Sprache: »Die Bezahlung ist kein Problem, guter Mann. Sie müssen mir versichern, daß dies sofort an Professor Van Diver an der Galaksia Universitato geht. Er erwartet diese historischen Dokumente.«

Ich hatte den Professor bereits per Raumfax verständigt, daß ich ihm einige persönliche Dinge schicken würde, die er bitte aufbewahren sollte, bis ich sie abholte. Für den Fall, daß er neugierig wurde, hatte ich den Inhalt in einem gepanzerten Metallkasten versiegelt, den er höchstens mit einem Diamantbohrer aufbekommen hätte, und ich hoffte doch, daß sein Interesse nicht so intensiv sein würde. Mein Paket verschwand auf der Rutsche, und ich kehrte zur Arbeit zurück.

Am Ende des sechsten Tages waren wir alle ziemlich erschöpft. Randy Cloyd Schlaepper hatte zwei Nächte durchgearbeitet und aus dem archaischen Schund Stücke zusammengeschustert. Er hatte sich dabei mit Immerwach-Kaffee aufgeputscht und trug die meiste Zeit kalte Handtücher um den Kopf. Er verstand sich ausgezeichnet aufs Klauen – oder Adaptieren, wie er es nannte. Die Gruppe hatte geübt, Stücke aufgezeichnet und weitergeübt. Ich hatte mich auf Kostüme, Requisiten und Effekte konzentriert und war fast zufrieden.

Nach einer letzten Unterbrechung rief ich meine Truppen zusammen. »Es wird euch freuen zu hören, daß wir nun unseren ersten öffentlichen Auftritt absolvieren.« Diese Ankündigung löste das erwartete Ächzen und klagende Geschrei aus, und ich wartete, bis sich der Lärm gelegt hatte.

»Ich weiß, wie euch zumute ist – mir ist nicht anders. Ich glaube, der Blues *Ganz allein* ist unsere beste Nummer. Das hiesige Personal hat uns bestens unterstützt, und ich finde, die Leute haben verdient zu sehen, was wir geschafft haben. Ich habe so etwa dreißig eingeladen. Sie müßten bald hier sein.«

Wie aufs Stichwort öffneten sich die Türen, und die mißtrauischen Angestellten des öffentlichen Dienstes schlichen herein; jeder trug einen Klappstuhl unter dem Arm. Admiral Benbow führte die Parade an, sein Adjutant schleppte sich mit zwei Stühlen ab. Zach überwachte die Aufstellung und verwandelte unseren riesigen Übungsraum zum ersten Mal in ein Theater. Wir zogen uns auf das Podium zurück, wo ich die große Beleuchtung zurücknahm und einen Spotscheinwerfer auf mich und meine elektronischen Geräte richtete.

»Meine Damen und Herren, liebe Gäste. Wir haben die letzte Woche hart gearbeitet, wofür ich Ihnen im Namen der Edelstahlratten danke.«

Ich bewegte einen Schalter, und meine verstärkte Stimme hallte nach: »Danke, Danke …« Ich zog einen zunehmenden Trommelwirbel hoch, der mit einem Donnerschlag und einigen realistisch aussehenden Blitzeffekten endete. Die aufgerissenen Augen und klaffenden Münder verrieten mir, daß ich mich über die Aufmerksamkeit des Publikums nicht zu beklagen brauchte.

»Als erstes trägt uns unsere melodisch begabte Madonette auf ergreifende Weise das tragisch-einsame – *Ganz allein* vor …«

Schon flammten die farbigen Scheinwerfer auf und offenbarten unsere pink abgesetzten, hautengen Kostüme in ihrer schimmernden Pracht. Unter dem Klang der ersten Akkorde des Melodie-Themas konzentrierten sich die Spots auf Madonette, deren Kostüm mehr Fleisch als Stoff war – was dem Publikum ungemein zu gefallen schien. Nach einem letzten Windfauchen und

Donnergrollen, nach einem letzten Blitzschlag streckte sie dem Publikum die hübschen Arme entgegen und sang:

Hier bin ich – und ganz allein,
Niemand ruft an – kann das denn sein?
Ich schau mich um – und was seh' ich?
Das leere Zimmer und mich – mich – mich.
Mich – mich – mich
Mehr seh ich nich
Bin ganz allein
Nur
ich
ich
ich ...

Hierzu gab es holographisch dargestellte wogende Bäume, Gewitterwolken und andere gespenstische Effekte. Von klagender Musik begleitet wandte sich Madonette dem Rest des Liedes zu.

Ich bin allein im dunklen Haus.
Durchs Fenster schau ich in'n Park hinaus.
Der Sturm tobt schwer, die Bäume wogen
Und vor mir klafft ein Grab ganz kalt.
Zur Flucht sind mir die Füß zu schwer,
Doch weiß ich, sie sind hinter mir her!
Ich sitz und bewein mein Ungemach,
Doch die Sonne steigt auf –
Bringt das Ende der Nacht ...

Zu einem letzten Jaulen und Aufwallen purpurnen Nebels stieg die Sonne majestätisch hinter uns auf, und die Musik klimperte ab.

Die Stille streckte sich endlos – bis sie schließlich von begeistertem Applaus abgelöst wurde.

»Also, Leute«, sagte ich, »sieht aus, als hätten wir's gepackt. Oder wie Randy es ausdrücken würde – alles gelütütütet!«

Am siebenten Tag ruhten wir nicht. Eine letzte Reihe von Proben unterbrach ich nach kurzer Zeit. »Legt euch aufs Ohr. Packt die Koffer. Musik und Requisiten sind reisefertig. Wir schiffen uns um Mitternacht ein. Transport zum Raumflughafen beginnt eine Stunde davor – verspätet euch nicht.«

Erschöpft schlurfte die Mannschaft hinaus. Ihnen entgegen kam der Admiral in den Saal, gefolgt von Zach.

»Dieser Agent teilt mir mit, daß alle Vorbereitungen abgeschlossen und Sie reisefertig sind.« Ich konnte nur nicken.

»Ich wünschte, ich könnte mit«, sagte Zach.

»Du hast alles organisiert – dafür ist dir unser Dank sicher. Jetzt los!«

Er zermalmte mir die Finger mit seinem Händedruck, und die Tür schloß sich hinter ihm.

Das Lächeln des Admirals ließ mich an eine Schlange denken. »Das Rauschgiftdezernat hat sich ein so scheußliches Verbrechen ausgedacht, daß es die sofortige Verbannung nach Liokukae nach sich ziehen muß.«

»Nett – worum handelt es sich?«

»Mißbrauch einer hochentwickelten und teuren Droge, die Bakschisch genannt wird. Sie und die anderen Musiker werden beim Schmuggeln erwischt, außerdem sind Sie süchtig danach. Es gibt eine ärztliche Heilkur dieser Sucht, die den Patienten einige Tage lang an den Rand des Nervenzusammenbruchs bringt. Das dürfte Ihnen Zeit geben, sich umzuschauen, ehe Sie das erste Konzert geben müssen. Die Pressemeldung über Ihre Gefangennahme und die strafrechtliche Einweisung in das Gefängniskrankenhaus für kriminelle Süchtige ist bereits draußen. Die Einwohner Liokukaes werden über Ihr Auftauchen nicht überrascht sein. Irgendwelche Fragen?«

»Eine große. Ist der Kommunikationsweg geregelt?«

»Ja. Das getarnte Funkgerät, das man Ihnen in den Kiefer implantiert hat, kann das Eingangsterminal von jedem Ort des Planeten erreichen. Der Posten wird die ganze Zeit besetzt sein; ein Offizier wird sich sämtliche Kommunikationen anhören. Ihr Bodenkontakt wird Ihnen bestmöglich helfen, ehe Sie den versiegelten Raumhafen verlassen. Dann wird er sich an Bord des Raumkreuzers *Gnadenlos* begeben, der in einer Kreisbahn verweilt, und Ihr Funkgerät von dort aus abhören. Wir können in elf Minuten an jedem Ort des Planeten zuschlagen. Geben Sie das Signal, wenn Sie das Artefakt gefunden haben, dann ist die Raummarine im Nu zur Stelle. Melden Sie sich mindestens einmal am Tag. Geben Sie Standort und bisheriges Ergebnis der Ermittlungen durch.«

»Für den Fall, daß wir hochgehen, und Sie ein zweites Team losschicken müssen?«

»Genau. Sonst noch Fragen?«

»Eine. Wünschen Sie uns Glück?«

»Nein. Daran glaube ich nicht. Schaffen müssen Sie es allein.«

»O ja, danke. Sie haben wirklich ein weiches Herz.«

Er machte kehrt, stapfte davon und ließ die Tür hinter sich zufallen. Erschöpfung überkam mich, gefolgt von einer tiefen Depression. Warum machte ich das alles?

Natürlich um am Leben zu bleiben. Noch zweiundzwanzig Tage, ehe sich für mich der Vorhang nach der letzten Vorstellung senken würde.

6. KAPITEL

Der Überlichtflug mit dem wackeren Schiff *Gnadenlos* war dankenswerterweise nur kurz. Es hatte schon immer schädliche Auswirkungen auf meine Kampfmoral gehabt, von Militaristen umgeben zu sein. Wir hatten einen soliden Probentag, eine miese Mahlzeit, eine gute Nacht Ruhe, und am nächsten Tag folgte eine äußerst nicht-alkoholische Party – denn die Marine war unbarmherzig abstinent. Dann, ein paar Stunden vor der Begegnung mit dem Pendelschiff, gaben die Ärzte uns die Injektionen, die die Nachwirkungen unserer Heilkur simulieren sollten.

Ich glaube, die Heilkur wäre uns lieber gewesen. Ich hatte zwar nichts dagegen, erneut meiner letzten Mahlzeit zu begegnen – sie war ganz schön mies gewesen, und ich würde sie nicht vermissen –, aber das Gezitter und Geschnatter war etwas ganz anderes. Meine vibrierenden und umherstolpernden Musikerkollegen hatten Augäpfel, die so rot waren wie Tomaten. Ich wagte nicht, in den Spiegel zu schauen, aus Angst, was ich dort sehen würde.

Steengo war grau und eingefallen, er sah wie ein Hundertjähriger aus. Ich empfand einen schnellen Anfall von schlechtem Gewissen, weil ich ihn aus dem Ruhestand geholt hatte. Doch das besagte schlechte Gewissen verblaßte, als ich an meine eigenen Probleme dachte.

»Seh ich auch so schlimm aus wie du?« sagte Floyd mit heiserer Stimme. Sein frisch gewachsener Bart klebte schwarz an seiner pergamentenen Haut.

»Ich hoffe nicht«, sagte ich heiser. Madonette streckte den Arm aus und tätschelte meine zitternde Hand. Es kam mir irgendwie mütterlich vor.

»Heute abend ist alles vorbei, Jim. Wart's nur ab.«

Ich fühlte mich aber nicht kindlich, da ich mich immer schneller in sie verknallte, wobei ich hoffte, es gut zu tarnen. Ich brummte etwas vor mich hin und stolperte zum Bug, wo ich mit meinem Jammer allein sein konnte. Aber auch das funktionierte nicht, da der Deckenlautsprecher unheilvoll knisterte und dann das brüllende Organ Admiral Benbows ertönen ließ.

»Achtung! Achtung! Die Angehörigen der Edelstahlratten versammeln sich in zwei Minuten an Ausstiegsluke zwölf. In einer Minute und achtundfünfzig Sekunden. In einer Minute und …!«

Ich stürzte auf den Gang hinaus, um seiner Stimme zu entfleuchen, aber sie folgte mir auf meiner Flucht. Ich war der letzte, der dort ankam, und als ich mich zu den anderen gesellte, hatten sie sich neben unseren Tornistern aufs Deck hingehauen. Plötzlich tauchte der Admiral wie ein Alptraum hinter mir auf und brüllte einen Befehl.

»Achtung! Aufgestanden, ihr Saftsäcke!«

»Niemals!« Ich schrie noch lauter als er, auch wenn meine Stimme dabei brach, und hielt die anderen fest, die im Begriff waren, sich aufzurappeln.

»Sie elender Schleifer! Wir sind Musiker, Zivilisten, medizinisch rehabilitierte Drogensüchtige, und so müssen wir auch fühlen und denken. Irgendwann, wenn wir's überleben, sind einige von uns vielleicht wieder Ihrer militärischen Gnade ausgeliefert. Aber nicht jetzt. Lassen Sie uns in Ruhe und warten Sie meine Meldungen ab.«

Er stieß zwar einen üblen und farbigen Marinefluch aus, hatte aber genug Grips, um auf dem Absatz kehrtzumachen und zu verschwinden. Meine Kollegen ließen mich ächzend hochleben, was dazu führte, daß ich mich etwas weniger schäbig fühlte. Die nachfolgende Stille blieb ungebrochen, wenn man von einem gelegentlichen Röcheln absah. Dann summten in der Ferne Motoren und die innere Schleusentür öffnete sich auf majestätische Weise. Ein zackiger Marineoffizier trat mit einer Schreibunterlage in der Hand heraus.

»Die Landeeinheit für Liokukae?«

»Alle anwesend, und alle krank. Schicken Sie eine Trägerkolonne für unsere Klamotten.«

Er murmelte etwas in sein Reversmikrofon, schob die Hand hinten in sein Koppel und entfaltete ein paar Handschellen. Die er dann prompt um meine Handgelenke legte.

»Watwatwat?!« stieß ich unzusammenhängend hervor und blinzelte die Handschellen an.

»Spiel hier bloß nicht den dicken Max, du Drogenwrack, sonst setzt es was. Mag ja sein, daß du draußen in der Galaxis 'ne große Nummer bist, aber hier bist du nichts anderes als ein gewöhnlicher verknackter Gauner. Dein Gepäck trägst du natürlich selbst. Typen wie ihr kriegt keine Trägerkolonne.«

Ich öffnete den Mund, um ihn verbal zu meucheln. Dann schloß ich ihn wieder. Es war meine Idee gewesen, daß nur ein Minimum an Personal von unserem Unternehmen wußte. Er gehörte allem Anschein nach nicht dazu. Ich rappelte mich ächzend auf, stolperte zur Schleuse und schleifte mein Zeugs hinter mir her. Die anderen folgten mir im gleichen Zustand. Das Orbitalshuttle war schrecklich und freudlos. Die harten Eisensitze ließen, als wir uns niederließen, Klammern um unsere Fußgelenke schnappen; auf dieser Reise war das Tanzen auf dem Gang nicht erlaubt. Wir schauten schweigend zu, als unsere Tornister in einen Lagerbehälter geworfen wurden, dann blickten wir auf den großen Bildschirm auf dem Vorderschott. Ein Haufen

Sterne. Sie rotierten, und der Rumpf der *Gnadenlos* schwamm in unser Blickfeld, wurde kleiner und fiel, als die Triebwerke zündeten, hinter uns zurück. Dann wendete das Shuttle, so daß wir den größer werdenden Globus des Planeten sehen konnten, und man setzte uns der kratzigen und von Störgeräuschen erfüllten Aufzeichnung uralter Marschmusik aus. Doch dann erstarb auch sie und wurde durch eine ekelhaft näselnde Männerstimme ersetzt.

»Achtung! Achtung! Gefangene! Dies ist eine Reise ohne Wiederkehr. Sie haben sich jeglichen Besserungsbemühungen widersetzt, die Sie an das Leben in unserer humanen und friedlichen Gesellschaft angepaßt hätten ...«

»Schieb dir deine Gesellschaft sonstwo hin!« fauchte Steengo und fuhr sich mit den Fingern durch sein graues Haar, vielleicht um zu überprüfen, ob es noch da war. Ich hätte zu seinem Kommentar gern genickt, aber mir tat der Kopf zu weh.

»... haben sich Ihre Lage selbst zuzuschreiben. Nach der Landung werden Sie von bewaffneten Wachen zum Tor der Bodenstation begleitet. Man wird die Beschränkungen entfernen und Ihnen eine Orientierungsbroschüre, eine Feldflasche mit destilliertem Wasser und für eine Woche Nahrungsrationen in Konzentratform aushändigen. Halten Sie in dieser Woche nach kleinen Bäumen Ausschau, die harte Früchte tragen. Man nennt sie Klopsbäume, sie sind eine Nahrungsquelle für jedermann. Ihre Früchte sind ein Ergebnis sorgfältiger Genmutation und Verpflanzung, und sie sind reich an tierischen Proteinen. Man sollte sie nicht roh essen, da die Möglichkeit besteht, daß man sich Trichinen einfängt, also sollten sie gebraten oder gekocht werden. Vergessen Sie nicht ...«

Da ich mich an nichts erinnern wollte, was er sagte, schaltete ich ihn aus. Ich bemühte mich, mir einzureden, daß ein normaler Sträfling, der diesen Flug mitmachte, schon ordentlich was verbrochen haben mußte, um dieses Schicksal zu verdienen, aber ich überzeugte mich nicht. Trotz all der Jahrtausende der Zivilisation zeigte sich der Mensch noch immer als des Menschen Feind, sobald sich auch nur die Chance dazu ergab.

Wolkenformationen wehten vorbei; ein massives fünfeckiges Gebäude erschien auf dem Bildschirm. Ich ging davon aus, daß man es Pentagon nannte.

»In wenigen Augenblicken landen wir innerhalb der Mauern der Pentagon-Bodenstation. Bleiben Sie sitzen, bis die Anweisung zum Aufstehen erfolgt. Wenn Sie den Instruktionen folgen, wird ihre Reise erheblich bequemer ausfallen ...«

Ich hätte *ihm* die Reise gern bequemer gemacht! Dann entspannte ich mich und entkrampfte meine Fäuste. Wir würden sehr bald von unseren müden Wächtern entfernt und auf uns allein gestellt sein. Das war der Augenblick, auf den es sich vorzubereiten galt.

Wir schlurften schweigend hinaus, die Gangway hinunter, die eigentlich eine Planke hätte sein müssen, und traten in das von dicken Mauern umgebene Pentagon. Dort wurden wir von einem anderen Marineoffizier begrüßt. Er hatte eine grimmige Miene, graues Haar und trug eine dunkle Brille.

»Bringen Sie die Gefangenen sofort nach Verhör Neun.«

Der Spieß unserer Wachmannschaft protestierte. »Gegen die Vorschriften, Sir! Sie sollen ...«

»Ihre Verantwortung endet hier. Schauen Sie sich den Befehl hier an. Verhalten Sie sich instruktionsgemäß. – Sie sind doch gern Spieß?«

»Jawoll, Sir! – Gefangene! Hier entlang!«

Der Offizier kam hinter uns her, machte die Tür zu, schloß sie ab, schenkte uns ein herzliches Lächeln und sagte gesellig »Maul halten!«. Dann ging er mit etwas, das ich als Wanzendetektor neuester Machart erkannte, im Raum umher. Ich konnte mir zwar nicht vorstellen, wer auf die Idee kommen sollte, diesen am Ende des Universums liegenden Raum zu verwanzen, aber er hatte nun mal das Sagen. Er steckte den Detektor zufrieden weg, dann drehte er sich zu uns um und reichte mir einen Schlüssel.

»Solange Sie in diesem Raum sind, können Sie die Handschellen abnehmen. Ich bin Captain Tremearne, Ihr hiesiger Kontaktmann. Willkommen auf Liokukae.« Er nahm die dunkle Brille ab, lächelte uns an und winkte uns zu den Stühlen. Nun erst sah ich, daß er eine böse Narbe hatte, die über sein Gesicht und seinen Nasenrücken verlief. Er war blind, konnte aber zweifellos mit den elektronischen Ersatzaugen, die man ihm angepaßt hatte, prima sehen. Sie waren goldplattiert und verliehen ihm ein hochinteressantes Aussehen.

»Ich bin der einzige im Pentagon, der über die wahre Natur Ihres hiesigen Auftrags informiert ist. Sie alle sind Freiwillige, deswegen möchte ich Ihnen gern danken. Bitte, bedienen Sie sich selbst; dies sind die letzten freundlichen Worte, die Sie für eine ganze Weile zu hören bekommen werden.«

»Wie ist es denn da draußen?« fragte ich, berührte das Etikett eines eisgekühlten Bierbehälters und genehmigte mir einen Schluck, der meine Lebensgeister wieder erwachen ließ. Es gab frische Sandwiches, und dazu heiße Schweinswürstchen. Meine Gefährten hauten rein. Ich tat es ihnen gleich, aber zuvor öffnete ich ein Geheimschubfach meines Synthetisierers und entnahm ihm einige notwendige Gegenstände.

»Wie das Leben auf diesem Planeten ist? Hart – und noch härter, Jim. In den Jahrhunderten, seit man Liokukae als galaktischen Mülleimer verwendet, ist es gesellschaftlich immer nur bergab gegangen. Hier haben sich die unterschiedlichsten Zivilisationen gebildet. Beziehungsweise haben gewalttätige Männer sie den schwächeren aufgezwungen. Eine der stabilsten hat sich rings um das Pentagon entwickelt. Die Leute nennen sich Macker. Der Mann ist stark, die Frau ist schwach; Manneskraft herrscht; Kraft durch Stärke. Ich wette, Sie kennen das schon alles. Der Obermufti in diesem Hundezwinger wird Svinjar genannt. Ich bin sicher, Sie werden ihn bald kennenlernen.«

»Dann sind diese Ausgeklinkten also das, was die Psychologiebücher männliche Chauvinistenschweine nennen?« fragte ich. Er nickte.

»Hundert pro. Tun Sie also das Beste, damit Madonette außer Sichtweite bleibt. Und üben Sie, wie man auf den Zehen geht und dabei schnaubt. Wenn Ihnen gerade nichts Besseres einfällt, winkeln Sie den Arm an und bewundern Sie Ihren Bizeps.«

»Klingt nach einem Paradies.« Madonette runzelte die Stirn.

»Es wäre nicht übel, wenn Sie darauf achten, wo Sie hingehen. Die Leute hier lassen sich aber gern unterhalten – weil sie eben zu blöde sind, sich selbst zu unterhalten. Sie stehen ganz besonders auf Jongleure, Duelle und Armdrücken.«

»Wie steht's mit Musik?« fragte Steengo.

»Gefällt ihnen, so lange sie laut, kriegerisch und nicht sentimental ist.«

»Wir werden unser Bestes tun«, sagte ich. »Aber ich muß nach einer Gruppierung suchen, die sich die Fundamentaloiden nennt.«

»Natürlich. Wie Ihnen berichtet wurde, ist das Schiff mit der archäologischen Expedition in deren Domäne gelandet. Ich habe die Rettungsgruppe angeführt, die die Angehörigen der Expedition herausgehauen hat. Deswegen bin ich jetzt Ihr Kontaktmann. Die Fundamentaloiden sind Nomaden, und außerdem ziemlich engstirnig und abscheulich. Ich hab mich bemüht, in aller Ruhe mit ihnen zu reden. Hat nichts genützt. Am Ende mußte ich die ganze Bande mit Gas narkotisieren, zuschlagen und die Wissenschaftler rausholen. Erst als wir den Planeten verlassen hatten, habe ich von dem verschwundenen Artefakt erfahren … als sie wieder bei klarem Verstand waren und ihre Aufregung sich abgekühlt hatte. Aber inzwischen war die Gruppe, die sie gefangengenommen hatte, weitergezogen, und ihre Spur hatte sich abgekühlt. Damals konnte ich nichts anderes machen, als die Sache weiterzumelden. Jetzt liegt alles an Ihnen.«

»Tausend Dank. Können Sie mir wenigstens auf der Landkarte zeigen, wo sie sind?«

»Wüßte nicht, was ich lieber täte – aber es sind Nomaden.«

»Wunderbar.« Ich lächelt verunsichert. Noch zwanzig Tage, dann war für mich endgültig der Ofen aus! Ich schüttelte meine finsteren Gefühle ein weiteres Mal ab und musterte meine Band.

»Wenn Sie noch Fragen haben, stellen Sie sie jetzt, weil dies Ihre letzte Chance ist«, sagte Tremearne.

»Haben Sie eine Landkarte?« fragte ich. »Ich würde nur gern wissen, was uns erwartet, wenn wir hinausgehen.«

Tremearne griff zum Holoprojektor und schaltete ihn ein. Über dem Tisch tauchte mitten in der Luft eine dreidimensionale Konturenlandkarte auf. »Wie Sie sehen, ist dieser Kontinent ganz schön groß. Es gibt noch weitere auf dem Planeten, von denen manche bewohnt sind, aber sie haben keine Verbindung zu diesem hier. Das Artefakt muß irgendwo hier sein.«

Das macht die Dinge wirklich einfacher, dachte ich. Wir brauchten nur einen Kontinent abzusuchen, und hatten dafür fast drei Wochen Zeit. Ich schüttelte die Depression ab, die meine Depression depressierte.

»Wissen Sie, wer und was sich da draußen aufhält?«

»Wir haben eine gute Vorstellung davon. Wir verwanzen alles, falls wir es können, und schicken sehr oft fliegende Spione aus.« Er deutete auf die Ebene in der Mitte des Kontinents. »Hier ist das Pentagon; die Macker leben ganz in der Nähe. Die Fundamentaloiden könnten, je nach Jahreszeit, überall in dieser Prärie sein. Sie ist während des größten Teils des Jahres subtropisch, aber manchmal regnet es auch. Die Fundamentaloiden hüten Schiegen, äußerst widerstandsfähige Wiederkäuer, so 'ne Art Kreuzung zwischen Schaf und Ziege. Hier drüben, im Vorgebirge, gibt es etwas, das in dieser Gegend einer Zivilisation am nächsten kommt. Eine landwirtschaftliche Gesellschaft mit Leichtindustrie, die fast annehmbar wirkt, solange man ihr nicht zu nahe kommt. Es gibt auch eine Hauptstadt, gleich hier; sie ist von Bauernhöfen umgeben. Man schürft und schmilzt Silber ein und stellt eine Münze namens Fedha her. Es ist die einzige Währung auf dem Planeten und wird fast von allen verwendet.« Er zog einen schweren Beutel aus einer Schublade und wuchtete ihn auf den Tisch. »Wie Sie sich bestimmt vorstellen können, kann man sie ohne großen Aufwand fälschen. Offen gesagt: Unsere enthalten mehr Silber als die Originale. Hier haben Sie einen Vorrat. Ich schlage vor, daß Sie die Münzen verteilen und gut verstecken. Ein Haufen der Typen draußen würde sich freuen, Sie dafür umbringen zu dürfen. Das Volk, das nach Silber schürft, nennt die Stadt Paradies, was von der Beschreibung der Wahrheit so weit entfernt ist wie nur möglich. Halten Sie sich von ihm fern – wenn es nur irgendwie geht.«

»Ich werde mich bemühen, es nicht zu vergessen. Und ich möchte die Karte in den Speicher meines Computers kopieren. Auf der Stelle.«

Ich nahm den kleinen schwarzen Totenschädel ab,

der an einer Kette um meinen Hals hing. Als ich ihn drückte, leuchteten seine Augen grünlich auf, und ein druckempfindlicher Holoschirm erwachte blinzelnd zum Leben. Ich kopierte die Landkarte und dachte an das, was Tremearne gesagt hatte – und mir wurde erstmals klar, in welches Abflußrohr man uns geworfen hatte. Ich hatte noch eine Frage.

»Dann haben die Leute da draußen also alle eine Matschbirne oder sind sonst irgendwie gefährlich?«

»Die, die man aufgrund verschiedener Verbrechen hierher verbannt hat, sind es bestimmt. Aber die anderen, die hier geboren sind, passen auch ganz gut zu ihnen.«

»Und Sie empfinden kein Mitleid für sie? Weil sie aufgrund ihrer Geburt dazu verdammt sind, auf einer asozialen Welt zu leben?«

»Aber gewiß doch – und ich freue mich zu hören, daß auch Sie sich so deutlich zu diesem Thema äußern. Bis vor meinem hiesigen Einsatz hatte ich noch nie von dieser Welt gehört. Ich habe die Professoren in Sicherheit gebracht und mich erst dann umgesehen. Weswegen ich nun einem Komitee vorsitze, das daran arbeitet, den Laden hier auf Liokukae aufzuräumen. Er ist von zu vielen dummen Politikern zu lange ignoriert worden. Ich habe den Auftrag übernommen, um mich selbst von allem zu überzeugen. Ihre an mich gerichteten Meldungen und Ihr Abschlußbericht nach der Rückkehr wird genau das sein, was wir brauchen, um aus diesem Gefängnisplaneten eine Angelegenheit der Vergangenheit zu machen.«

»Wenn Sie es ernst meinen, Captain, bin ich auf Ihrer Seite. Aber ich hoffe, Sie schmieren uns nicht nur Honig ums Maul, damit wir die Arbeit für Sie erledigen.«

»Sie haben mein Wort.«

Ich hoffte inbrünstig, daß er die Wahrheit sagte.

»Ich habe eine Frage«, sagte Floyd. »Wie verständigen wir uns mit dem Captain, wenn wir irgendwelche Hilfe oder sowas brauchen?«

»Braucht ihr nicht – das mach ich.« Ich tippte mir ans Kinn. »Ich hab hier einen Mikrokommunikator eingepflanzt. So klein, daß er von meinem Blutsauerstoff angetrieben wird. Und stark genug, daß die großen Empfänger im Pentagon ihn empfangen können. Auch wenn unsere gesamte Ausrüstung gestohlen wird – mein Kinn kriegt keiner. Deswegen schlage ich vor, daß wir immer zusammenbleiben. Ich kann durch das Ding mit Tremearne reden und Rat- und Vorschläge annehmen. Persönlicher Kontakt ist nicht, sonst fliegt unsere Tarnung auf. Wenn er uns von dem Auftrag abziehen muß, ist unsere Mission beendet – ob wir das Artefakt nun haben oder nicht. Also laßt uns stark sein, Jungs – und Mädchen –, und selbstbewußt. Da draußen wartet ein menschlicher Dschungel auf uns.«

»Wahrere Worte wurden noch nie gesprochen«, sagte Tremearne grimmig. »Wenn keiner mehr Fragen hat, legen Sie sich nun die Handschellen an und machen Sie sich auf den Weg.«

»Teufel, ja«, sagte Steengo und rappelte sich auf. »Bringen wir die Sache hinter uns.«

Unser Gepäck wartete an einer massiven und mit Nieten bepflasterten Tür. Außerdem standen da vier schäbige kleine Plastiktüten, die wahrscheinlich unsere eisernen Rationen und das Wasser enthielten. In jeder Tüte steckte eine Orientierungsbroschüre. Als uns die Handschellen abgenommen wurden, marschierte ein mit Lähmern und Stachelknüppeln ausgerüsteter Wachtrupp auf und musterte uns voller Abscheu.

»Rein da!« befahl der Spieß und deutete auf den Raum vor dem Ausgangsportal. »Das Innentor wird geschlossen und versiegelt, bevor das Außentor sich öffnet. Ihr könnt nur in eine Richtung gehen. Oder in der Schleuse bleiben, wenn ihr lebensmüde seid. Nach fünf Minuten geht das Außentor nämlich zu, und dann pumpen wir durch die Ventile da oben ein Nervengas rein.«

»Das glauben Sie doch selbst nicht!« fauchte ich.

Sein Lächeln war ohne Wärme. »Dann bleiben Sie doch einfach drin und machen Sie die Probe aufs Exempel.«

Ich hob die Faust, und er machte eilig einen Rückzieher. Die Stachelknüppel sprühten Funken in meine Richtung. Ich zeigte den Typen den Finger, wie man es seit Urzeiten in der Galaxis macht, dann drehte ich mich um und folgte den anderen. Als das Tor ins Schloß fiel, quietschte und rumste es hinter uns, aber ich drehte mich nicht um. Die Zukunft, was sie auch bereithalten mochte, lag genau vor uns.

Wir halfen einander mit unseren Tornistern, und bei der Plackerei wurde uns ganz schön schwindlig. Das Rumsen der zurückfahrenden Bolzen des Außentors ertönte, dann das Grollen angestrengter Motoren, und es öffnete sich langsam.

Als wir uns umdrehten, um einen Blick ins Unbekannte zu werfen, drängten wir uns unbewußt aneinander.

7. KAPITEL

Ein Regenschauer wehte durch das sich öffnende Tor zu uns herein. Willkommen auf dem sonnigen Urlaubsplaneten Liokukae. Das Tor öffnete sich weiter und enthüllte eine Gruppe äußerst häßlich aussehender Individuen, die draußen auf uns warteten. Sie trugen zwar eine erstaunliche Vielfalt an Kleidern – es sah aus, als hätte man die ganze Ausbeute einer galaktischen Altkleidersammmlung zu diesem Planeten verfrachtet –, aber eins hatten sie alle gemeinsam: Sie waren schwer mit einer Mischung aus Keulen, Säbeln, Morgensternen und Äxten bewaffnet. Und sie sahen alle äußerst geladen aus.

Ich hatte es in etwa so erwartet. Ich schluckte die Hauruck-Kapsel, die ich im Mund hatte. Ich hatte nie viel von der Schwächling-wird-durch-Plackerei-zum-Mann-Behandlung gehalten und mir die Pille für den Fall bereitgelegt, daß ich sie brauchte. Und ob ich sie brauchte.

Als die Mixtur aus starker Chemie, Aufputschmitteln, Stimulanzien und Adrenalinen meine ganze Erschöpfung und alles Gezitter aufhob, durchfuhr mich eine Woge von Kraft und Stärke. Kraft! Kraft! Kraft! Ich stellte mich, wie Tremearne es mir geraten hatte, auf die Zehenspitzen und schnaubte gleichzeitig durch beide Nasenlöcher.

Ein großer, bärtiger Flegel, der einen primitiven, aber der Sache dienlichen Säbel schwang, glotzte auf mich herunter. Ich glotzte zurück, wobei mir nicht nur auffiel, daß seine Augen sich an der Nasenwurzel trafen, sondern auch, daß sein Haaransatz schon an den Brauen begann. Als er mich anbrüllte, jagte mir sein Atem mehr Angst ein als er selbst.

»Du da, Köttel! Gimmich dein Zeuch. Laß alles fallen, wattu hass, sonst kriegste wat auffe Schnauze!«

»Solange ich mich nicht geprügelt hab, sagt mir keiner, was ich tun soll, du analphabetischer Kretin!« brüllte ich zurück. Irgendwann mußte es ja zu einem Macho-Showdown mit diesen Obermachos kommen. Je eher, desto besser.

Er brüllte wütend über meine Beleidigungen auf, obwohl er sie nicht verstand, und riß den Säbel hoch.

Ich schnaubte höhnisch »Großes Feigling murxen kleines Mann, wo hat keine Axt nich!« und zeigte ihm *zwei* Finger, um dem Gefühl, das ich für ihn empfand, die passende Dimension zu verleihen.

Ich hoffte, daß meine simple Syntax zum örtlichen Sprachstandard paßte, denn ich wollte, daß alle mich verstanden. Sie schienen mich tatsächlich verstanden zu haben, denn Schweineatem ließ seinen Säbel fallen und sprang auf mich zu. Ich warf meinen Tornister ab und trat in den Schlamm hinaus. Er streckte die Arme aus, schnippte mit den Fingern, war bereit zum Zupacken und Zerschmettern.

Ich duckte mich, und als er an mir vorbeischoß, stellte ich ihm ein Bein, so daß er in eine Wasserlache klatschte. Er stand auf, wütender nun als je zuvor, ballte die Fäuste und machte einen neuen Versuch.

Ich hätte die Sache im Nu und auf der Stelle beenden und uns das Leben so erleichtern können. Aber zuerst wollte ich ein bißchen von meinem Können zeigen, damit seine Kumpane nicht glaubten, sein Sturz sei ein Zufall gewesen. Ich wehrte seinen Hieb ab, packte seinen Arm, drehte ihn herum und ließ ihn dann mit einem mich zufriedenstellenden Knirschen gegen die Wand rennen.

Das Blut aus seiner Nase kühlte ihn auch nicht ab. Auch nicht mein fliegender Tritt, der eins seiner Beine lähmte, oder der Stoß mit dem Knie, der sein anderes zerknitterte. Er fiel beinlos auf die Knie und kroch stur auf allen vieren auf mich zu. Inzwischen wußte selbst der Stumpfsinnigste der Zuschauer, wer diesen Kampf gewonnen hatte. Also packte ich ihn am Haar, zog ihn hoch, semmelte die Handkante gegen seine Kehle und ließ ihn nach hinten fallen, wo er, alle viere von sich gestreckt, im Dreck liegen blieb. Ich nahm seinen nun herrenlosen Säbel, überprüfte die Klinge mit dem Daumen und sprang so plötzlich und drohend auf, daß die Bewaffneten wie der Blitz zurückwichen. Diese Gelegenheit galt es zu nutzen.

»Säbel jetzt meiner. Wer'n haben will, stirbt. Nur der schlaue Typ nich, der mich zu euerm Boss Svinjar bringt. Der Typ, der das macht, kriegt Säbel geschenkt. Jemand Lust?«

Die Neuheit des Angebots und die den Typen zueigene Gier verhinderte im Moment jeden weiteren Angriff.

»Kommt da raus und stellt euch hinter mich«, sagte ich über die Schulter hinweg zu meinen Kollegen. »Und tut euer Bestes, um abscheuliche Intoleranz auszustrahlen.« Meine fröhliche Truppe trat grollend und zähneknirschend vor und baute sich hinter mir auf.

»Du gibst mir Säbel, ich bring dich zu Svinjar«, sagte ein über alle Maßen haariges und muskelbepacktes Exemplar. Er war nur mit einer Holzkeule bewaffnet, deswegen war seine Gier verständlich.

»Du bringst mich zu Svinjar, *dann* kriegste den Säbel. Auf geht's!«

Sie waren zögerlich, setzten finstere Blicke auf, murmelten. Ich ließ den Säbel vor ihren Nasen herumzischen, und sie machten noch einen Schritt zurück. »Ich hab was echt Schönes für Svinjar in meinem Gepäck.

Wer verhindert, daß er's kriegt, kann seinen Arsch drauf verwetten, daß er's von ihm zu spüren kriegt.«

Drohungen wirkten, wo Schmeicheleien keinen Erfolg gezeigt hatten, und so wanderten wir alle in den Wolkenbruch hinaus. Über matschige Wege, die zwischen zusammensackenden Hügeln herführten, zu einer kleinen Erhebung mit einem großen Gebäude. Es bestand aus Baumstämmen, an dem noch die Borke hing. Es stand auf dem Gipfel. Ich schwang den Säbel, damit mir niemand zu nahe kam, und folgte meinem Führer über einen steinigen Pfad zum Eingang hinauf. Meine müden Musiker stolperten hinterdrein. Ich hatte ein leicht schlechtes Gewissen, wegen der Hauruck-Kapsel. Aber die Dinge hatten sich zu schnell entwickelt, um auch ihnen welche zu besorgen. Ich blieb am Eingang stehen und winkte sie hinein.

»Rein mit euch, endlich in Sicherheit. Nehmt eine von denen hier, wenn ihr reingeht, und zerkaut sie auf der Stelle. Es ist ein Super-Aufputscher, der euch wieder in die Welt der Lebenden zurückbringt.«

Mein keulentragender Führer schob sich hinein und eilte an den Männergruppen vorbei, die sich in dem großen Raum herumlümmelten. Er ging zu einem Mann, der auf einem großen Steinthron am Kamin saß. »Du mein Boss, Boss Svinjar. Wir sie bringen, wie du sagen.« Er fuhr herum und latschte auf mich zu. »Jetzt gib Säbel her.«

»Klar. – Fang.«

Ich warf den Säbel durch die Tür in den Regen hinaus und hörte einen Schmerzensschrei, als er von einem Bandenmitglied abprallte. Der Bursche rannte hinterher, während ich zum Boss und vor den Steinthron trat.

»Du mein Boss, Boss Svinjar. Die Typen hier meine Band. Machen tolle Musik, echt.«

Er mustert mich eiskalt von oben bis unten, ein

großer Mann mit dicken Muskeln – und einer feisten Wampe, die ihm über den Gürtel hing. Schweinsäuglein lugten durch ein Dickicht aus struppigem grauen Haar. Bärtig war er auch. Der Griff eines Säbels ragte aus einer Nische in dem Steinthron hervor. Er berührte ihn mit den Fingern, zog ihn heraus und ließ ihn wieder zurücksinken.

»Warum sprichst du in diesem abscheulich unanständigen Kauderwelsch mit mir?«

»Oh, ich bitte um Verzeihung.« Ich verbeugte mich und drückte mein Mißfallen aus. »Ich wurde so angesprochen und dachte, es sei der hiesige Dialekt.«

»Ist es auch – aber nur die ungebildeten Schwachköpfe, die hier geboren sind, reden so. Da ihr nicht dazu gehört, rate ich euch, mein Empfinden nie wieder so zu beleidigen. Seid ihr die Musiker, die in der Scheiße sitzen?«

»Es hat sich wirklich schnell herumgesprochen.«

Er deutete mit der Hand auf ein 3-D-TV an der Wand, und ich spürte, daß meine Augen hervortraten. Es handelte sich um einen soliden Metallwürfel mit einer Panzerglasscheibe – und einer Antenne unter dem Glas. An einer Seite war eine Kurbel zu erkennen.

»Das Wachtpersonal ist äußerst großzügig in seinem Wunsch, daß wir jederzeit Unterhaltung haben. Sie vertreiben diese Geräte in großer Zahl. Sie sind unzerbrechlich und halten ewig. Man kann 412 Programme damit empfangen.«

»Und wie werden sie angetrieben?«

»Sklaven«, sagte er, hob ein Bein und deutete mit dem dicken Zeh auf den, der uns am nächsten war. Der Sklave ächzte und rappelte sich auf, stolperte umher, rasselte dabei mit seinen Ketten und fing an, die Kurbel des internen Generators zu drehen. Das Ding erwachte zum Leben, und wir sahen einen Werbespot für industriell hergestellte Katzenkraftnahrung.

»Genug!« befahl Svinjar. Das Miauen wurde leiser und erstarb. »Ihr habt die Nachrichtensendungen wirklich schwer beschäftigt. Als sie von Verbrechen und medizinischer Heilkur sprachen, dachte ich mir schon, daß ihr hier landen würdet. Wollt ihr uns was vorspielen?«

»Die Edelstahlratten waren jenen, die das Sagen haben, immer gern zu Diensten. In diesem Fall, mutmaße ich, sind Sie derjenige.«

»Du mutmaßt richtig. Also ein Konzert, aber ein bißchen plötzlich. Wir hatten keine Live-Unterhaltung mehr, seit der kannibalische Magier an einer Infektion gestorben ist. Er wurde in der Hitze seiner Leidenschaft versehentlich gebissen. Fangt an!«

Unsere gesamte Anlage hatte aus Gründen der Notwendigkeit kompakt sein müssen. Die faustgroßen Lautsprecher enthielten Holoprojektoren, die ihre Bilder bis zu Raumgröße aufbliesen.

»Also los, Leute«, rief ich. »Bauen wir unsere Klamotten da hinten an der Wand auf. Beim ersten Auftritt verzichten wir auf die Kostüme. Wir fangen mit *Das schwedische Monster aus dem Weltraum* an.«

Dabei handelte es sich um eine unserer beeindruckendsten Nummern. Man hatte sie in einer steinalten Datenbank gefunden. Der Text war in einer längst vergessenen Sprache geschrieben, die Svensk oder Schwedisch oder so ähnlich hieß. Nach allerlei elektronischem Hickhack war ein Computer im Sprachlabor der Universität in der Lage gewesen, sie zu übersetzen. Aber die Übersetzung war so abscheulich, daß wir sie weggeworfen hatten und den Originaltext sangen, weil er viel interessanter war.

Ett fasanfullt monster med rumpan bar
kryper in till en jungfru sa rar.

Auf diese Weise ging es weiter. Madonette röhrte es zur Begleitung meines synkopierenden Soundtracks mit voller Lautstärke, während Floyd sich am Dudelsack aufblies, bis er beinahe explodierte. Steengo zupfte eine winzige Harfe, deren holografisches Abbild bis an die Decke reichte. Der Sound erfüllte die riesige Kammer und ließ sie vibrieren. Von den Blockhauswänden rieselte der Staub.

Ich glaube zwar nicht, daß das Stück es bis in die galaktischen Top Ten schaffen würde, aber hier, in Arschdorf, kam es super an. Besonders deswegen, weil es mit einem Atompilz endete, der den ganzen Raum erfüllte und weil die Verstärker ihr Bestes gaben, um die Explosion zu simulieren. Jener Teil des Publikums, der nicht auf dem Boden zusammenbrach, floh kreischend in den Regen hinaus. Ich nahm die Ohrenstöpsel wieder raus und lauschte dem verhaltenen Beifall. Dann verbeugte ich mich vor Svinjar.

»Ein erfreuliches *divertimento* – aber wenn ihr es das nächste Mal spielt, hätte ich lieber etwas weniger *forza* im Finale und ein bißchen mehr *riposo.*«

»Ihr kleinster Wunsch ist uns Befehl.«

»Für einen jungen und naiv aussehenden Burschen lernst du schnell. Wieso hat man euch überhaupt beim Dealen erwischt?«

»Das ist 'ne lange Geschichte …«

»Kürze sie. Auf ein Wort, wenn möglich.«

»Geld.«

»Verständlich. Dann verdient man also in der Musikbranche doch nicht so gut?«

»Sie ist so mistig wie Ihre Schlägertypen. Wenn man es schafft, oben bei den Großen zu bleiben – schön. Aber unser Stern ist vor einiger Zeit ins Sinken geraten. Nach all den Studiomieten, Agentenprovisionen, Schmiergeldern und sonstigen Rückschlägen stand uns das Wasser bis zum Hals. Steengo und Floyd haben jahrelang Bakschisch geschnieft. Dann haben sie angefangen, das Zeug zu verticken, damit sie's selbst umsonst kriegen. Ist nicht übel, das Zeug. Ende der Geschichte.«

»Oder der Anfang einer neuen. Eure Sängerin – wie heißt sie?« Er lächelte äußerst schmierig, als sein Blick auf Madonette fiel. Ich suchte verzweifelt einen Ausweg. Dann fiel mir das Beste ein, was einem in so kurzer Zeit einfallen kann.

»Meine Frau, meinen Sie? – Madonette.«

»Deine Frau? Das kommt mir aber ungelegen. Ich bin sicher, man kann etwas dagegen tun, wenn auch nicht gerade jetzt. Eure Ankunft ist mir, um das Mindeste zu sagen, äußerst dienlich. Sie paßt exakt zu einem – wie du es wohl nennen würdest – allgemeinen Plan, den ich in Erwägung gezogen habe. Der dem allgemeinen Wohl der Bevölkerung dient.«

»Ach, wirklich?« sagte ich und wappnete mich innerlich, jede Menge Begeisterung für den Plan zu zeigen, den er in petto hatte.

»Ja, wirklich. – Ein öffentliches Konzert. Mit Grillparty und Freibier. Damit die Öffentlichkeit in Svinjar einen Wohltäter ersten Ranges sieht. Ich nehme doch an, ihr habt nichts dagegen, bei einer Benefiz-Veranstaltung aufzutreten?«

»Deswegen sind wir doch extra hergekommen.«

Unter anderem, Svinjar, mein Pausbäckchen. Aber auch die längste Reise beginnt halt mit einem einzelnen Schritt.

8. KAPITEL

»Ich bin nicht glücklich darüber, wie dieses Unternehmen verläuft«, sagte ich unglücklich und löffelte den mehr oder weniger geschmacklosen Haferschleim in mich hinein, der an diesem Ort die Stütze des Lebens zu sein schien.

»Widerspricht dir jemand?« sagte Steengo und äugte argwöhnisch in seine Essensschale. »Das Zeug sieht nicht nur aus wie Leim, es schmeckt auch so.«

»Es bleibt einem an den Rippen kleben«, sagte Floyd. Meine Kinnlade fiel herunter. Hatte er etwa doch Sinn für Humor? Wahrscheinlich nicht. Wenn ich seinen ernsthaften Gesichtsausdruck sah, bezweifelte ich, daß er sämtliche Bedeutungen seiner eben gesprochenen Worte kannte. Ich vergaß es.

»Ich bin nicht nur unglücklich mit dem gegenwärtigen Stand des Unternehmens, sondern auch mit der Gesellschaft, in der wir uns befinden: Svinjar und seine widerliche Bande. Jetzt haben wir fast einen Tag hier verbracht – und so gut wie nichts erreicht. Wenn das Artefakt bei den Fundamentaloiden ist, sollten wir etwas tun, um ihnen auf die Spur zu kommen.«

»Aber du hast ihnen ein Konzert versprochen«, sagte Madonette mit einer gewissen Logik. »Sie bauen schon die Bühne, und die Sache hat sich rumgesprochen. Du willst unsere Fans doch nicht hängenlassen, oder?«

»Gott verhüte«, murmelte ich haferschleimig und schob die Schale beiseite. Ich konnte ihnen doch nichts von dem Dreißig-Tage-Gift und der Tatsache erzählen, daß inzwischen schon siebzehn Tage vergangen waren.

Zum Teufel damit! »Laßt uns was tun. Vielleicht 'ne kleine Probe, damit wir sehen, ob die Anlage funktioniert und wir – hoffentlich – noch immer in Form sind.«

Wir beendeten mit großer Freude das Mittagessen und schleppten unsere Tornister zum Auftrittsort. Da wuchs ein Wäldchen, das uns als Stütze für eine einmalig primitive Bühne diente. Dazwischen hatte man Planken verlegt, mit einer gelegentlichen Stütze darunter, damit sie nicht zu sehr absackte. Unser Publikum versammelte sich zögernd und argwöhnisch auf dem Platz, der die Bühne umgab. Kleine Familien, die Männer waren alle mit Säbeln oder Knüppeln bewaffnet und behielten das Weibervolk im Auge. Tja, es war nun mal eine Sklavenhaltergesellschaft, deswegen war ihre Besorgnis leicht verständlich.

»Sie bemühen sich wenigstens, daß sie nett aussieht«, sagte Madonette und deutete auf die Bühne. Meiner Meinung nach war sie krumm und schief, aber ich sprach meine Gedanken nicht aus. Schlurfende Sklaven hatten blättrige Äste herangeschleift, die sie nun rund um die Plattform befestigten; es gab sogar ein paar Blumen, die zwischen den Blättern klemmten. Yeah, heute abend würde auf Liokukae echt die Post abgehen.

Ich litt unter ernstlichen Depressionen, aber ich wollte nicht, daß die anderen angesteckt wurden. »Auf geht's, Leute!« sagte ich, schwang mein Gepäck auf die Bühne und hievte mich hinterher. »Unsere erste Live-Vorstellung auf einer wartenden Welt! Ich nehme an, den kleinen Auftritt nach der Ankunft brauchen wir nicht mitzuzählen. Wir wollen ihnen zeigen, was ein Rudel echter Ratten bewerkstelligen kann!«

Bei unserem Erscheinen nahm sich das versammelte Publikum ein Herz und trat näher. Zuspätgekommene eilten an ihre Plätze. Während wir unsere Apparaturen stimmten und ein paar Riffs spielten, ließ ich ein paar Gewittereffekte los, und die Leute guckten zum Himmel hinauf. Als wir dann fertig waren, kam Svinjar höchstpersönlich mit ein paar bewaffneten Schlagetots durch die Menge gelatscht. Er bestieg mit ihrer Hilfe die Bühne und hob die Arme. Totale Stille setzte ein. Vielleicht war es Respekt, vielleicht aber auch Haß und Furcht – oder alles zusammen. Aber es funktionierte. Er lächelte das versammelte Volk an und zog die feiste Wampe ein, um seine Daumen hinter den Gürtel haken zu können. Und er sprach.

»Svinjar kümmert sich um seine Leute. Svinjar ist euer Freund. Svinjar präsentiert euch die Edelstahlratten und ihre Zaubermusik. Und jetzt alle jubeln!«

Ein lautes Gemurmel ertönte, damit mußten wir zufrieden sein. Während seiner Rede wuchtete einer seiner Schlagetots einen großen Polstersessel auf die Bühne. Als Svinjar sich auf ihn fallen ließ, ächzte sie.

»Spielt«, befahl er und lehnte sich zurück, um die Musik zu genießen.

»Okay, Leute, auf geht's!« blökte ich in mein Reversmikrofon, und mein verstärkter Atem fegte über das Publikum hinweg. »He, hallo, Musik-Fans! Wir sind aufgrund eines Appells an unsere Beliebtheit und der Tatsache, daß ein Spezi vom Rauschgiftdezi uns hoppgenommen hat, auf euren sonnigen Planeten gekommen. Wir wollen euch Musik vorführen, die man in der ganzen Galaxis kennt! Es ist uns eine große Ehre, unser erstes Lied dem großen Konzertmeister höchstpersönlich zu widmen: Svinjar!« Svinjar nickte gnädig, und ich ließ einen Trommelwirbel über den Platz hallen.

»Es ist ein Song, den ihr alle kennt und hoffentlich auch mögt. Er handelt von etwas, das wir alle spüren, teilen und miteinander genießen; worüber wir zusammen lachen und weinen können. Ich präsentiere euch unsere originelle Version eines Klassikers der modernen Musik: Den Juckfuß-Jucker!«

Freuden- und Schmerzensschreie brandeten auf. Die Menge war wild begeistert. Und wir hauten rein – volles Rohr, voll verstärkt – und spielten unser äußerst ohrwurmiges – wenn nicht gar juckendes – Stück.

»Ich steh auf am Morgen und schau auf'n Fluß,
Ein Nebel dort aufsteigt, schon juckt mir der Fuß.
Am Baume die Blätter, sie sind voller Tau,
Ich schau sie mir an, und laß raus die Sau.
Fern von mir, so fern ...
Ich kann nicht sagen, ich hab es gern,
Ist die Galaxis, und ich möchte laufen,
Zu den Sternen und weiter, da kann man raufen.
Ich hab den ...
Juckfuß-, Juckfuß-, Juckfuß-Jucker!
Geh immer weiter, ich armer Schlucker!
Der Juckfuß-, Juckfuß-, Juckfuß-Jucker!
Er treibt mich weiter, isses nich Zucker?
Der Juckfuß-, Juckfuß-, Juckfuß-Jucker!
Er bringt mich von einem Ort zum andern,
Und immer, immer muß ich wandern.
Ich wandre für immer – was kann ich nur tun?
Ich seh die Galaxis – und nie kann ich ruhn.
Immer, immer und ewigliiiich!«

Die Leute stampften mit, volles Rohr, echt! Und es gab eine Menge Jubel und Freudenschreie, als wir fertig waren. Von der Begeisterung getragen spielten wir noch zwei Nummern, ehe ich eine Pause ansagte.

»Danke, Leute! Vielen Dank! Ihr seid ein tolles Publikum. Wenn ihr uns jetzt ein paar Minuten entbehren könnt ... Wir sind gleich wieder da!«

»Sehr gut gemacht, wirklich sehr gut!« sagte Svinjar. Er kam zu mir herüber und zog mir das Mikro aus dem

Revers. »Ich weiß, wir alle haben diese Musiker schon einmal gehört – in der Glotze. Deswegen ist ihr entzückendes Programm für keinen von uns eine Überraschung. Und doch ist es schön, sie leibhaftig bei uns zu haben. Ich bin dankbar und weiß, daß auch ihr dankbar seid.« Er drehte sich um und schenkte mir ein breites Lächeln. Es war ein Lächeln, dem ich ansah, daß es weder Herzlichkeit noch Humor enthielt. Er drehte sich wieder um und breitete die Arme aus.

»Ich bin so dankbar, daß ich für euch eine kleine Überraschung vorbereitet habe. Wollt ihr wissen, welche?«

Nun brach absolute Stille aus, und das Publikum wich langsam zur Seite. Offenbar waren die Leute nicht wild auf Svinjars kleine Überraschungen.

Mit recht.

»Los!« schrie er so laut ins Mikrofon, daß seine verstärkte Stimme über den Platz rollte und wie ein Gewitter Echos warf. »Los! Los! LOS!«

Als die Plattform sich schüttelte und vibrierte, taumelte ich und fiel beinahe hin. Unter unseren Füßen wurde das Gebrüll von Männerstimmen laut. Sie schoben die sie verhüllenden belaubten Äste beiseite und kamen in einer bewaffneten Horde zum Vorschein. Es tauchten immer mehr auf; sie schwangen Knüppel, heulten beim Rennen und stürzten sich auf das fliehende Publikum.

Wir gafften sprachlos, als Männer und Frauen niedergeschlagen, gefesselt und aneinandergekettet wurden. Der Angriff war kurz und bösartig, und schnell zu Ende. Der Platz war leer, der letzte Zuschauer verschwunden. Wer noch da war, war gefesselt und schwieg oder stöhnte vor Schmerzen. Doch Svinjars Gelächter übertönte ihr Gestöhn. Er schaukelte in seinem Sessel, besessen von sadistischem Humor, und Tränen der Belustigung liefen über seine Wangen.

»Aber, wo...«, sagte Madonette. »Wo waren die

Männer denn alle? Als das Konzert anfing, waren sie noch nicht da.«

Ich sprang zu Boden, trat ein paar Äste beiseite und sah den klaffenden Eingang eines Tunnels. Man hatte ihn mit einem erdbeschmierten Deckel versehen, der nun offen war. Ein lautes Klatschen ertönte, und Svinjar landete neben mir.

»Ist es nicht wunderbar?« Er deutete auf die Öffnung. »Ich habe meine Leute monatelang graben lassen. Sie haben die ausgehobene Erde immer dann, wenn es geregnet hat, in den Schlamm getreten. Ich hatte an diesem Ort eine Versammlung geplant, mit ein paar Geschenken, aber es war alles sehr vage. Bis ihr gekommen seid! Wäre ich zu echter Dankbarkeit fähig, wäre ich euch jetzt dankbar. Aber ich bin es nicht. Es war alles ein irrer Zufall. Und somit gehört der Sieg jenem, der die Intelligenz hat, die Gelegenheit beim Schopf zu ergreifen: Mir. Jetzt machen wir eine kleine Feier. Wir werden etwas essen und trinken, und ihr werdet für mich spielen.«

Er drehte sich um und blaffte Anweisungen. Als eine seiner neuen Sklavinnen vorbeistolperte, versetzte er ihr einen Tritt.

»Ich würde ihn gern umbringen«, sagte Madonette und sprach damit, wie ich am Nicken der anderen sah, das aus, was wir alle dachten.

»Vorsichtig«, warnte ich. »Er hat momentan alle Karten und die Schläger in der Hand. Laßt uns für sie spielen und dann austüfteln, wie wir hinterher von hier wegkommen.«

Es würde nicht leicht sein. In Svinjars überdimensionaler Blockhütte wimmelte es von Kerlen. Sie tranken, aber sie waren noch nicht blau. Sie prahlten mit ihrer Heldentat und tranken weiter. Wir spielten eine Nummer, aber niemand hörte zu.

Außer Svinjar. Er lauschte und beobachtete uns.

Dann kam er angewatschelt und brachte die Musik mit einer Handbewegung zum Verstummen. Er ließ sich auf seinen Thron plumpsen und fummelte am Griff des langen Säbels, der neben ihm in den Stein eingelassen war. Lächelte wieder sein humorloses Lächeln.

»Hier ist das Leben etwas anderes, was, Jim?«

»Das kann man wohl sagen.«

Wenn er mich provozieren wollte, war er schief gewickelt. So wie die Chancen standen, wollte ich mich auf nichts einlassen.

»Wir gestalten unser Leben selbst – und unsere hiesigen Gesetze. Draußen auf den zweigeschlechtlichen, bewohnten Welten der Galaxis herrschen kraftlose Intellektuelle. Männer, die sich wie Frauen benehmen. Hier leben wir nach den alten Gesetzen des urtümlichen, männlichen Mannes. Kraft durch Stärke. Das gefällt mir. Hier mache ich die Gesetze.« Er schaute Madonette auf einzigartig widerliche Weise an.

»Eine ausgezeichnete Sängerin – und eine anziehende Frau«, sagte er dann und musterte mich. »Deine Frau, hast du gesagt? Kann man irgendwas daran drehen? Mal nachdenken ... Ja ... Man kann was dran drehen. Draußen, auf den sogenannten zivilisierten Planeten, könnte man es nicht. Aber hier schon. Denn ich bin Svinjar – und Svinjar kann immer etwas tun.«

Er hob seine speckige Hand und tippte mir an die Stirn. »Kraft meines Gesetzes erkläre ich euch für geschieden.« Er hievte sich auf die Beine, und seine Schlagetots grölten über seinen subtilen Humor vor Lachen.

»Das ist unmöglich. So geht es doch nicht ...«

Er war sehr schnell für seine Größe. Er riß den Säbel aus der Nische seines Thrones.

»Dies ist die erste Lektion für meine neue Braut: Zu Svinjar sagt niemand *nein.*«

Die Klinge fegte heran, um mir die Kehle aufzuschlitzen.

9. KAPITEL

Ich sprang zurück, um dem Hieb zu entgehen, stolperte über die Beine eines Mannes und fiel auf ihn drauf.

»Haltet ihn!« schrie Svinjar. Man hielt mich fest, ich setzte mich zur Wehr, um freizukommen, aber es gelang mir nicht ganz.

Svinjar ragte vor mir auf und zielte mit der Säbelspitze auf meine Kehle ...

Dann flog er zur Seite und fiel mit einem lauten Klatsch zu Boden. Erst jetzt sah ich, daß Steengo ihn ungeachtet seines Alters und Übergewichts von hinten angegriffen und mit einem Schlag in den Nacken niedergedroschen hatte.

Inzwischen hatte auch das letzte anwesende Spatzenhirn kapiert, was hier vor sich ging. Die Männer griffen zu den Waffen und stießen schweinische Flüche aus. Ich sah, daß Floyd die Krieger umhaute, die ihn umgaben – aber es würde nicht reichen. Wenn ich nichts dagegen unternahm, mußte es in etwa zwei Sekunden ein Musiker-Massaker geben.

Also tat ich etwas. Zuerst rammte ich einen Ellbogen in die Magengrube meines Häschers, der meinen Arm gurgelnd losließ. Eine Sekunde. Ich verschwendete keine Zeit damit, den Versuch zu machen aufzustehen; ich warf mich auf die Seite, nahm die schwarze Kugel aus der Tasche, drückte den Zünder und warf sie zur Decke hoch.

Zwei Sekunden. Waffengefuchtel, wohin man schaute. Die beste Verteidigung bestand darin, sich Filterstöpsel in die Nasenlöcher zu schieben. Die Gasbombe explodierte, und ich verbrachte ein paar Sekunden mehr damit, den Angreifern auszuweichen. Ihre Bewegungen wurden immer langsamer, bis sie auf die Nase fielen. Als ich mich umschaute, sah ich, daß das Gas gute Arbeit geleistet hatte. Der gesamte große Raum war mit hingestreckten schnarchenden Gestalten gefüllt. Ich warf die Arme in die Luft.

»Und jetzt 'n Applaus für die Guten!« Mein Publikum bestand aus einem Mann – mir selbst –, was den Sieg aber nicht weniger erfreulich machte. Das Schlafgas hatte auch auf meine Freunde gewirkt, obwohl Floyd vor seinem Sturz noch einiges hatte anrichten können. Rings um ihn lag eine Reihe zusammengesackter Körper. Ich öffnete meinen Tornister, entnahm ihm das Gegenmittel und gab meinen Kollegen der Reihe nach eine Injektion. Sie gingen zur Tür und stierten finster in den Regen hinaus, bis ihre Lebensgeister wieder erwachten.

Hinter mir erklangen leise Schritte, dann nahm Madonette vorsichtig meinen Arm.

»Danke, Jim.«

»Das war doch nichts.«

»Und ob es etwas war. Du hast uns das Leben gerettet.«

»Wir sitzen noch immer in der Tinte«, sagte Floyd. »Und wie Madonette gesagt hat: Wir sind dir großen Dank schuldig.« Steengo nickte zustimmend.

»Nun macht mal halblang. Wäre das Unternehmen besser geplant gewesen, wäre es erst gar nicht zu diesen Notlagen gekommen. Ist meine Schuld. Ich stehe nämlich unter – wie ihr sagen würdet – ziemlichem Zeitdruck. Aus Gründen, auf die ich im Moment nicht weiter eingehen möchte, müssen wir das Artefakt innerhalb von zwanzig Tagen gefunden und das Unternehmen beendet haben.«

»Das ist aber nicht viel Zeit«, sagte Steengo.

»Eben. Also laßt uns nichts davon vergeuden. Hier sind wir wohl nicht mehr willkommen. Schnappt euch ein paar Waffen, weil wir ohne wahrscheinlich Probleme kriegen, den Ort hier zu verlassen. Tornister schultern, Waffen bereithalten und gnadenlos tödliche Miene aufsetzen. Vorwärts!«

Nach dem, was uns bei Svinjar und seinen Schweinemackern beinahe widerfahren war, waren wir nicht in der Stimmung, uns schräg anquatschen zu lassen. Sicher konnte man es uns am Gesicht – oder wahrscheinlicher: am Metall der Waffen – ansehen, denn die wenigen Menschen, die uns begegneten, als wir uns davonstahlen, zogen sich zurück, sobald sie uns sahen. Der Regen hatte aufgehört, und die Sonne brannte herab. Aus den Wasserlachen stieg nebelhafter Dunst auf. Die Hügel standen nun weiter auseinander, die Müllhalden wurden seltener, und man konnte ihnen leichter aus dem Weg gehen. Nun tauchten struppige kleine Büsche auf, dann Bäume und größere Sträucher, die die leicht ansteigenden Abhänge der welligen Hügel bedeckten. Dazwischen wuchsen niedrige Büsche, an denen hartschalige Kugeln von der Größe einer Männerfaust hingen. Vielleicht waren dies die Klopsbäume, von denen man uns erzählt hatte. Wir würden es herausfinden müssen – aber nicht jetzt. Ich legte einen festen Schritt vor und hielt erst an, als wir das Versteck des ersten Dickichts erreicht hatten. Ich warf einen Blick auf die primitiven Hütten zurück, hinter denen sich der riesige Komplex des Pentagons erhob.

»Niemand scheint uns zu folgen; machen wir also weiter. Nach jeder Stunde fünf Minuten Pause. Wir marschieren bis zum Sonnenuntergang.«

Ich berührte den Totenschädel-Computer, der an meinem Hals hing, und die Tastatur klappte auf. Ich rief die Hololandkarte auf, warf einen Blick auf die Sonne und deutete dann nach vorn.

»Wir gehen in die Richtung.«

Es war anfangs ermüdend, sich den Hügel hinauf-, an der anderen Seite hinab- und dann den nächsten hinaufzukämpfen. Doch bald ließen wir die Bäume und das wellige Land hinter uns und kamen auf eine grasbewachsene Ebene. Als die erste Stunde um war, machten wir Pause, legten uns hin und tranken einen Schluck Wasser. Die Mutigsten von uns mampften fleißig die Konzentrate, die zwar wie Pappdeckel schmeckten, aber nicht das gleiche aufregende Aroma aufwiesen. Da ganz in der Nähe ein Klopshain wuchs, ging ich hin und pflückte ein paar kugelförmige Früchte. Sie waren hart wie Stein und sahen in etwa ebenso lecker aus. Ich tat sie in meinen Tornister, um sie später zu untersuchen. Floyd hatte seinem Gepäck eine Winzflöte entnommen und spielte einen kurzen Jig, der unsere Stimmung hob. Als wir uns wieder auf den Weg machten, verschönte er uns die Zeit mit einem flotten Marsch.

Madonette ging neben mir und summte im Rhythmus der Melodie. Sie marschierte astrein und schien es zu genießen. Sie war auch eine tolle Sängerin mit einer großartigen Stimme. Eigentlich war alles an ihr toll, ihre Formen inklusive. Dann drehte sie sich um, schaute mich an und lächelte. Ich guckte weg, wurde etwas langsamer und paßte mich zur Abwechslung an Steengos Schritt an. Er hielt mit uns mit und sah zu meiner Freude auch nicht müde aus. Ach, Madonette … Denk an was anderes, Jim; behalt deinen Job im Auge. Nicht das Mädchen. Ja, ich weiß, sie sah weitaus besser aus als alles andere, was mich umgab. Aber es war nicht die rechte Zeit, um mich an sie heranzumachen.

»Was glaubst du, wann es dunkel wird?« fragte

Steengo. »Die Wirkung der Tablette, die du mir gegeben hast, flaut allmählich ab.«

Ich projizierte das Holo einer Armbanduhr. »Ich hab wirklich keine Ahnung; ich weiß nicht mal, wie lang hier die Tage sind. Die Uhr da ist, wie auch der Computer, auf Schiffszeit eingestellt. Es ist schon lange her, seit sie uns aus dem Pentagon rausgeworfen haben.« Ich schielte zum Himmel hoch. »Ich glaub auch nicht, daß die Sonne sich groß bewegt hat. Ist wohl Zeit, um nach Rat zu fragen.«

Ich biß dreimal feste auf die linke Seite meines Kinns, was ein Signal auf dem Unterkiefer-Funkgerät auslösen sollte.

»Hier ist Tremearne.« Die Worte purzelten deutlich durch das Innere meines Schädels.

»Ich verstehe Sie.«

»Wen verstehst du?« fragte Steengo.

»Bitte – ich funke gerade.«

»Verzeihung.«

»Empfange Sie laut und deutlich. – Meldung.«

»Die Macker haben unseren Vorstellungen nur sehr unvollkommen entsprochen. Wir haben den Ort vor ein paar Stunden verlassen und schlagen uns nun durch die Ebene ...«

»Ich habe Sie auf der Karte – Satellitenpeilung.«

»Ist irgendeine Fundamentaloidenbande in Sicht?«

»Eine ganze Reihe.«

»Auch in unserer Nähe?«

»Ja, direkt links von Ihnen. Ungefähr in der Richtung, in der Sie sich bewegen.«

»Das nenn ich Glück! Aber zuerst eine wichtige Frage: Wie lange dauert hier ein Tag?«

»Etwa einhundert Standardstunden.«

»Kein Wunder, daß wir langsam müde werden – und zwar am hellichten Tag. Dann dauert ein Tag hier viermal länger als bei uns. Können Sie den Satelliten so drehen, daß er in die Richtung schaut, aus der wir gekommen sind – um nachzusehen, ob wir verfolgt werden?«

»Das habe ich längst getan. Keine Verfolger in Sicht.«

»Das nenn ich gute Nachrichten! Ende.« Ich sagte mit lauter Stimme: »Kompanie – halt! Weggetreten. Ich gebe euch die andere Seite der Medaille bekannt: das, was ihr nicht gehört habt. Wir werden nicht verfolgt.« Ich wartete, bis der heisere Jubel verhallt war. »Was bedeutet, daß wir jetzt anhalten, futtern, trinken und schlafen können und dergleichen.«

Ich warf meinen Tornister zu Boden, reckte mich ausgiebig, warf mich hin, benutzte ihn als Kopfkissen und deutete auf den fernen Horizont. »Die fundamentaloiden Nomaden sind irgendwo in dieser Richtung. Früher oder später werden wir auf sie stoßen. Ich votiere für später.«

»Ich unterstütze den Antrag«, sagten die anderen, die nun alle in der Horizontalen lagen. Ich trank einen ordentlichen Schluck Wasser, bevor ich weitermachte.

»Die Tage sind hier viermal solang wie die, an die wir gewöhnt sind. Ich glaube, für einen Tag – oder für einen Vierteltag, je nachdem – haben wir genug gerauft und sind genug marschiert. Laßt uns eine Mütze voll Schlaf nehmen und weitergehen, wenn wir ausgeruht sind.«

Mein Ratschlag war völlig überflüssig, da die Lider der anderen längst geschlossen waren. Ich befand mich in einer durchaus vergleichbaren Lage und wollte gerade eindösen, als mir klar wurde, daß dies nicht der Weisheit letzter Schluß war. Ich rappelte mich ächzend auf und entfernte mich von den anderen, damit meine Stimme sie nicht störte.

»Melden Sie sich, Tremearne. Hören Sie mich?«

»Hier ist Sergeant Jaeggi. Der Captain hat dienstfrei. Soll ich nach ihm schicken?«

»Nicht, wenn Sie ihn vertreten – und die aktuellen Satellitendaten zur Hand haben.«

»Bestätige.«

»Behalten Sie sie im Auge. Wir legen gerade eine Schlafpause ein und möchten nicht dabei gestört werden. Falls Sie irgend etwas sehen, das sich an uns heranschleicht, dann geben Sie Laut.«

»Mach ich. Guat's Nächtli.«

Guat's Nächtli! Was war nur aus unserem Militär geworden? Ich stolperte zu meinen Gefährten zurück und folgte ihrem schönen Beispiel. Ich hatte nicht die geringsten Schwierigkeiten einzuschlafen.

Wachzuwerden war viel schwieriger. Es waren ein paar Stunden vergangen, denn als ich trübe zum Himmel hinaufblinzelte, sah ich, daß die Sonne über den Meridian gewandert war und sich nun endlich dem Horizont zuneigte. Was hatte mich geweckt?

»Achtung, Jim diGriz! Achtung!«

Ich schaute mich nach dem Sprecher um, und es dauerte lange Sekunden, bevor ich erkannte, daß ich Captain Tremearnes Stimme hörte.

»Was'n los?« nuschelte ich, noch immer halb in Morpheus' Umschlingung.

»Eine Gruppe der Fundamentaloiden wandert grob in Ihre Richtung. Sie müßte in etwa einer Stunde so nahe sein, daß Sie sie sehen.«

»Bis dahin müßten wir auf Besuch vorbereitet sein. Danke, Captain. – Ende.«

Mein Magen knurrte mich an, und ich erkannte, daß die Konzentratrate etwas zu konzentriert gewesen waren. Ich trank ein bißchen Wasser, um den Geschmack des Schlafes aus meinem Mund zu entfernen und stieß dann Floyd mit einem Zeh an. Seine Augen öffneten sich sofort, und ich schenkte ihm ein liebes Lächeln.

»Du hast dich gerade freiwillig gemeldet, zu den Büschen da rüberzugehen und Feuerholz zu sammeln. Es ist Zeit fürs Frühstück.«

»Richtig, Frühstück, Holz, wunderbar.« Er rappelte sich auf, gähnte und reckte sich, zupfte an seinem Bart und schritt zur Tat. Ich sammelte genug trockenes Gras, um ein Häufchen aus ihm zu machen, dann kramte ich die Atombatterie aus meinem Tornister. Sie konnte unsere Instrumente für mindestens ein Jahr antreiben, da konnte ich jetzt wohl ein paar Volt vergeuden. Ich zog die Isolierung der Kabelenden auf eine kurze Führung, kürzte sie, um einen Funkenregen zu erzeugen und warf sie ins Gras, das kurz darauf hübsch vor sich hinbrannte, knisterte, qualmte und sich auf den trockenen Holzstapel freute, den Floyd mitbrachte. Als es richtig heiß brannte, warf ich die Klopse in die glühende Asche.

Der Rest der Band regte sich im Schlaf, als der Qualm in ihre Richtung wehte, aber sie wachten erst richtig auf, als ich eine Frucht zerteilte. Die Schale war schwarz, deswegen ging ich davon aus, sie sei gar. Der üppige Wohlgeruch gebratenen Fleisches wehte heran, und auf der Stelle waren alle wach.

»Schmatz«, sagte ich und kaute einen wohlriechenden Bissen. »Ich danke euch, Genetiker, die ihr euch dieses Ding ausgedacht habt. Die reinste Gourmetnahrung – und sie wächst auf Bäumen. Wenn es die Einheimischen nicht gäbe, könnte dieser Planet ein Paradies sein.«

Nachdem wir getafelt hatten und uns wieder relativ menschlich fühlten, erstattete ich Bericht.

»Ich war in Kontakt mit dem Himmelsauge. Eine Gruppe von Nomaden nähert sich unserem Standort. Ich habe mir gedacht, sollen sie doch statt unserer laufen. Sind wir also auf eine Begegnung vorbereitet?«

Sie nickten flink und ohne zu zögern, was mich ungemein erfreute. Steengo hob seine Axt und blickte finster drein. »So bereit wie nie zuvor. Ich hoffe nur, die Bande ist freundlicher als die erste.«

»Es gibt nur eine Methode, es herauszufinden.« Ich biß wieder dreimal fest zu. »Wo sind die Fundamentaloiden jetzt?«

»Ein Stück nördlich von Ihnen – hinter den Sträuchern auf dem Hügelchen da.«

»Dann machen wir uns jetzt bereit. Tornister auf, Waffen bereit, Stoßgebet zum Himmel. Vorwärts!«

Wir gingen langsam den Hügel hinauf, durch die Büsche – und blieben plötzlich stehen und starrten auf die langsam vorbeiziehende Herde.

»Schiegen«, sagte ich. »Die mutierten Kreuzungen aus Schafen und Ziegen, von denen man uns berichtet hat.«

»Schiegen«, wiederholte Madonette. »Aber niemand hat uns gesagt, daß sie so *groß* sind! Ich reiche ihnen ja nicht mal bis zur Achselhöhle.«

»Tatsächlich«, stimmte ich ihr zu. »Aber sie haben noch etwas: Sie sind groß genug, um auf ihnen zu reiten. Und wenn ich mich nicht irre, hat man uns gesehen, und die drei Reiter dort galoppieren auf uns zu.«

»Und schwingen Waffen«, sagte Steengo ergrimmt. »Und so geht's schon wieder los.«

10. KAPITEL

Sie donnerten säbelschwingend auf uns zu, die Hufe wirbelten Staubwolken auf. Die Schiegen hatten tückische Äuglein, tückisch gekrümmte Hörner – und etwas, das Hauern ähnlich sah. Ich konnte mich nicht erinnern, je ein Schaf oder eine Ziege mit Hauern gesehen zu haben, aber es gibt ja immer ein erstes Mal.

»Bleibt in der Reihe, Waffen bereithalten«, rief ich und zückte meinen Säbel. Der Reiter, der als erster herankam, war schwarz gekleidet. Er riß fest an den Zügeln, und sein wolliges Reittier hielt rutschend an. Er warf einen finsteren Blick zu mir herab und sprach mit tiefer und beeindruckender Stimme durch einen vollen schwarzen Bart.

»Wer mit dem Schwert lebt, wird durch das Schwert sterben. So steht es geschrieben.«

»Redest du von dir?« fragte ich, meine Klinge weiterhin bereit haltend.

»Wir friedliche Menschen, Ungläubiger, aber wir müssen unsere Herden vor zahllosen Räubern schützen.«

Konnte sein, daß er die Wahrheit sagte; ich mußte das Risiko eingehen. Ich bohrte den Säbel in den Boden und trat zurück. Ich hätte ihn allerdings in einer Sekunde wieder an mich reißen können.

»Auch wir sind friedliche Menschen. Wir bewaffnen uns nur, um in dieser bösen Welt nicht ohne Schutz zu sein.«

Er dachte kurz darüber nach, dann faßte er einen Entschluß. Er schob seinen Säbel in eine Lederscheide und schwang sich von seinem Reittier. Das Vieh öffnete sofort das Maul – es hatte *wirklich* Hauer – und machte den Versuch, ihn zu beißen. Er nahm es kaum zur Kenntnis, sondern ballte nur die Faust und versetzte dem Tier einen schnellen Kinnhaken. Das Schiegenmaul klappte zu, und das Vieh fing an zu schielen. Es schien auch nicht viel auf dem Kasten zu haben, denn als seine Augen wieder normal blickten, hatte es den Mann völlig vergessen. Es machte laut *Mäh* und fing an zu grasen. Der Reiter kam zu uns und blieb vor mir stehen.

»Ich bin Arroz conPollo, und dies sind meine Jünger. Hat man euch schon erleichtert?«

»Ich bin Jim diGriz, und das ist meine Band. Ich habe etwas gegen das Finanzamt.«

»Was ist ein Finanzamt?«

»Die Firma, die einem vom Geld erleichtert. – Fedha.«

»Du hast mich mißverstanden, Jim von diGriz. Deine Seele braucht Erleichterung, nicht deine Geldkatze.«

»Ein interessanter theologischer Standpunkt, Arroz conPollo. Irgendwann müssen wir das ihn ausführlich erörtern. Was hältst du davon, wenn wir die Waffen niederlegen und ein wenig plauschen? – Legt sie nieder!« rief ich laut.

Arroz signalisierte seinen beiden Gefährten, und wir fühlten uns alle sehr viel besser, als die Säbel in die Scheiden wanderten und die Äxte sich senkten. Arroz keuchte plötzlich auf, erbleichte unter seiner Sonnenbräune und hielt den Arm vor sein Gesicht.

»Unrein«, stöhnte er. »Unrein.«

»Tja, man kommt nicht oft zum Baden, wenn man auf Achse ist«, erklärte ich. Daß auch er eher nach Feldlager als nach Lagerfeld duftete, unterschlug ich natürlich.

»Nicht am Körper – im Geist! Habt ihr etwa einen Behälter der Verderbtheit bei euch?«

»Könntest du das eventuell mal buchstabieren?«

»Ist diese ... Person eine ... *Frau?*« Er nahm den Arm noch immer nicht von den Augen.

»Als ich sie das letzte Mal angeschaut habe, war sie noch eine.« Ich trat ein Stück zur Seite, näher an meinen Säbel heran. »Was siehst *du* denn?«

»Sie muß ihr Gesicht verhüllen, um ihre Unreinheit zu bedecken. Und sie muß ihre Knöchel verhüllen, damit sie die Herzen der Männer nicht lüstern machen.«

»Der Typ hat sie doch nicht alle«, sagte Madonette angewidert. Arroz quietschte auf.

»Und bringt ihre Stimme zum Schweigen, damit sie die Gesalbten nicht zur Sünde verführt!«

Steengo nickte Floyd zu, dann packte er die wütende Madonette am Arm. Sie schubste ihn weg. »Jim«, sagte Floyd, »wir ziehen uns mal eben zwischen die Bäume zurück und legen ein Päuschen ein. Sieh du mal zu, ob du hier klarkommst.«

»Einverstanden.« Ich schaute ihnen zu, als sie gingen, und als sie außer Sichtweite waren, musterte ich die beiden Nomaden, die es ihrem Führer gleichtaten: Sie bedeckten ihre Augen mit den Armen, als wollten sie an ihren Achselhöhlen schnuppern. »Jetzt seid ihr sicher. Können wir nun darüber reden?«

»Kehrt zurück«, sagte Arroz zu seinen Gefährten. »Ich werde diesem Fremden das Gesetz erklären. Laßt die Herde grasen.«

Sie trotteten davon; Arroz' Reittier tat sich derweil am Grase gütlich. Er raffte seine Kutten und setzte sich im Schneidersitz hin und winkte mich heran. »Setz dich. Wir müssen reden.«

Ich setzte mich. Aber nicht in seine Windrichtung, weil es lange her war, seit er und seine Kleidung in die Nähe von Wasser und Seife gekommen waren. Und der redete von unrein! Er fummelte unter seinem Burnus herum, kratzte sich ausgiebig, zog dann ein Buch hervor und hielt es hoch.

»Dieses Buch ist die Schrift jeglichen Wissens«, intonierte er mit glänzenden Augen.

»Wie hübsch. Wie heißt es denn?«

»Das *Buch.* Es gibt keine anderen Bücher. Alles, was der Mensch wissen muß, steht in ihm. Es ist das Destillat allen Wissens.« Meiner Meinung nach war es zwar ein bißchen dünn, um dieser Aufgabe gerecht zu werden, aber klug wie ich war, hielt ich den Mund. »Der große Gründer, dessen Name nicht ausgesprochen werden darf, hatte die Eingebung, alle Heiligen Bücher sämtlicher Zeitalter zu lesen. Und in ihnen erblickte er die Arbeit des Gottes, dessen Name nicht ausgesprochen werden darf. Er erkannte, welche Abschnitte Hoffnung weckend und welche unwahr waren. Aus all diesen Büchern destillierte er das Wahre Buch – und verbrannte dann alle anderen. Er ging in die Welt hinaus, und seine Jünger waren zahlreich. Doch andere waren neidisch auf ihn; sie wollten ihn und seine Jünger vernichten. So ist es gesagt. Und es ist auch gesagt, daß er und seine Jünger, um der dummen Verfolgung zu entgehen, auf diese Welt kamen, wo sie ungestört beten konnten. Deswegen habe ich gefragt … Bist du unrein? Folgst du den Gesetzen des Buches?«

»Hochinteressant. Ich folge einem etwas abgewandelten Gesetz. Mein Gesetz sagt, daß ich dein Gesetz respektieren muß, also brauchst du dir meinetwegen keine Sorgen zu machen.«

Er runzelte die Stirn und deutete mahnend mit dem Finger auf mich. »Es gibt nur ein Gesetz, und nur ein Buch. Wer anders denkt, ist verdammt. Jetzt ist deine Chance, dich zu reinigen, denn ich habe dir den wahren Weg gewiesen.«

»Vielen Dank. – Aber danke, nein.«

Er stand auf und deutete anklagend mit dem Finger auf mich. »Unrein! Lästerlich! Hinfort – denn du beschmutzt mich mit deiner Gegenwart!«

»Nun, jedem nach seinem Gusto. Auf Wiedersehen, und viel Glück beim Schiegenscheren. Mögen all eure Vliese riesig sein. Doch eine Nachsicht, bitte. Würdest du einen Blick hierauf werfen, bevor du gehst?« Ich nahm das Foto des nicht-menschlichen Artefakts aus der Tasche und hielt es ihm hin.

»Unrein«, murmelte er und schob die Hand hinter seinen Rücken, um es bloß nicht zu berühren.

»Da gehe ich jede Wette ein. Ich möchte nur wissen, ob du das Ding auf dem Bild schon mal gesehen hast.«

»Nein, niemals.«

»War nett, mit dir zu plauschen.«

Er erwiderte mein freundliches Winken nicht, als er zu seinem Reittier hinüberstiefelte, dem Tier in die Hacken trat, bis es sich hinsetzte, und es bestieg und davongaloppierte. Ich zog meinen Säbel aus dem Boden und gesellte mich zu den anderen. Madonette kochte noch immer.

»Heuchlerischer, engstirniger, bigotter, stinkender Kuttenfurzer!«

»Wenn das nur alles wäre … Wenigstens habe ich ein paar negative Informationen von ihm bekommen. Er hat das Artefakt nie gesehen. Es muß also bei einem anderen Stamm sein.«

»Heißt das, wir müssen mit *allen* Stämmen reden?«

»Es sei denn, ihr habt eine bessere Idee. Und das in neunzehn Tagen.«

»Ich traue ihm nicht«, sagte Madonette. »Jetzt werdet bloß nicht höhnisch und faselt von weiblicher Intuition. Gehören die etwa nicht zu dem gleichen Volk, das das Schiff der Archäologen angegriffen hat?«

»Du hast recht … Und ist es nicht Hufschlag, was sich uns da nähert?«

»Es ist Hufschlag!« rief Floyd mit ausgestrecktem Arm. »Was machen wir jetzt? Abhauen?«

»Nein! Raus aus dem Wald, rein in die Prärie! Die Instrumente bereithalten. Wir geben ein Konzert für die Burschen, das sie nie mehr vergessen werden!«

Arroz war zu seinen Leuten zurückgekehrt, um die Truppe in Marsch zu setzen, und mindestens dreißig Kerle kamen säbelschwingend und mit ihren Reittieren um die Wette *Mäh* schreiend auf uns zu. Ich drehte den Verstärker so weit auf, bis er nicht mehr weiter ging.

»Ohrenstöpsel rein, fertigmachen. Ich zähle bis drei, dann spielen wir Nummer dreizehn: *Die Raketen ballern los.* Eins, zwei ...«

Bei drei donnerte die Explosion. Die Reiter, die ganz vorn waren, wurden abgeworfen, als ihren Schiegen panisch bockten. Ich warf noch ein paar Rauchbomben dazwischen, damit die Sache weiterging, und bombardierte sie mit holografierten Lichtblitzen.

Es war echt gut. Bevor wir zum zweiten Refrain ansetzten, war die Stampede aus, und die letzten entsetzten Schiegen galoppierten außer Sichtweite. Der letzte schwarzkuttete Fundamentaloid krabbelte über den Horizont, das niedergetrampelte Gras wimmelte von weggeworfenen Säbeln, Vliesstückchen und Myriaden Schiegenfladen.

»Der Sieg ist unser!« krakeelte ich fröhlich.

Und nur noch neunzehn Tage zu leben, fiel mir ein. Es würde einfach nicht hinhauen. Ich hatte das abscheuliche Gefühl, daß wir neunzehn Tage oder neunzehn Wochen damit zubringen konnten, auf diesem Planeten herumzustolpern ohne irgend etwas über das gesuchte Artefakt zu erfahren. Der Plan mußte irgendwie geändert werden – und zwar sofort! Ich löste mich von den anderen und biß dreimal fest zu; so fest, daß mir beinahe ein Zahn abbrach.

»Hier ist Captain Tremearne.«

»Und hier ist der elende Jim diGriz. Haben Sie alles verfolgt?«

»Ja, sogar gesehen. Ich habe gehört, daß Sie ihn gebeten haben, das Foto zu identifizieren. Ich nehme an, er hat es nicht getan.«

»Ihre Annahme, ferne und körperlose Stimme, ist richtig. Hören Sie zu, wir müssen den Plan ändern. Als mir die Idee für die gegenwärtige Operation kam, ging ich von der Annahme aus, es gäbe auf dieser elenden Welt wenigstens irgendeine Imitation von Kultur. Daß wir eine Vorstellung nach der anderen hier abziehen und gleichzeitig herumschnüffeln könnten. Es war aber ein Irrtum.«

»Ich bedauere, daß Ihnen damals nicht sämtliche Fakten zugänglich waren. Aber wie Ihnen nun bewußt sein dürfte, hat man speziell über diesen Planeten eine hundertprozentige Nachrichtensperre verhängt.«

»Das weiß ich jetzt auch, und ich quengele auch nicht. Wir wären viel besser dran, wenn wir uns als Kampfeinheit der Raummarine getarnt hätten. Bisher hat jeder, den wir getroffen haben, uns umbringen wollen. An der ganzen Sache ist nur dieser Betonkopf Benbow schuld. Er hat mich über das, was uns hier bevorsteht, belogen. Stimmt's?«

»Als untergeordneter militärischer Beamter kann ich das Betragen meiner Vorgesetzten zwar nicht diskutieren, aber ich stimme Ihnen zu, wenn Sie sagen, daß derjenige, der sie in den Fall eingewiesen hat, mit der Wahrheit sehr ökonomisch umgegangen ist.«

»Wissen Sie auch, daß er sehr ökonomisch mit meiner Gesundheit umgegangen ist? Daß ich aufgrund eines Zeitgifts in neunzehn Tagen den Löffel abgeben muß?«

»Man hat mich in Kenntnis gesetzt, daß dies bedauerlicherweise der Fall sein wird. Aber jetzt haben Sie nur noch

achtzehn Tage. Sieht so aus, als hätten Sie sich in der letzten Periode verzählt.«

»Achtzehn? Vielen Dank. Es macht das, was ich zu sagen habe, nur noch wichtiger. Ich brauche irgendeine Hilfe, etwas, das uns transportieren kann.«

»Jeglicher Kontakt mit dem Planeten ist verboten.«

»Ich habe gerade die Regeln geändert. Sie haben mir selbst erzählt, daß Sie einem Komitee vorsitzen, das auf diesem Planeten allerhand verändern will. Die erste Veränderung wird darin bestehen, daß wir irgendeine Barkasse kriegen. Damit kann ich die verschiedenen Stämme dieser Schiegenbumser erreichen, bevor ich meinem persönlichen Stichtag gegenüberstehe.«

»Wenn ich das tue, widersetze ich mich meinen Befehlen, und das könnte das Ende meiner Karriere sein.«

»Tja, und nun?«

Die Stille in meinem Kopf ging weiter. Ich wartete. Dann hörte ich etwas, das nur ein Seufzer sein konnte.

»Ich nehme an, Zivilisten mit Grips haben heutzutage viele Möglichkeiten, eine Stellung zu finden. Die Barkasse landet nach Einbruch der Dunkelheit. Wenn sie niemand landen sieht, besteht eine kleine Chance, daß mein Berufswechsel einen Aufschub erhält.«

»Sie sind ein guter Typ, Tremearne. Meinen herzlichsten Dank.«

Als ich zurückging, um meine Gefährten zu informieren, summte ich ein, zwei Takte des *Schwedischen Monsters*.

»Jim, du bist wunderbar!« sagte Madonette. Sie packte mich und küßte mich. »Fliegen ist doch viel schöner als gehen.«

Floyd nickte fröhlich und zustimmend und griff ebenfalls nach mir.

»Weg!« schrie ich. »Mädchen gehen in Ordnung, aber ich küsse keine bärtigen Kerle. Jetzt bringen wir einen gewissen Abstand zwischen uns und diese religiösen Spinner hier – für den Fall, daß sie sich rächen wollen. Dann legen wir bis zur Dunkelheit eine Rast ein. Ich habe das Gefühl, daß wir eine sehr geschäftige Nacht vor uns haben.«

11. KAPITEL

»Wach auf, Jim – es ist fast dunkel.«

Madonettes sanfte Hand war höchst willkommen, da sie mich aus einem wirklich greulichen Alptraum weckte. Tentakel, hervorquellende Stielaugen – Bäh! Die achtzehn Tage, die mir noch verblieben, schienen mir aufs Unterbewußtsein zu gehen. Ich setzte mich hin, gähnte und reckte mich. Die Sonne war nach langem Zögern endlich hinter dem Horizont versunken und ließ nur einen langsam verblassenden Lichtstreifen zurück. Die Sterne traten hervor und enthüllten ein paar ziemlich langweilige Konstellationen – und es waren wirklich nur wenige. Dieser Gefängnisplanet schien weit draußen am Rand der Galaxis zu liegen.

Dann verhüllte etwas die Sterne im Zenit, und ein dunkler Umriß trieb zum Boden herab – lautlos, mit Nullgrav-Antrieb. Als wir uns näherten, öffnete sich eine Tür, und die Kabinenlichter gingen an.

»Ausschalten, du Klotzkopf!« rief ich. »Du willst wohl meinen Nachtblick ruinieren!« Der Pilot drehte sich im Sessel um, und ich grinste verunsichert. »Verzeihung, Captain. Das mit dem Klotzkopf ist nur so 'ne Redensart, Sir.«

»Ist alles meine Schuld«, sagte er und tippte auf einen seiner elektronischen Augäpfel. »Mit denen vergesse ich das immer. Ich fliege dieses Ding, weil ich den besten Nachtblick der Flotte habe.«

Er schaltete die Lichter aus, und wir tasteten uns an Bord, wobei nur die mattroten Notlichter uns den Weg wiesen. Ich nahm im Sitz des Copiloten Platz und schnallte mich an.

»Wie sieht Ihr Plan aus?« fragte er.

»Er ist ganz einfach. Sie kennen doch die Position sämtlicher Schiegenherden, oder?«

»Sie stehen alle im Speicher der Barkasse.«

»Großartig. Lassen Sie den Computer eine topologische Vermessung machen, um einen Kurs auszurechnen, mit dem wir sie alle in der kürzestmöglichen Zeit besuchen können. Wir fliegen zur ersten Herde hinüber, suchen uns einen Hirten, der eventuell ein Stück von den anderen entfernt kampiert und reden mit ihm. Wir zeigen ihm das Foto und bringen in Erfahrung, ob er das Ding gesehen hat. Hat er es nicht – nehmen wir uns die nächste Bande vor.«

»Scheint ein einfacher und praktischer Plan zu sein. Sind alle angeschnallt? Also los, nehmen wir uns die erste Herde vor.«

Wir wurden in die Sitze gepreßt und düsten los. Es ging hoch und schnell auf dem vorausberechneten Kurs. Dann wurden wir langsamer und trieben niedrig dahin, während Tremearne in die Finsternis hinauslugte.

»Da ist einer«, sagte er. »Auf der anderen Seite der Herde. Er ist ganz allein. Entweder bewacht er die Viecher oder er hält sie davon ab, sich zu verlaufen. Ich habe einen Vorschlag: Ich nähere mich ihm von hinten und immobilisiere ihn. Dann können Sie ihn verhören.«

»Im Dunkeln an ihn heranschleichen? Einen bewaffneten und aufmerksamen Wächter immobilisieren? Das ist ein Job für einen Nahkampfexperten.«

»Wie, glauben Sie, bin ich an meine elektronischen Augäpfel gekommen? Es ist bestimmt ganz unterhaltsam, mal wieder ein bißchen zu arbeiten.«

Ich hatte keine Wahl, ich mußte ihm zustimmen. Der Captain erwies sich als ausgezeichneter Verbündeter.

Wenn wir auf diese Weise vorgingen, kamen wir bestimmt viel schneller voran, als wenn wir allein herumgekrochen wären. Wenn er so gut war, wie er sagte. Ich hatte zwar meine Zweifel, aber ich behielt sie für mich. Er war ein grauhaariger Schreibtischflieger mit elektrischer Sehkraft und hatte seine besten Zeiten möglicherweise längst hinter sich.

Aber so war es nicht. Nachdem wir gelandet waren, trat er aus der Tür und verschwand lautlos in der Dunkelheit. Keine dreißig Sekunden später rief er leise meinen Namen.

»Hier drüben. Sie können jetzt Licht machen.«

Ich schaltete die Taschenlampe ein. Es war echt schwarz unter dem fast sternenlosen Himmel. Ich sah zwei Gestalten, die dicht beieinanderstanden. Das Licht enthüllte einen glotzäugigen Hirten in Tremearnes ausbruchssicherem Griff; die Hand um seinen Hals hatte ihn verstummen lassen. Ich blendete ihn mit der Lampe.

»Lausche, o pflichtvergessener Hirte. Die Hände, die dich halten, hätten dich ebenso gut töten können. Dann hätten wir deine ganze wollige Herde stehlen und bis ans Ende aller Zeiten Schiegenschaschlik essen können. Aber ich will dir Gnade gewähren. Die Hand wird sich von deinem ungewaschenen Halse lösen. Wenn du schreist, stirbst du. Du wirst leise zu mir sprechen und meine Fragen beantworten. Du darfst nun das Wort ergreifen.«

Der Hirte hustete und ächzte, als der Druck nachließ. »Dämonen der Hölle! Laßt mich frei, tötet mich nicht, sagt mir, was ihr von mir wünscht, dann kehrt zurück in die Grube, aus der ihr entwichen seid ...«

Ich kniff ihm fest in die Nase. »Maul halten. Augen auf. Schau dir dieses Foto an. Sag mir, ob du es je zuvor gesehen hast.«

Ich hielt ihm das Foto dicht ans Gesicht und beleuchtete es mit der Lampe. Um meiner Frage Nachdruck zu verleihen, verdrehte Tremearne den Arm des Gefangenen, und er stöhnte seine Antwort hervor. »Niemals, nein, ein solches Ding würde ich nicht vergessen, nein…« Seine Stimme verfiel in ein Gurgeln und schwieg, dann sank er ohnmächtig zu Boden.

»Waschen sich diese Schiegenhirten eigentlich nie?« fragte Tremearne.

»Nur in Schaltjahren. Nehmen wir uns den nächsten vor.«

Wir entwickelten recht flink eine Routine. Wir landeten, der Captain stieg aus. In der Regel rief er schon nach mir, wenn ich gerade aus der Barkasse treten wollte. In dieser Nacht versanken zahlreiche Hirten in einen tiefen Schlaf. Doch erst, nachdem sie einen Blick auf das Foto des Artefakts geworfen hatten. Zwischen den Landungen döste ich vor mich hin, und aus dem hinteren Teil der Barkasse erklang schweres Atmen und Geschnarche. Nur der Captain war unermüdlich; nach der elften Landung wirkte er noch so fit wie bei der ersten. Es war eine sehr lange Nacht.

Als wir zur dreizehnten schritten, fühlte ich mich ziemlich groggy. Dreizehn, die Unglückszahl. Lassen wir sie aus und nennen sie die vierzehnte. Wieder ein Glotzaugenpaar, das mich über einem verfilzten Vollbart angaffte.

»Schau!« fauchte ich. »Sprich! – Ächzen zählt nicht als Antwort. Haste das Ding schon mal gesehen?«

Der Hirte stöhnte nicht, er gurgelte. Dann quiekte er, als der Druck auf seinen Arm zunahm. Es sah so aus, als verlöre nun sogar der sture Captain allmählich die Geduld.

»Satansbraten… Werk des Teufels… Ich habe sie gewarnt, aber sie wollten nicht hören… Das Grab, das Grab!«

»Haben Sie irgendeine Vorstellung, was er schwafelt?« fragte Tremearne.

»Es könnte Hoffnung geben, Captain. Wenn er nicht total Panne ist, hat er es vielleicht gesehen. – Schau! Sieh! Hast du es je gesehen?«

»Ich habe gesagt, er soll es nicht anrühren. Weil Tod und die Verdammnis das Ergebnis sind.«

»Du hast es also gesehen. In Ordnung, Captain, lassen Sie seinen Arm los – aber bleiben Sie bereit.« Ich stülpte meine Tasche um, entnahm ihr eine Handvoll silberner Münzen einheimischen Geldes und beleuchtete sie. »He, du, Müffi, schau mal ... Fedha. Sie sind alle für dich. Für dich allein.«

Damit hatte ich seine volle Aufmerksamkeit gewonnen. Ich machte flink eine Faust, als er danach griff. »Es gehört dir, wenn du mir ein paar einfache Fragen beantwortest. Wir werden dir nichts tun, aber nur, wenn du die Wahrheit sprichst. Hast du das Ding schon mal gesehen?«

»Sie sind geflohen. Wir haben es in ihrem Himmelsschiff gefunden. Ich habe es angefaßt. Unrein, unrein.«

»Bis jetzt machst du's ganz gut.« Ich schüttete die Hälfte der Münzen in seine wartende Hand. »Und jetzt die Zehntausend-Fedha-Frage. Wo ist es jetzt?«

»Verkauft. An sie verkauft. Die Paradiesier. Mögen sie für alle Zeiten verflucht sein ...«

Es war zwar nicht leicht, aber schließlich konnten wir ihm alle Einzelheiten aus der Nase ziehen. Wenn man sämtliche Flüche und alle Blasphemien außer acht ließ, war es eine simple Geschichte über Diebstahl und Schikane. Das Schiff war gelandet, und sobald es die Luken geöffnet hatte, angegriffen worden. Während des Spektakels waren die Fundamentaloiden durch das Schiff getobt und hatten sich alles Tragbare unter den Nagel gerissen, einschließlich des Behälters mit dem nicht-menschlichen Artefakt. Sie hatten das Ding in der

Kiste mitgenommen, weil sie den Deckel nicht aufbrachten. Als es ihnen schließlich gelungen war, hatten sie nicht verstanden, was es war. Und Unwissenheit bedeutet Angst. Also hatten sie es in der Stadt Paradies zu Markte getragen, wo man fast alles an den Mann bringen konnte. Ende der Geschichte.

Als wir den Hirten besinnungslos zu Boden schickten, ließen wir ihm das Geld. »Dies schreit nach einer Konferenz«, sagte ich.

»Ja, aber nicht so nahe an der Herde. Gehen wir auf das Plateau hinauf, da ist frischere Luft.«

Als wir diesmal landeten, waren die anderen wach und lauschten konzentriert unserem Bericht.

»Tja, das engt das Feld ordentlich ein«, sagte Madonette.

»Wirklich?« sagte ich. »Wie groß ist die Bevölkerung der paradiesischen Nation?«

»Ungefähr hunderttausend«, gestand Tremearne. »Es ist zwar nicht unbedingt die beste Zivilisation auf diesem Planeten, aber sie scheint die erfolgreichste zu sein. Ich weiß nur sehr wenig über sie – und das nur aus Fotografien und Beobachtungen.«

»Ist im Pentagon jemand, der mehr weiß?«

»Möglich. Aber die Information ist vertraulich, und niemand redet darüber.«

Ich ließ meine Knöchel knacken, setzte eine finstere Miene auf und deutete mit einem Finger auf ihn. »Das bringt uns auch nicht viel weiter, oder?«

Tremearne sah so unglücklich aus wie ich. »Nein, Jim. Ich weiß auch nicht, warum all dieses Wissen geheim ist, obwohl Ihre Gruppe auf diesem Planeten aktiv ist. Ich habe versucht, an diese Informationen heranzukommen. Man hat mich nicht nur abgeschmettert, sondern auch verwarnt.«

»Wer steckt dahinter? Haben Sie irgendeine Ahnung?«

»Nein. Ich weiß nur, daß es von ganz oben kommt. Die Leute, mit denen ich Kontakt hatte, verstehen Ihre Probleme und möchten gern helfen. Aber alle Anfragen, die sie weitergeben, werden sofort und mit Nachdruck abgeschmettert.«

»Bin ich schizophren – oder gibt es in der Kommandokette jemanden, dem dieses Unternehmen nicht behagt? Der will, daß wir versagen?«

Nun war Tremearne an der Reihe, mit den Knöcheln zu knacken und eine finstere Miene aufzusetzen.

»Ich hab's Ihnen doch gesagt – ich bin Berufssoldat. Mir gefällt die Lage auf diesem Planeten ganz und gar nicht. Nicht nur, wie man Ihre Gruppe behandelt, sondern die ganze gräßliche Geschichte. Tja, irgendwie blicke ich da nicht durch. Zuerst dachte ich, ich könnte hier ein paar Reformen einleiten, indem ich meine Beziehungen spielen lasse. Aber sie reichen nicht aus. Man blockt mich ebenso ab wie Sie.«

»Wer? Und warum?«

»Keine Ahnung. Aber ich tue mein Bestes, um es rauszukriegen. Aber über die Stadt und die Paradiesianer weiß ich im Grunde gar nichts.«

»Eine ehrliche Antwort, Captain. Ich danke Ihnen dafür.«

»Wenn Sie es nicht wissen, müssen wir es eben selbst in Erfahrung bringen«, sagte Steengo. »Wir könnten ein, zwei Auftritte absolvieren und die Augen offenhalten.«

»Wenn es doch so einfach wäre«, murmelte ich. »Rollt die Landkarten aus.«

Es sah so aus, als wohnte der größte Teil der Bevölkerung in der einzigen wuchernden Stadt. Von den Dörfern in der Umgebung führten Straßen in sie hinein, und es gab noch einzeln stehende Gebäude, die eventuell Bauernhöfe waren. Das einzig wirklich Verwirrende an der 3-D-Landkarte war etwas, das wie eine Mauer aussah, die die Stadt in zwei Teile zu trennen schien. Um die Stadt selbst gab es keine Mauern, nur die eine da, mittendrin. Ich deutete darauf.

»Hat jemand eine Ahnung, was das sein könnte? Oder was es zu bedeuten hat?«

Tremearne schüttelte den Kopf. »Keine Ahnung. Sieht wie eine Mauer aus. Aber neben ihr führt eine Straße her. Sieht so aus, als wäre es die einzige, die aus der Ebene in die Stadt reinführt.«

Ich deutete mit einem Finger auf die Holokarte.

»Hier. Wo die Straße verblaßt und im Gras endet. Da müssen wir hin. Oder hat jemand eine bessere Idee?«

»Finde ich ganz gut«, sagte Tremearne. »Ich setze Sie auf dem kleinen Plateau ab, hinter dem Grat da, wo man uns nicht sehen kann. Dann bringe ich die Barkasse von dort weg und bleibe über Funk mit Ihnen in Verbindung.«

Wir hauten uns hin. »Laßt uns noch 'ne Runde schlafen«, gähnte Floyd. »Es war 'ne lange Nacht.«

Sie war sogar noch länger, bei den langen Tagen hier. Tremearne startete, und wir setzten uns zum Schlafen hin. Als wir aufwachten, war es noch immer dunkel. Also schliefen wir noch eine Runde. Zumindest die anderen schnarchten vor sich hin; mir ging zu viel im Kopf herum, deswegen fiel es mir nicht so leicht, einfach wegzutreten. Wir hatten jetzt einen Hinweis auf den Aufenthaltsort des nicht-menschlichen Artefakts. Einen Hinweis, der nutzlos war, solange wir uns nicht umschauten. Aber in der Dunkelheit konnte man nichts sehen. Und ich hatte noch… Wie viele Tage noch, bevor mich das Dreißig-Tage-Gift allemachte? Ich zählte es an meinen Fingern ab. Achtzehn waren ungefähr rum. Blieben noch zwölf. Wunderbar. Oder hatte ich mich verzählt? Ich fing noch mal von vorn an, dann wurde ich wütend auf mich. Scheiß der Hund auf die Finger. Ich schaltete den Computer ein und schrieb ein kleines Programm. Dann drückte ich auf E für Ende. Eine leuchtende Achtzehn erschien, und daneben eine flackernde Zwölf. Nicht etwa, daß es mich gefreut hätte, sie zu sehen; im Leben nicht; aber so brauchte ich mir keine Sorgen mehr zu machen, daß ich mich verzählen könnte. Irgendein Teil von mir schien darüber zutiefst zufrieden zu sein, denn ich sank in einen tiefen Schlaf.

Endlich, wenn auch sehr zögerlich und träge, erhellte sich der Himmel, und ein neuer Tag begann. Bevor es völlig hell wurde, steuerte der Captain die Barkasse nach unten zwischen die Hügel und ließ uns hinter dem letzten Grat von Bord gehen.

»Viel Glück«, sagte er mit einer gewissen Erbitterung. Die Backbordluke schloß sich, und die Barkasse setzte sich in Bewegung und verschwand im zunehmenden Licht. Ohne mir recht bewußt zu sein, was ich eigentlich tat, gab ich E in den Computer ein. Die Zahlen blitzten auf und verschwanden ebenso schnell. Aber ich prägte sie mir ein.

Neunzehnter Tag.

12. KAPITEL

Als wir losgingen, fing es an zu tagen; die Sonne zog sich mit großer Mühe über den Horizont. Als wir an der Stelle waren, die wie der Anfang der Mauer aussah, war es noch immer nicht ganz hell. Wir sahen nur eine einzelne Reihe von Ziegelsteinen, fast im Gras verborgen.

»Was haltet ihr davon?« fragte ich allgemein in die Runde. Steengo bückte sich und klopfte mit den Knöcheln an einen Stein.

»Ziegelsteine«, sagte er.

»Rote Ziegelsteine«, sagte Madonette intelligenterweise.

»Danke, danke«, murmelte ich, ohne es im geringsten zu würdigen.

Auf der rechten Seite der Ziegelsteinreihe befand sich ein kaum sichtbarer Pfad, und da uns nichts Besseres einfiel, gingen wir über ihn los.

»Sie wird höher, seht ihr?« sagte Floyd und deutete mit der Hand auf das Mäuerchen. »Hier hat man eine zweite Schicht hinzugefügt.«

»Da vorne sind's noch mehr«, sagte Madonette. »Da ist sie drei Steine hoch.«

»Was ist das denn?« sagte Steengo. Er bückte sich, schob das Gras beiseite, um besser sehen zu können und berührte einen Ziegelstein mit der Fingerkuppe. »Es ist eine Art Emblem in die Steine geprägt.« Nun schauten wir alle.

»So 'ne Art Kreis, aus dem ein Pfeil herausragt.«

»Pfeil… Kreis…«, murmelte ich. In meinem Kopf

machte sich ein plötzlicher Intuitionsschub breit. »Ich habe das Zeichen schon mal gesehen! Ja, wirklich! Ist vielleicht einer von euch so nett und steigt über die Mauer, um nachzuschauen, ob auf der anderen Seite ein Kreis zu sehen ist, aus dem ein Kreuz herausragt?«

Madonette maß mich mit stirnrunzelnder Neugier, trat dann über das Mäuerchen, bückte sich und sah sich um. Nun runzelte sie noch stärker die Stirn.

»Wie hast du das gemacht? Auf den Steinen hier sind Kreise, aus denen Kreuze herausragen.«

»Biologie«, sagte ich. »Hab ich in der Schule gelernt.«

»Aber klar«, sagte sie und trat zurück. »Die Symbole für männlich und weiblich.«

Floyd, der vorausgegangen war, rief nun: »Es stimmt wahrhaftig! Hier steht *VIROJ* auf einem Stein.« Er beugte sich vor und schaute. »Und auf der anderen Seite steht *VIRINOJ*.«

Je weiter wir gingen, desto höher wurde die Mauer. Neben den uns bereits bekannten Symbolen trafen wir auf die Aufschriften *LJUDI, MUTAWA, HERRER* und *SIGNORI*.

»Das reicht«, sagte ich und blieb stehen. »Gepäck ablegen. Wir legen jetzt eine Pause ein und betrachten die Lage. Die Botschaft ist nur allzu deutlich. Schaut euch den Weg an, den wir genommen haben. Gibt es auch einen auf der anderen Seite?«

Die Ziegelmauer reichte uns nun bis an die Taille. Floyd stützte sich mit einer Hand auf ihr ab, schwang sich hinüber und schaute sich um.

»Könnte sein, ist aber nicht sicher. Könnte sein, daß da mal einer war, aber er ist so mit Gras bewachsen, daß man ihn nicht genau erkennen kann. Kann ich jetzt zurückkommen?«

»Ja – weil es höchste Zeit ist, daß wir eine Entscheidung treffen.« Ich deutete nach vorn, auf die langsam höher werdende Mauer. »Der Fundamentaloid hat gesagt, sie waren in der Stadt, um zu handeln. Dann müssen sie den Weg genommen haben, den wir jetzt gehen.«

Madonette nickte zustimmend – auch wenn es ihr nicht gefiel. »Es waren alles Männer, das weiß ich nur zu gut. Von wegen unrein! Frauen haben keinen Zutritt. Wenn also Frauen hierherkommen, müssen sie den Weg auf der anderen Seite der Mauer nehmen. Was sollen wir deiner Meinung nach tun, Jim?«

»Was sollen wir *eurer* Meinung nach tun? Wie schon gesagt – wir müssen uns entscheiden. Bleiben wir zusammen und ignorieren die deutliche Anweisung? Das ist die erste Frage, die wir beantworten müssen.«

»Wenn wir das tun«, sagte Madonette, »kriegen wir ganz sicher irgendwelchen Ärger. Man hat die Mauer bestimmt nicht zum Spaß gebaut. Wenn wir die Botschaft ignorieren, passiert garantiert irgend etwas, das uns nicht gefällt. So ist es doch immer auf dieser Welt. Ich treffe die Wahl: Ich gehe auf die andere Seite …«

»Nein«, fiel ich ein. »Wenn wir das machen und die Mauer immer höher wird, sind wir getrennt und haben keine Verbindung mehr. Das bringt doch nichts …«

»Tja, hierbleiben kann ich nicht. Und zurückgehen auch nicht. Wir müssen, wie du gesagt hast, in Verbindung bleiben. Also beiß mal auf dein Kieferfon und melde dich bei Tremearne. Sag ihm, wir brauchen hier unten ein paar Funkgeräte, damit wir Kontakt halten können. Wenn wir den Auftrag erfüllen wollen, müssen wir wissen, was auf beiden Seiten der Mauer vor sich geht. Und ich bin die einzige, die rauskriegen kann, was auf der anderen Seite passiert.«

Sie nahm ihren Tornister, setzte sich auf das Mäuerchen, schwang die Beine hoch, glitt auf die andere Seite und lächelte uns an. Es gefiel mir nicht.

»Es ist Wurscht, ob es dir gefällt oder nicht«, sagte sie, als könne sie meine Gedanken an meiner Miene ablesen. »Anders können wir den Auftrag nun mal nicht erfüllen. Besorg die Funkgeräte. Vergiß nicht, daß Tremearne uns immer abhört und die Marine alarmieren kann, wenn einer von uns in Schwierigkeiten kommt. Funk ihn an.«

»Mach ich. Aber bevor wir die Bestellung aufgeben, müssen wir uns darüber im klaren sein, was für Funkgeräte wir brauchen. Blickkontakt gibt's nicht mehr, wenn die Mauer uns im Weg steht und die Signale abblockt. Außerdem – wer weiß, wie dick das Ding noch wird? Das Gestein könnte sämtliche Funkfrequenzen blockieren, und dann wäre es aus. Kennt jemand von euch ein Funkgerät, das Funkwellen durch Stein jagt?«

Ich sprach meine Gedanken halb im Scherz laut aus. Deswegen war ich mehr als überrascht, als hinter mir eine Stimme »Ja« sagte.

Ich wirbelte herum und starrte Steengo an. Er polierte sich die Fingernägel an seinem Hemd und musterte dann sein Abbild auf ihrer glänzenden Oberfläche.

»Hast du es gesagt?« fragte ich. Er nickte klug. »Warum?«

»*Warum* ist eine gute Frage. Die Antwort ist: Obwohl ich vor dir stehe, ein alternder Amateurmusiker, den man aus der Rente geholt hat, um sein Leben für die Allgemeinheit zu riskieren, sollte man nicht vergessen, daß ich so manches Jahrzehnt für die Sache eben dieser Allgemeinheit tätig war. In der Liga-Kommunikation. Wo ich dabei geholfen habe, ein hübsches kleines Gerät zu entwickeln, das man MIPSK nennt.«

»Mipsik?« fragte ich albern.

»Du bist fast dran, mein lieber Freund Jim. MIPSK ist ein Akronym für Miniaturisierter Persönlicher Satelliten-Kommunikator. Ich schlage vor, daß du deinen Unterkiefer verkeilst und zwei davon bestellst. Vier wären natürlich besser, dann könnten wir alle jederzeit miteinander in Verbindung bleiben. Und erinnere Tremearne daran, daß er auch einen Komsatelliten in die Kreisbahn bringt. Geostationär, über der Stadt Paradies.«

»MIPSKs sind nicht nur streng geheim, sondern auch unglaublich teuer«, sagte Tremearne, als ich ihn anfunkte.

»Ebenso wie dieses Einsatzkommando. Kriegen Sie es hin?«

»Natürlich. Sie sind schon unterwegs.«

Eine halbe Stunde später sank ein kleines Päckchen vom Himmel. Es hing an einem Gravlifter, der sofort wieder in die Luft zischte und verschwand, nachdem wir es von ihm gelöst hatten. Ich machte es auf und schüttete eine Handvoll künstlicher Fingernägel heraus. Ich riß die Augen auf, als ich sie sah. Dann fiel mir ein, daß Steengo sich die Nägel während seiner Worte über MIPSK poliert hatte.

»Wie gerissen«, sagte ich.

»Höchste Technik«, sagte Steengo. »Perfekt getarnt. In dem Päckchen muß auch Klebstoff sein. Man braucht jeweils zwei Stück. Den mit der O-Markierung klebt man auf den Zeigefinger der linken Hand. Den mit dem M befestigt man auf dem kleinen Finger. Im Nagelinnern sind holografierte Stromkreise, damit man sie passend zurechtschneiden kann. Ohne die Stromkreise irgendwie zu beschädigen.«

»E? M?« fragte Floyd.

»Ohrenstöpsel und Mikrofon.«

»Und dann?« fragte ich beinahe demütig, betäubt vom plötzlichen Auftauchen eines Funkgenies in unserer Mitte.

»Sie werden durch Vernichtung der Phagozyten angetrieben, die sie fressen wollen, wenn sie die Nagelhaut berühren. Was bedeutet, daß sie stets aktiviert sind. Jedesmal, wenn man im Freien oder in einem Haus mit dünnen Wänden ist, zischt das Signal zu dem Satelliten hoch und wieder zurück, zum anderen Empfänger. Simpel. Man steckt einfach den Zeigefinger ins Ohr und spricht in das Mikrofon am kleinen Finger.«

Ich musterte die beiden geschnittenen und aufgeklebten Nägel mit – ich geb's zu – einer gewissen Beklommenheit. Dann steckte ich den Finger ins Ohr und sagte: »Hoffentlich funktioniert es auch.«

»Natürlich funktioniert es«, sagte Tremearne, der diesmal zur Abwechslung nicht durch meinen Kiefer, sondern durch meinen Fingernagel sprach.

Während der Installation der MISPKs waren wir immer wieder alle Möglichkeiten durchgegangen und zum einzigen durchführbaren Plan zurückgekehrt.

»Laßt es uns tun«, sagte Madonette und bewunderte ihren neuen Kommunikationsfingernagel. Sie legte ihren Tornister an, ruckelte ihn in eine bequeme Position, drehte sich um und marschierte auf ihrer Seite der Mauer weiter. Die Mauer wurde mit jedem Schritt höher. Bald darauf reichte sie ihr bis an den Kopf – und dann darüber hinaus. Nachdem wir uns ein letztes Mal zugewinkt hatten, verschwand sie aus unserem Blickfeld.

»Bleib in Verbindung«, sagte ich in meinen kleinen Finger. »Melde dich regelmäßig und schrei, wenn du irgend etwas siehst – egal was.«

»Zu Befehl, Boss.«

Wir setzten unsere Tornister auf und stapften los. Nach einer Stunde war die Mauer hoch und unersteigbar. Obwohl ich mit Madonette in Funkkontakt blieb, war sie nun völlig allein. Ich redete mir wiederholt ein, daß bewaffnete Helfer aus dem Schiff in der Kreisbahn in Nullkommanichts bei ihr sein konnten, wenn sie Hilfe brauchte. Aber ich fühlte mich deswegen nicht besser.

»Die ersten bestellten Felder sind zu sehen«, sagte

Floyd. »Aber das ist noch nicht alles. Die Staubwolke an der Mauer – sie kommt auf uns zu.«

»Waffen bereithalten. Ich halte ein paar Bebgranaten bereit, falls die Sache haarig ausgeht.«

Wir blieben stehen, warteten und schauten. Es sah so aus, als trotte in der Ferne ein Pferd auf uns zu.

»Ein Pferd – aber ohne Reiter«, sagte ich.

Steengos Augen waren schärfer. »Sieht aber nicht wie die Pferde aus, die ich kenne. Hat sechs Beine.«

Das ›Pferd‹ blieb stehen und schaute uns an. Wir taten es ihm gleich. Ein Roboter aus Eisen. Gliederbeine, dazu vorn zwei tentakelähnliche Arme. Kein Kopf, den man als solchen hätte bezeichnen können, nur zwei Augen, die sich auf Stielen erhoben. Ein Lautsprecher zwischen den »Armen« knisterte und quäkte metallisch.

»Bonan tagon ... Kaj bonvenu al Paradizo.«

»Auch dir einen Guten Tag«, sagte ich. »Mein Name ist Jim.«

»Ein männlicher Vorname, wie angenehm. Man nennt mich Hengst, und es ist mir eine Freude, euch zu begrüßen.«

Die Worte des Geschöpfs wurden von einem pulsierenden Brüllen und einer schwarzen Rauchwolke übertönt, die aus seinem Hintern kam. Wir traten zurück und rissen die Waffen hoch. Hengsts flexible Arme hoben sich gerade in die Luft.

»Ich wünsche euch nur Frieden, o Fremdlinge. Ihr werdet es nicht wissen, da ihr in der Wissenschaft ungeschult seid, aber die Geräusche und Dämpfe sind bloß Auspuffgase meines Alkoholmotors, der einen Generator antreibt, der wiederum ...«

»... deine Batterien auflädt. Wir wissen auch ein paar Sachen, Hengst, Begrüßer der Fremdlinge im Paradies. Wir sind nicht die üblichen Geißnomaden.«

»Also *das* zu hören, ist wirklich eine Freude, Herren

auf Besuch. Bevor mein Betriebssystem in diese ziemlich primitive Konstruktion verschraubt wurde, war ich nämlich ein Klasse-A42-Oberkellnerrobot und in den ersten Häusern tätig…«

»Ein anderes Mal«, sagte ich, »wären mir deine Reminiszenzen hochwillkommen. Wir haben ein paar Fragen…«

»Und ich habe bestimmt ein paar Antworten«, sagte Hengst in einem mürrischem Tonfall. »Aber die Präliminarien müssen abgewickelt werden.« Er war während seiner Worte ein paar Schritte nähergekommen. Nun zuckte eins seiner Tentakel wie eine schnappende Schlange auf mich zu. Ich sprang zurück und hob meinen Säbel – aber da hatte die kühle metallene Spitze schon meine Lippen berührt und wurde flink zurückgezogen.

»Wenn du das noch mal machst«, grollte ich, »hast du einen Tentakel weniger.«

»Immer mit der Ruhe. Immerhin seid ihr bewaffnete Fremde, und ich tue nur meine Pflicht. Die darin besteht, Speichel zu sammeln. Und ihn zu prüfen, was ich nun getan habe. Du darfst weitergehen, Herr Jim, weil du wirklich dem männlichen Geschlecht angehörst. Nun möchte ich Proben deiner Gefährten haben.«

»Solange du nur auf Spucke aus bist…«, grollte Floyd. Er hielt schützend die Hände vor seine Intimitäten.

»Ah, ich weiß auch Sinn für Humor zu schätzen, Fremder.« Der Tentakel ging seiner Arbeit nach. »Fremder Herr, darf ich nun sagen. Und jetzt der dritte Reisende, bitte. Vielen Dank. Danke. Ihr könnt nun weitergehen.«

Hengst drehte sich um, aber ich sprang vor ihn.

»Noch einen Moment, amtlicher Begrüßer. Ein paar Fragen…«

»Tut mir leid. Dafür bin ich nicht programmiert. Tritt bitte zur Seite, Herr Jim.«

»Erst, wenn du ein paar Fragen beantwortet hast.«

Da ich mich nicht bewegte, berührte sein zweiter Tentakel meinen Arm – und ich kriegte einen elektrischen Schlag!

Als ich benommen am Boden lag, schaute ich zu, wie er davontrottete. »Elektrisierend, nicht wahr?« rief Hengst selbstgefällig zu mir zurück. »Ich habe *große* Batterien!«

Floyd half mir auf die Beine und staubte mich ab. »Scheinst es überlebt zu haben.«

»Danke. Aber *dich* hat man ja auch nicht kurzgeschlossen.«

Als wir weitergingen, meldete ich Madonette, was geschehen war, und Tremearne hörte mit. *»Angewandte Technik«,* sagte er. *»Vielleicht ist diese Bande doch nicht so schlimm wie der restliche Abschaum dieses Planeten.«* Da in mir noch alles klingelte und ich einen verbrannten Geschmack im Mund hatte, schäumte ich schweigend vor mich hin und machte mir nicht die Mühe einer Antwort. Kurz darauf meldete Madonette, daß ein Geschöpf wie das Beschriebene auf sie zukomme. Ich packte in hilflosem Zorn meinen Säbel und entspannte mich erst, als sie sich wieder meldete.

»Genau wie bei euch – es hatte nur einen anderen Namen. – Hotta. Nach der Prüfung ist es abgehauen. Was jetzt?«

»Wir gehen weiter – und du legst eine Pause ein. Wenn die Sache auf beiden Seiten der Mauer gleich oder ähnlich abläuft, werden wir es zuerst erfahren.«

»Wegen der Überlegenheit der Chauvinistenschweine?«

»Aus gesundem Menschenverstand. Wir sind drei, du bist nur eine.«

»Ein solides Argument. Und ich könnte eine Pause gebrauchen. Bleibt in Verbindung.«

»Machen wir. Auf geht's!«

Der Pfad wurde breiter; nun war er fast ein Weg. Wir kamen an einigen bestellten Feldern vorbei, dann an einem großen Klopsbaumgarten. Die Bäume waren allem Anschein nach gezüchtet, da sie in sauberen Reihen standen. Hinter ihnen lag eine Ansammlung niedriger Gebäude, die wohl ein Bauernhof waren.

Ein Ziegelsteinhaus mit einem über den Weg verlaufenden Torbogen versperrte uns den Durchgang. Wir wurden langsamer und hielten an.

»Ob es das ist, wofür ich es halte?« sagte Steengo.

»Ich halt es für ein Haus mit einem Bogen davor«, sagte Floyd. »Aber solange wir hier rumstehen, werden wir es nie genau erfahren.«

Wir schlurften langsam weiter und blieben erneut stehen, als ein Mann im Bogen erschien. Als er in den Sonnenschein heraustrat, zuckten unsere Hände von den Waffen zurück. Er blinzelte mit rotumrandeten Augen ins helle Licht und nickte, so daß seine lange, weiße Haarmähne wippte. Dann pochte er auf das Kreis-und-Pfeil-Symbol, das in Weiß an der Vorderseite seines grauen Gewandes zu sehen war.

»Willkommen, Fremdlinge. Willkommen in Paradies. Ich bin Afatt, der amtliche Begrüßer. Der Markt öffnet morgen bei Sonnenaufgang. Ihr könnt dort draußen bleiben, aber wenn ihr hinter dem Tor kampieren wollt, wird man sich bis zu eurer Rückkehr um eure Waffen kümmern. Der Eintritt kostet einen Fedha.«

Als er vom Geld sprach, warf er einen eiligen Blick über seine Schulter, und ich hatte den Eindruck, daß es sich eher um eine Bestechungssumme handelte als um eine offizielle Gebühr.

»Ist nicht drin, alter Afatt«, intonierte ich. »Jene, die dein Auge schaut, sind keine Dorftrottel, sondern in der ganzen Galaxis bekannte Musiker, die in der Hitparade ganz oben stehen. Wir sind … die *Edelstahlratten!*«

Seine Kinnlade sank herunter, und er trat einen Schritt zurück. »Wir brauchen keine Ratten im Paradies. Ein rostiger, angefressener alte Fedha reicht auch …«

»Unser alter Afatt scheint 'n echter Fan zu sein«, murmelte Floyd. »Ich dachte, die Typen hier sind alle fernsehsüchtig?«

Ein militärischer wirkender Paradiesbewohner tauchte nun im Torbogen auf. Er war jünger, größer und mit einem beschlagenen Eisenhelm und schwerem Lederschmuck bekleidet. »Was sagt ihr da?« fragte er, während er eine blitzende und einmalig tückisch aussehende Axt schwang.

»Du hast mich doch verstanden, Bubi. Ich wiederhol mich doch nicht für die Truppen.«

Dies führte zu einem schrägen Zähnefletschen und einem gebellten Befehl.

»Wache! Hinaus! Hier sind ein paar Schiegenscherer, die eine Lektion in Sachen Höflichkeit brauchen.«

Dem folgte auf der Stelle das Klirren von Metall und das Stampfen rennender Beine.

Es waren viele.

13. KAPITEL

Sie waren zahlreich und mit einem Sortiment schweinisch aussehender, tödlicher Waffen bestückt. Ich muß unbedingt noch lernen, meine impulsive Rede auf dieser Slumwelt zu beherrschen. Denk schnell nach, Jim, bevor die Dinge noch schlimmer werden.

»Ich wollte nur scherzen, edler Herr. Es ist mir eine Freude, meine Worte zu eurem Frommen zu wiederholen: Sie und Ihre tapferen Männer haben die Ehre, sich in Gegenwart der besten Musiker der bekannten Galaxis aufzuhalten!«

Während ich sprach, berührte ich die Fernbedienung an der Seite meines Tornisters, und eine gewaltige Orgel spielte die Anfangsakkorde der *Mutanten vom Merkur.* Floyd und Steengo fielen schnell in die erste Strophe ein.

»Ein Kopf ist gut … Zwei Köpfe sind besser …
Wir ham auch mehr Hunger … Wir sind gute Esser …«

Die Wirkung, die unser Liedchen über den genetischen Scherz ausübte, war sehr beeindruckend. Die Soldaten brüllten laut auf und stürmten wie ein Mann auf uns zu.

»Kämpfen wir oder hauen wir ab?« sagte Floyd grimmig und griff nach seinem Säbel.

Ich wollte *kämpfen* schreien, aber ich rief im letzten Moment: »Hört doch mal!«

Denn die Soldaten hatten ihre Waffen vergessen und schrien vor Freude!

»Sie sind es! Sie sind es wirklich! Die Jungs von der Galaktischen Schmierseifenshow!«

»Der Behaarte, der Häßliche – das ist Floyd!«

»Ich möchte *Was kostet die Schlange in der Grube* hören!«

Und dann umringten sie uns, wollten uns die Hände schütteln und stießen heisere Schreie fannischer Begeisterung aus.

»Aber… aber…«, aber-aberte ich. »Und euer amtlicher Begrüßer hat noch nie von uns gehört?«

Der erste Soldat, dessen Schnauben nun zu einem Lächeln wurde, schob den alten Knaben ziemlich ruppig beiseite. »Affat guckt doch nie in die Glotze! Aber wir! Bevor wir hörten, daß ihr hier angekommen seid, war es in dieser Gegend wie in Kummersdorf. Hätte ich mir doch gleich denken können, daß ihr bei uns landet. Wartet nur, bis die Jungs in der Garnison davon gehört haben. Die nehmen heute abend die alte Kaserne auseinander!«

Sie eskortierten uns jubelnd unter dem Torbogen durch und auf den dahinterliegenden Truppenübungsplatz, wobei unser neuer Gastgeber die Prozession lauthals anführte.

»Ich bin Ljotur, Sergeant der Wache. Macht es euch gemütlich, ich kümmere mich um alles. – Getränke!« befahl er seinen Leuten. »Und was zu Essen; was immer sie wollen!«

Das gefiel uns schon besser. Das Bier schmeckte wie Bier, auch wenn es eine interessante grüne Farbe hatte. Die Soldaten scharten sich dicht um uns und lauschten jedem Wort, das wir sagten, also spannte ich mein Kinn, um Tremearnes Aufmerksamkeit zu erringen und überbrachte ihm die Meldung in Form einer Ansprache.

»Ritterliche Krieger des Paradieses! Wir sind von eurer Begrüßung überwältigt. Ihr habt uns drogengeplagte Sträflinge in eurem schönen Land wie Helden aufgenommen. Ihr versorgt uns mit Essen und Trinken, und an eurem lauten Jubel sehe ich, daß hier eine wunderbare Zukunft auf uns wartet.«

»Das hoffe ich auch«, sagte Tremearnes Stimme in meinem Schädel. *»Aber bevor ihr nicht genau wißt, wo in dieser Männlich/Weiblich-Sache der Haken liegt, befehle ich Madonette, dort zu bleiben, wo sie ist.«*

»Ich bin genau der gleichen Meinung«, rief ich aus. »Meint ihr nicht auch, Jungs, daß dies das wärmste Willkommen ist, dessen wir je teilhaftig wurden?«

Meine Gefährten nickten, ohne den Fluß des Essens und Trinkens zu unterbrechen, und gegurgelte Schreie der Zustimmung kamen von allen Seiten, als wir noch mehr Bier vernichteten. Ich wischte mir die Lippen mit dem Handrücken ab, als Ljotur wieder auftauchte.

»Ich habe mit Eisenhans persönlich gesprochen, der euch so schnell wie möglich kennenlernen möchte. Doch könntet ihr uns, bis die Triumphwagen erscheinen, bitte eine Nummer vorspielen?«

Seine Worte wurden von herzlichen männlichen Freudenschreien übertönt.

»Dann macht euch zu einem schnellen Auftritt bereit, Jungs – es steht den Typen zu!« Ich schaute mich um. »Irgendein besonderer Wunsch?«

Sie riefen uns zahlreiche Titel zu, doch *Für den Feind ist uns nichts zu gut* schien am beliebtesten zu sein. Es war eine gute Wahl, da der Song einen so männlichen Text hatte. Wir ließen ein lautes Gewitter und Blitzezucken los. Als wir die Sau rausließen, bildeten unsere Fans einen anerkennenden Halbkreis.

»Töten, foltern, morden, schänden …
DAS MÖGEN WIR! DAS MÖGEN WIR!
Schlitzen, stechen, rauben, plündern,
Hacken, knacken, stechen, schießen.

Sprengen, murxen, töten, fluchen,
Und verbrennen in der Glut …
Denn …
FÜR DEN FEIND IST UNS NICHTS ZU GUUUUT!
Saufen, saufen, saufen, saufen
Schreien, fluchen, lügen, raufen,
Weiber jagen, packen, knutschen,
Bis sie dankbar uns ein'n …«

Wie man sich leicht vorstellen kann, kam der feinsinnige Text bei Soldaten besonders gut an. Sie jubelten noch, als hinter uns ein zischendes Rumpeln erklang und wir uns umschauten und sahen, daß zwei Fahrzeuge angekommen waren. Vielleicht waren die Einheimischen an derlei Dinge gewöhnt, aber für uns Touristen waren sie ein echter Hammer.

»Nur für besondere Gelegenheiten und besondere Leute«, sagte Ljotur stolz.

Wir gafften schweigend, weil uns die Worte fehlten. Da standen zwei Fuhrwerke aus Holz, mit vergoldeten Schnörkeln und Edelsteinsträngen geschmückt. Jedes hatte vorn ein einzelnes Rad, das von einem Ruderpinne gesteuert wurde. Dies war von einem Chauffeur bemannt, der hoch oben saß. Ich schaute mir das näher an. In der Mitte war ein breiter Sitz, und am Ende waren zwei Räder. All dies war, wenn man die teure Dekoration und den Heckantrieb unberücksichtigt ließ, ziemlich gewöhnlich. Bei letzterem handelte es sich um ein stinkendes Eisenrohr, das vor sich hinknisterte und gelegentlichen Rauch ausstieß. Als die verzierte Tür weit aufging, wandte ich meinen Blick ab, trat ein und setzte mich auf weiche Kissen. Floyd und Steengo wurden ehrerbietig zum zweiten Fuhrwerk geführt. Die Türen knallten zu, und Ljotur schrie den Fahrern einen Befehl zu.

»Abfahren! Treibstoff an! *Frapu viajn startigilojn!* Fahrer – den Starter betätigen!«

Nun sah ich, daß sich unter dem Sitz meines Chauffeurs ein Eisentank befand. Er griff danach und öffnete ein Ventil. Ich vernahm das Gurgeln einer Flüssigkeit in dem Rohr. Dann stampfte er auf ein Pedal; ich nahm an, daß dies der Starter war.

Nein. Das Pedal startete nur den Starter. Es zog eine Kordel, die auf Rollen zum Heck des Triumphwagens lief. Dies hob sich und ließ einen kleinen Hammer fallen, der dem Starter auf die Schulter knallte. Der Starter war ein völlig schwarz gekleideter Mensch und saß hinter den Rädern auf einer kleinen Plattform. Er war nicht nur schwarz angezogen, auch seine Arme und sein Gesicht waren schwarz. Sein Haar waren angesengte Stoppeln. Den Grund dafür fand ich bald heraus: Nun tröpfelte Flüssigkeit aus dem Eisenrohr, und der Starter streckte die Hand aus, hielt ein Streichholz daran und sprang zurück, als es sich entzündete. Eine schwarze und feurige Zunge sprang ans Heck und versengte die Soldaten, die nicht schnell genug aus dem Weg sprangen.

Nun betätigte der Starter einen knirschenden Hebel, wahrscheinlich um Luft in die primitive Düse zu pumpen. Sekunden später wurde das Brüllen lauter und die Flamme länger – und mein Triumphwagen erbebte und rollte langsam voran. Sehr beeindruckend, auch wenn er pro dreihundert Liter nicht mehr als einen Kilometer machte. Ich winkte meinen Mitopfern fröhlich zu, und sie winkten schwach und ängstlich zurück. Entspann dich, Jim, lehn dich zurück und genieße die Fahrt.

Es war nicht ganz einfach. Ich gebe zu, ich habe nicht viel von der Landschaft gesehen, weil ich zu sehr mit dem Gedanken ans Überleben beschäftigt war. Ich entspannte mich erst, als unser kleiner Konvoi anhielt und die Lötlampe hinter mir gelöscht wurde. Die Wagentür schwang zum Getröte mißtönender Posaunen auf. Ich schnappte meinen Tornister und trat auf ein graues Treppchen hinaus.

Es war zwar widerstandsfähig, aber weich. Als ich mich umdrehte und umsah, stellte ich fest, daß es kein Treppchen war, sondern ein grau gekleideter Mann, der auf allen vieren kniete. Er stand auf und eilte zusammen mit anderen menschlichen Treppchen fort. Zwerge, die mir etwa bis zur Taille reichten und fast ebenso breit waren. Meine Gefährten hatten nicht anders reagiert als ich; unsere Blicke trafen sich, aber wir sagten nichts.

»Grüße«, brüllte eine Donnerstimme. »Willkommen! Willkommen, Besucher im Paradies!«

»Dankeschön«, sagte ich zu dem hochgewachsenen, tonnenbrüstigen Mann, der in goldenes Leinen eingewickelt war. »Sie sind wohl Eisenhans?«

»Wie schmeichelhaft – aber Sie irren sich. Musikalische Gäste, bitte folgt mir.«

Die Posaunen tröteten erneut, dann traten die Bläser beiseite. Drei graugekleidete Männer eilten herbei und nahmen unser Gepäck. Ich wollte mich widersetzen, doch dann sagte ich mir zögernd, daß es schon in Ordnung sei. Der Empfang, den wir am Tor erlebt hatten, war zu spontan gewesen, um geplant gewesen zu sein. Unser goldbekleideter Begrüßer verbeugte sich und ging voraus. Auf die Ziegelsteintreppe eines Ziegelsteingebäudes zu.

Wenn die Paradiesbewohner auch knapp an Baumaterial waren, konnte man ihnen architektonische Phantasie nicht absprechen. Hohe Ziersäulen mit Stuckhauben ragten in die Höhe, um die Tragbalken einer komplexen Entablatur zu stützen. Genau so, wie ich es in Architektur 1 gelernt hatte. Auf allen Seiten führten hohe Fenster auf breite Balkone hinaus. Und alles war aus roten Ziegeln gemacht.

»Sieht bisher ganz toll aus«, sagte Floyd.

»Ja, toll«, stimmte ich zu. Aber ich blickte zurück, um sicherzugehen, daß die Träger mit dem Gepäck noch hinter uns waren. Die Bebgranaten hatte ich noch in der Tasche. Wer immer vorbereitet ist, kriegt auch nie Schwierigkeiten, hatten wir beim Fähnlein Fieselschweif immer gesagt.

Wir gingen über einen Ziegelboden durch einen Ziegelgang, durch eine Ziegeltür in einen gewaltigen und beeindruckenden Raum. Er wurde farbenfroh vom Licht der Sonne erhellt, das durch die deckenhohen Buntglasfenster strömte. Auf ihnen waren farbenfrohe Szenen abgebildet: marschierende, angreifende, kämpfende und sterbende Heere; das übliche Zeug. Dieses Motiv zog sich bis über die Wände, die mit zerfransten Bannern, Schilden und Säbeln behängt waren. Überall standen Männer in Roben herum, und als wir eintraten, drehten sie sich um und nickten uns zu. Doch unser Führer geleitete uns an ihnen vorbei zum Ende des Raums, wo sich ein erhöhter Thron aus weiß der Himmel was befand, und auf dem hockte der größte Mensch, den ich je gesehen habe.

Er war nicht nur groß – er war auch nackt.

Er wäre zumindest nackt gewesen, hätte ihn nicht von oben bis unten rostfarbenes Haar bedeckt. Sein Bart fiel bis auf seine – ebenfalls mit Haaren bedeckte – Brust. Auch seine Arme und Beine waren behaart – ich konnte es mir, als er aufstand, nicht verkneifen, hinzusehen – und ebenso sein Bauch und sein Schritt. Dies war alles, was man sehen konnte, da er eine Art Suspensorium trug, das sehr wahrscheinlich aus seinem eigenen Haar geflochten war. Und alles hatte die Farbe rostigen Eisens. Ich trat vor und machte eine kurze Verbeugung.

»Eisenhans …?«

»Kein geringerer«, polterte er mit einer Stimme, die wie ferner Donner klang. »Willkommen, Jim – auch

Floyd und Steengo. Willkommen, Edelstahlratten. Euer Ruhm ist euch vorausgeeilt.«

Es ist immer toll, einem echten Fan zu begegnen. Wir verbeugten uns nun alle, denn wann wird einem schon mal ein solcher Empfang zuteil? Als der ganze Raum in Jubel ausbrach, verbeugten wir uns noch einmal.

Eisenhans setzte sich wieder hin und schlug die Beine übereinander. Entweder lackierte er seine Fußnägel, oder sie waren von Natur aus rostig. Ich achtete nicht darauf, da es einen Haufen Dinge gab, die mich im Moment mehr interessierten.

»Das ganze Paradies war sehr niedergeschlagen, als wir hörten, daß man euch festgenommen hat«, sagte er. »Ihr seid natürlich unschuldig, oder?«

»Aber klar!«

»Dachte ich mir doch. Aber das, was die Galaxis verloren hat, ist unser Gewinn. Wir sind geehrt, da wir nun, wie man sagen könnte, das Monopol auf euer Talent haben.«

Dieser Satz hatte einen ominösen Klang, doch ich ignorierte ihn im Moment und lauschte, als er fortfuhr.

»Die Galaxis ist so voller Schuld, Kummer und geistiger Verschrobenheit, daß wir aus Ekel beschlossen haben, das meiste von dem, was das Fernsehen absondert, nicht anzusehen. Ich bin sicher, es wird euch aufmuntern, wenn ich euch sage, daß wir seit eurer Verhaftung und Einbuchtung die normalen Programme mit Verachtung gestraft und nur Aufzeichnungen eurer Nummern gespielt haben, und zwar Tag und Nacht. Doch bald werden wir den Segen der Originale höchstpersönlich erleben!«

Seine Worte wurde mit enthusiastischem Geschrei aufgenommen, und wir antworteten ihm mit Nicken, Grinsen und indem wir die Hände hoben und in dieselben klatschten. Als das Geschrei verebbte, donnerte der alte Rostnagel heraus, was alle hören wollten.

»Wir hoffen, daß ihr jetzt… für uns spielt!« Weiteres Geschrei. »Welch eine Freude, unser Lieblingslied live hören zu können: *Für den Feind ist uns nichts zu gut!* Während ihr euch vorbereitet, senden wir eine Aufzeichnung, um eure übers ganze Land verstreuten Fans anzuheizen und auf die erste Live-Übertragung vorzubereiten.«

Was an sich – auch wenn wir sehr schnell waren – keine üble Idee war, doch ihre Fernsehtechniker waren wieder eine andere Sache. Sie waren ziemlich… ähm… altmodisch. Sie schleppten armdicke Kabel, antike selbstgebaute Kameras, Scheinwerfer und anderes Zeug herein, das ins Museum gehörte. Während dies geschah, fiel eine Leinwand von der Decke und erhellte sich in lebhaften Farben. Der Rückprojektor wurde eingeschaltet.

Die Konserve war nicht gerade das, was man den ehrfurchteinflößendsten Anfang der Galaxis hätte nennen können. Etwa tausend sonnenbraune Bodybuilder trieben mit bulligen Vorschlaghämmern dicke Pflöcke in den Boden, und das Bumsen einer geschlagenen Trommel begleitete ihren Rhythmus. Dann erstarb die Trommel, die Hämmer klopften lautlos weiter, und eine Stimme aus dem Off sagte:

»Herren im Paradies – wir präsentieren Ihnen nun die vor wenigen Minuten angekündigte Sondersendung. Ich weiß, daß Sie alle draußen im Land an Ihren Geräten kleben. Ich glaube, diese Sendung hat eine Einschaltquote von hundert Prozent! Während sich die Edelstahlratten für ihre erste hiesige Live-Vorstellung aufwärmen, haben wir die Ehre, ihre Spezialfassung von *Wir Raumschiffer* zu spielen!«

Es war wirklich eine Spezialfassung. Wir schauten uns an, wie wir den Song mit unserer üblichen Begeisterung attackierten und lauschten erneut dem herzigen Text…

»Wir ackern und ackern im Maschinenraum,
Wir schalten und walten wie im Traum.
Wenn Blaster blastern, der Untergang naht,
Wir Raumschiffer kennen keine Gnad'.
Der Captain greift sich an sein Trumm,
Und die Kanone macht bum-bum.
Wir locken die Gegner in die Falle,
Dann machen wir sie alle alle.
Saft, Saft, Saft – die Elektronen wirbeln,
Saft, Saft, Saft – die Protonen zwirbeln,
Saft, Saft, Saft – welch eine Pracht,
wir ham genug – für die jede Schlacht!«

Wir nickten und feixten. Der Film hatte eine gute Qualität, und der Ton war auch sehr gut. Das Publikum schaute nun nicht uns, sondern die Leinwand an. Floyd schaute mich an, dann hob er den Zeigefinger an die Stirn und ließ ihn in einem kleinen Kreis rotieren. Das universelle Handzeichen für Irrsinn. Ich nickte finster und zustimmend. Ich verstand es auch nicht.

Wir sahen uns auf der Leinwand, wir spielten in vertrauter Umgebung und trugen unsere üblichen Konzertklamotten. Nur eins stimmte nicht.

Bis zu diesem Augenblick hatte keiner von uns den Tenor je gesehen, der da bei uns stand und das Lied sang.

Tenor?

Bisher war das Lied immer im sinnlichen Alt Madonettes gesungen worden.

14. KAPITEL

Nach der Fernseh-Einleitung spielten wir unsere Nummer, und ich muß sagen, sie fiel ganz schön mechanisch aus. Nicht, daß es unserem Publikum aufgefallen wäre – es war einfach weg, weil es uns leibhaftig sah. Es wiegte sich, klatschte mit ausgestreckten Armen in die Hände und bemühte sich, leise zu sein. Doch als Eisenhans den ›Saft‹-Refrain mitsang, jubelten und heulten alle und fielen ebenfalls mit ein. Als der letzte Saft versaftet war, brachen die Leute in einen laut geschrienen Applaus aus, der ziemlich lange anhielt. Eisenhans lächelte gnädig zu uns rüber und stoppte sie irgendwann mit einem erhobenen rostbraunen Finger. Alle verstummten auf der Stelle.

»Ich bin zwar nicht weniger begeistert von unseren ehrenwerten Gäste als ihr, aber wir müssen ihnen nach diesem anstrengenden Tag Zeit zum Ausruhen gönnen. Bestimmt werden sie bald wieder für uns singen. Vergeßt nicht, daß sie jetzt für immer bei uns bleiben. Es ist ihr seltenes Vorrecht, als Bürger mit allen Privilegien im Paradies zu leben – bis ans Ende aller Zeiten in unserem schönen Land.«

Weitere Schreie maskulinen Ergötzens. Als wir unsere Instrumente einpackten und sie den wartenden Dienern reichten, verbargen wir unsere überwältigte Freude über dieses Lebenslänglich und schwiegen still. Die Zuschauer gingen hinaus; sie zuckten noch in musikalischer Leidenschaft.

»Einen Moment, bitte«, sagte Eisenhans, der abwartete, bis die anderen gegangen waren. Als wir mit ihm allein waren, drückte er neben sich einen Knopf, und die großen Flügeltüren des Saals gingen lautlos zu. »Ein schöner Song. Er hat uns allen gefallen.«

»Die Edelstahlratten haben nur ein Ziel«, sagte ich. »Den Menschen Vergnügen zu bereiten.«

»Wunderbar.« Sein Lächeln verblaßte, und er stierte uns grimmig an. »Wenn ihr mir Vergnügen bereiten wollt, müßt ihr mehr tun. Euer Hiersein wird lange dauern, und wir möchten, daß ihr glücklich seid. Aber wenn ihr bei Gesprächen bestimmte Themen vermeidet, macht ihr uns alle glücklich, auch euch selbst.«

»Was meinen Sie?« fragte ich – obwohl mir allmählich schwante, worauf er abzielte.

»Wir sind hier sehr zufrieden. Wir haben uns angepaßt, wir sind hier sicher. Ich möchte nicht erleben, daß unsere Sicherheit bedroht wird. Sie, meine Herren, sind aus einer äußerst beunruhigenden fremden Welt in unser Land gekommen. In der ganzen Galaxis herrscht Frieden – so sagt man. Doch man ignoriert den ewigwahrenden, endlosen Krieg. Den Dualitätskonflikt, von dem wir hier frei sind. Sie sind Produkte einer Zivilisation, die das Ich vernichtet, statt es aufzubauen. Sie leiden an dem Negativismus, der Leben vernichtet, Kulturen schwächt und auch die Stärksten krank macht. – Wissen Sie, wovon ich rede?«

Da weder Floyd noch Steengo antworteten, mußte ich es tun. Ich nickte.

»Wir wissen es. Obwohl wir eventuell einige Ihrer Schlüsse für übertrieben halten, ist uns der Gegenstand Ihrer Aufmerksamkeit ziemlich klar. Ich kann Ihnen versprechen, daß weder ich noch meine Kollegen, solange wir Ihre Gastfreundschaft genießen, ein Wort über das andere Geschlecht fallen lassen. Also Mädchen und Frauen. Das Thema ist tabu. Aber da Sie es angesprochen haben, nehme ich an, daß man es diskutieren kann ...«

»Nein.«

»In Ordnung. Die Antwort reicht mir. Wir werden also Ihre Gastfreundschaft genießen, ohne sie zu mißbrauchen.«

»Sie sind sehr klug für Ihr Alter, Jim«, sagte Eisenhans, und ich sah erneut den Anflug eines Lächelns. »Aber Sie müssen auch müde sein. Man wird Ihnen Ihr Quartier zeigen.«

Die Tür ging auf, er wandte sich ab. Ende des Gesprächs. Wir trollten uns so nonchalant, wie wir nur konnten. Goldy führte uns hinaus, wie er uns hereingeführt hatte, in eine ziemlich luxuriöse, wenn auch ziegelsteinrote Unterkunft. Er schaltete den Fernseher ein, überzeugte sich, daß die Wasserhähne im Bad funktionierten, öffnete und schloß die Vorhänge, verbeugte sich und schloß die Tür. Ich preßte einen Finger auf meine Lippen. Floyd und Steengo warteten in nervenzerfetzendem Schweigen, als ich den Detektor einsetzte, den ich mir von Tremearne ausgeliehen hatte, um den Raum nach Wanzen abzusuchen. Nach dem, was wir im Fernsehen gesehen hatten, hegte ich große Bewunderung für die Elektronik dieser Gegend.

»Nichts«, sagte ich.

»Keine Frauen«, sagte Steengo. »Und wir dürfen nicht mal über sie reden.«

»Damit kann ich eine Weile leben«, warf Floyd ein. »Aber *wer* hat da unsere Nummer gesungen?«

»Das«, sagte ich, »war ein gerissenes Beispiel für eine erstklassige elektronische Synchronisation.«

»Aber wo kam der Kasper her?« fragte Floyd. »Auf der Leinwand hab ich neben ihm gestanden und gespielt. Und ich schwöre, ich habe ihn nie zuvor gesehen. Vielleicht haben wir uns wirklich 'ne Prise Bakschisch eingepfiffen und der ganze Planet hier ist ein drogeninduzierter Alptraum!«

»Immer ruhig bleiben, keine Panik. Der Typ war nur

ein Haufen elektronischer Bits und Bytes. Ein paar astreine Techniker haben unseren Song digitalisiert. Dann haben sie einen computererzeugten Sänger animiert, der sämtliche Bewegungen Madonettes nachgeahmt hat. Sie haben ihr Bild rausgeworfen, den Typ einfach eingeblendet und das ganze Ding neu abgemischt, als wäre es ein Live-Auftritt gewesen. Nur mit ihm an ihrer Stelle.«

»Aber warum?« fragte Steengo und warf sich erschöpft auf ein weiches Sofa.

»Jetzt hast du die richtige Frage gestellt. Die Antwort ist doch offensichtlich: Dieser Teil des Paradieses ist nur für Männer da. Wir haben hier nicht nur keine Frauen gesehen – man schneidet sie offenbar auch aus den Fernsehsendungen und allem anderen raus. Dies hier ist eine echte Männerwelt. Und frag jetzt bloß nicht, *warum*, weil ich es auch nicht weiß. Als wir hier reingekommen sind, habt ihr doch gesehen, wie hoch die Mauer ist. Und wir wissen aus den Beobachtungen der Satelliten, daß die Stadt sich zu *beiden* Seiten der Mauer erstreckt. Wahrscheinlich leben die Frauen – vorausgesetzt, es gibt hier überhaupt welche – auf der anderen Seite.«

Zwar fragte niemand *warum*, aber natürlich dachte keiner von uns etwas anderes. Ich musterte die besorgten Gesichter meiner Gefährten und bemühte mich, an etwas Nettes zu denken. Das tat ich dann auch. »Madonette«, sagte ich.

»Was ist mit ihr?« fragte Steengo.

»Wir müssen ihr sagen, was passiert ist.« Ich steckte mir den Daumen ins Ohr und sprach meinen kleinen Finger an. »Jim ruft Madonette. Bist du am Netz?«

»Und ob.«

»Ich verstehe Sie auch gut«, sagte Tremearnes dünne Stimme aus meinem Daumennagel.

Ich weihte sie in die Ereignisse dieses Tages ein,

dann sagte ich *Over* und wartete auf ihre Reaktionen. Madonette schnappte nach Luft, was ich ihr nicht verübeln konnte, aber Tremearne blieb dienstlich, wie immer.

»Auf eurer Seite scheint's euch ja gut zu gehen. Soll Madonette sich nun auf ihrer Seite umsehen?«

»Noch nicht. Wir brauchen erst noch ein paar Antworten auf eine Handvoll Fragen.«

»Einverstanden – aber nur für den Augenblick. Was haben Sie über das Artefakt in Erfahrung gebracht?«

»Bisher nichts. Gönnen Sie uns 'ne Pause, Captain. Glauben Sie nicht, daß es für einen Tag reicht, hier anzukommen, sich abzurackern und einen Auftritt zu absolvieren?« Die Stille wurde länger. »Ja, Sir, Sie haben recht – es reicht nicht. Das fremde Artefakt steht auch noch an. Over und aus.«

Ich zog den Finger aus meinem Ohr, wischte den Ohrenschmalz ab und stierte finster in den Weltraum hinaus.

»Wie finden wir ihn?« fragte Floyd.

»Ich hab nicht die geringste Ahnung. Ich hab es nur gesagt, um mir Tremearne vom Hals zu schaffen.«

»Ich weiß, wie wir's anfangen«, sagte Steengo. Ich warf einen fragenden Blick in seine Richtung.

»Zuerst der MPISK, und jetzt dies. Unser gewöhnlicher Harfenist enthüllt verborgene Tiefen.« Er nickte lächelnd.

»Liegt vielleicht an den vielen Arbeitsjahren für die Liga. Hat der uralte Überschwengler am Tor uns nicht erzählt, daß morgen in aller Herrgottsfrühe Markttag ist?«

»Genau das hat er gesagt«, sagte Floyd. »Na und? Das Artefakt ist doch längst vom Markt verschwunden.«

»Na klar. Aber die Händler doch nicht. Wir haben eine gute Chance, daß der, der das Ding gekauft hat, noch da ist.«

»Ein Genie!« applaudierte ich. »Hinter seinem grauen Haar existiert noch grauere graue Materie, die weiß, wie man denkt!«

Steengo nickte zustimmend. »Das Rentnerdasein hat mir nie gut gefallen. Was jetzt, Boss?«

»Goldy schnappen. Großes Interesse für den Markt heucheln. Er soll uns einen Führer besorgen, der uns morgen früh dort rumführen kann ...«

Als wäre das Aussprechen seines Namens eine Aufforderung gewesen, ertönten Signalhörner, die Tür ging auf, und unser vergoldeter Schutzengel trat ein.

»Man verlangt nach Ihnen, Sie Glückliche. Eisenhans will Sie im Veritorium sehen. Kommen Sie mit!«

Wir gingen mit, da wir keine große Wahl hatten. Diesmal war Goldy in weniger redseliger Stimmung. Er winkte unsere Fragen mit einem flinken Handschwenken ab. Noch mehr Korridore, noch mehr Ziegel – und wieder eine Tür. Sie öffnete sich in eine nebelhafte Finsternis. Wir bahnten uns stolpernd und die Beine schwingend einen Weg auf eine Reihe wartender Sessel zu und nahmen, wie angewiesen, Platz. Als Goldy ging und die Tür hinter sich zumachte, wurde es noch dunkler.

»Das gefällt mir nicht«, murmelte Floyd und sprach damit aus, was wir alle dachten.

»Geduld«, sagte ich, weil mir keine intelligentere Antwort einfiel. Dann zerrte ich nervös an meinen Knöcheln, bis sie knackten. In der Dunkelheit bewegte sich etwas in der Luft, dann war da ein zunehmendes Leuchten. Eisenhans schwamm ins Blickfeld; es war eigentlich nur sein vergrößertes Abbild. Er deutete auf uns.

»Das Erlebnis, das Sie nun haben werden, ist für Sie lebenswichtig. Die Erinnerung daran wird Sie stützen und erbauen, und Sie werden sie niemals vergessen. Ich weiß, Sie werden mir ewig dankbar sein, und ich nehme Ihren tränenreichen Dank schon im voraus entgegen. Dies ist das Erlebnis, das Sie verändern, entwickeln und bereichern wird. Willkommen. Willkommen zum ersten Tag des Restes Ihres neuen und erfüllten Lebens!«

Als sein Bild verblaßte, hustete ich, um das argwöhnische Grunzen zu tarnen, das der alte Quatschkopf in mir hervorgerufen hatte. Man soll eben nie versuchen, einen schrägen Vogel reinzulegen. Ich verschob meinen Hintern etwas bequemer auf dem Sessel und bereitete mich darauf vor, unterhalten zu werden.

Sobald es anfing, sah ich, daß der Holofilm sehr fachmännisch hergestellt worden war. Ich erkannte, daß die Jungen, die Leichtgläubigen – und die einfach Doofen – sehr beeindruckt von ihm gewesen wären. Nebel wogten, das rostbraune Licht wurde heller, und plötzlich war ich mitten in der Szenerie drin.

Der König schaute schweigend zu, als die Gruppe der Bewaffneten vorsichtig in den Forst hineintrat und zwischen den Bäumen aus dem Blickfeld verschwand. Als er wartete, wirkte er äußerlich geduldig, obwohl er sich hin und wieder an den Kopf griff und seine Krone anfaßte, als wolle er prüfen, ob sie noch da und er noch immer König sei. Viel später später versteifte er sich, drehte den Kopf und lauschte, denn nun schlurften langsame Schritte durch das dichte Laub unter den Bäumen. Doch kein Krieger tauchte auf, nur die dicke, verdrehte Gestalt des Hofnarren. Sein Kopfschmuck wippte, und seine Lippen sabberten.

»Was hast du gesehen?« fragte der König.

»Fort, Majestät. Alle fort. So wie alle anderen zuvor. Sie sind an den Bäumen am See verschwunden. Keiner ist zurückgekehrt.«

»Sie kehren nie zurück«, sagte der König. Der Kummer und die Niederlage machten ihm schwer zu schaffen. Er stand auf, ohne zu ahnen und zu sehen, daß ein junger

Mann erschien und auf ihn zuschritt. Neben ihm lief ein lautloser grauer Hund. Der Hofnarr gaffte ihn mit offenem Mund an und sabberte, und als der Fremdling vor ihnen stand, trat er zurück.

»Was jammerst du, o König?« fragte der junge Mann mit heller, klarer Stimme.

»Ich jammere, weil es in meinem Königreich einen Forst gibt, in dem die Menschen verschwinden, ohne je zurückzukehren. Sie gehen zu Dutzenden hinein – aber nie kehrt jemand zurück.«

»Dann gehe ich hinein«, sagte der junge Mann, »und zwar allein.«

Er schnippte mit den Fingern, und ohne daß ein weiteres Wort gesprochen wurde, wanderten der junge Mann und der Hund in den Forst hinein. Zwischen die Bäume und über das sie umgebende Moos, an den Hecken vorbei bis zum nickenden Schilf am Rande des finsteren Tümpels. Der junge Mann blieb stehen, um ihn sich anzusehen – und eine triefende Hand stieg plötzlich aus den Wassern empor, packte den Hund und zog ihn hinein. Die Wellchen beruhigten sich, und die Oberfläche war still.

Weder weinte der junge Mann, noch floh er. Er nickte nur.

»Das muß die Stelle sein«, sagte er.

Die Dunkelheit schwand, das Licht kehrte zurück. Eisenhans war weg, die Kammer war leer. Ich schaute Floyd an, der so verwirrt wirkte, wie ich es war.

»Was wollte der Dichter uns damit sagen?« fragte ich.

»Der Hund tut mir leid«, sagte Floyd. Wir schauten Steengo an, der nachdenklich vor sich hinnickte.

»Das ist nur der Anfang«, sagte er. »Wenn ihr den Rest seht, wißt ihr auch, worum es geht.«

»Du hättest wohl nicht zufällig … äh … Lust, uns zu erklären, wovon du redest?«

Steengo schüttelte in einem feierlichen Nein den

Kopf. »Vielleicht später. Aber ich glaube, es wird nicht nötig sein. Ihr werdet es selbst erkennen.«

»Hast du den Holostreifen schon mal gesehen?« fragte Floyd. .

»Nein. Aber ich verstehe was von Mythologie. Bevor wir darüber reden, müßt ihr erst den Rest sehen.«

Ich wollte protestieren, doch ich hielt den Mund. Mir wurde klar, daß es keinen Sinn hatte, weiterzustochern. Die Tür ging auf, unser Führer kam herein.

»Genau der Mann, auf den wir gewartet haben«, sagte ich und dachte an unseren Beschluß. »Wir haben aus einer verläßlichen Quelle erfahren, daß morgen früh der Markt öffnet.«

»Eure Quelle ist korrekt. Morgen ist der zehnte Tag, da ist immer Markt. Er ist immer am zehnten, weil die Nomaden jeden Tag einen Finger mit Ruß markieren, bis alle ...«

»Richtig. Danke. Ich kann ohne dreckige Finger bis zehn zählen. Meine Musikerkollegen und ich würden den Markt gern besuchen – ist es möglich?«

»Sie müssen nur darum bitten, großer Jim von den Edelstahlratten.«

»Was ich hiermit tue. Kann uns morgen früh jemand den Weg zeigen?«

»Es wäre passender, wenn Sie einen Triumphwagen nehmen würden ...«

»Einverstanden, wäre passender. Aber noch passender wäre es, wenn wir schneller da wären. Zu Fuß gehen ist ein wunderbares Erlebnis.«

»Dann mögen Sie gehen, wenn es das ist, wonach es Ihnen verlangt. Für eine Eskorte wird gesorgt. Nun ist die Stunde des Tafelns; man hat Ihnen zu Ehren ein Bankett angerichtet. Würden Sie so freundlich sein, mir zu folgen?«

»Geh voraus, alter Freund. Solange es nicht wieder Klops ist, sind wir fleißige Kunden.«

Als wir ihm hinaus folgten, entdeckte ich, daß meine Finger ein eigenes Leben führten. Oder, was wahrscheinlicher war, daß mein besorgtes Unterbewußtsein sie zur Aktivität antrieb. Sie fegten und zuckten über die Computersteuerung, und vor meinem Auge tauchten Leuchtziffern auf.

Neunzehn. Und eine pulsierende rote Elf.

Also noch elf Tage. Wehe, wenn der Markt nichts erbrachte.

15. KAPITEL

»Es wird ein wunderschöner Tag werden«, sagte die Stimme.

Jedes Wort schoß wie ein rostiger Pfeil durch meinen Kopf und knirschte und kratzte an dem dort pulsierenden, zunehmenden Kopfschmerz. Ich öffnete ein trübes Auge, und das helle Licht trug zu meinem Schmerz noch bei. Ich hatte nur soviel Kraft, um meinen Mund zu einem mürrisches Knurren zu verziehen, als unser goldiger Gastgeber durch unser Quartier flitzte. Er öffnete Vorhänge, hob verstreute Kleidungsstücke auf und war ganz allgemein in der Stunde vor dem Morgengrauen so abscheulich wie möglich. Erst als ich die Tür ins Schloß fallen hörte, kroch ich aus dem Bett, schaltete die stechenden Lichter aus und krabbelte auf allen vieren zu meinem an der Wand lehnenden Tornister. Nach dem dritten tatterigen Versuch gelang es mir, ihn zu öffnen und eine Ernüchterungspille einzuwerfen. Ich schluckte sie trocken hinunter, blieb bewegungslos sitzen und wartete darauf, daß die wohltätige Chemikalie auf meinen zerschlagenen Körper einwirkte.

»Was war in dem grünen Bier?« sagte Floyd heiser und fing an zu husten. Bei jedem Huster stöhnte er schmerzhaft auf, denn sein Schädel wurde wie mit Tritten traktiert. Meine Kopfschmerzen ließen nach, also holte ich eine Tablette für ihn und tatterte unsicher zu seinem Bett.

»Schluck. Das. Hilft. Dir.«

»Das war vielleicht 'ne Party gestern abend«, sagte

Steengo gnädig. Er hatte die Hände lässig auf seiner Wampe gefaltet.

»Krepier«, ächzte Floyd, der mit zitternden Fingern nach der Tablette griff. »Und brate bis in alle Ewigkeit und einen Tag in der Hölle.«

»Haben wir etwa ein Katerchen?« fragte Steengo aufgekratzt. »Ich nehme an, es gibt einen guten Grund dafür, wenn man in Betracht zieht, wie lange die Nächte hier dauern. Die Parties enden hier wohl nie. Vielleicht kommt es einem aber auch nur so vor. Iß 'n bißchen, schlaf 'n bißchen. Iß 'n bißchen, trink 'n bißchen. Vielleicht auch 'n bißchen mehr. Meiner Ansicht nach hatte das Bier einen hinterhältigen Geschmack. Deswegen habe ich nur eins getrunken. Aber das Fleisch! Das Gemüse war gewaltig, die Fleischbrühe klasse! Auch das Brot und die rote Soße waren lecker. Und ...«

Seine Stimme erstarb, als Floyd aus dem Bett kroch und stöhnend Richtung Toilette wankte.

»Du bist grausam«, sagte ich, schnalzte mit der Zunge und fühlte mich etwas besser.

»Ich bin doch nicht grausam. Ich hab nur ein paar Wahrheiten angesprochen. Unsere Mission steht an erster Stelle. Saufen, Kater und Breitwandgähnen sparen wir uns für die Siegesfeier auf.«

Tja, was hätte ich sagen sollen? Er hatte recht.

»Nachricht angekommen«, sagte ich und griff nach meinen Kleidern. »Ein gelassenes Leben, jede Menge Ruhe und Rohgemüse. Denk positiv.«

Das Morgengrauen erhellte das Fenster. Ein neuer Tag. Noch zehn Tage bis Ultimo. Ich dachte negativ und schüttelte mich wie ein nasser Hund, um die fiese Stimmung zu vertreiben. »Laßt uns auf den Markt gehen.«

Als wir aus dem Haus kamen, wartete Sergeant Ljotur auf uns. Er stand stramm und erwies uns einen gewaltigen Salut – und auch die Torwachensschwadron, die er mitgebracht hatte.

»Wir bringen euch zum Markt!« schrie er. »Diese Männer sind alles Freiwillige, sie tun nichts lieber, als alles zu tragen, was die besten Musiker der Galaxis erwerben wollen.«

»Wir wissen es zu schätzen«, sagte ich. »Also los!« Wir traten zackig auf die rote Ziegelsteinstraße hinaus.

Als wir den Markt erreichten, war die Sonne eine karmesinrote Scheibe am Horizont. Die fundamentaloiden Nomaden mußten Frühaufsteher sein, denn überall war schon was los. Und blutrünstig war es auch. Ich glaubte ein leises Ächzen von Floyd zu hören, doch das Blöken und Furzen der Schiegen übertönte nahezu alle anderen Geräusche. Vielleicht beschwerten sie sich auch nur, weil man die ausgeweideten Kadaver ihrer ehemaligen Kumpels von ihrem Rücken lud. Aber der Markt mußte mehr als nur ein Fleischmarkt sein; mit abgewandten Blicken eilten wir an der blutigen Ausstellung vorbei.

Bald heischten bärtige Nomaden mit bittenden Stimmen um unsere Aufmerksamkeit und deuteten auf die Attraktion ihrer Waren, die nicht sehr attraktiv waren. Schlapp wirkendes Gemüse, primitive Tontöpfe, Stapel getrockneter Schiegenhäute und Kartoffelchips für Grillpartys.

»Sieht zum Kotzen aus«, sagte Floyd.

»Unwichtig«, sagte ich und deutete mit dem Daumen auf die umherschlendernde Kundschaft. »An denen sind wir interessiert.« Ich holte die Fotos des Artefakts heraus, nach dem wir Ausschau hielten, und gab jedem meiner Gefährten eins. »Bringt in Erfahrung, ob jemand von den Paradiesern das Ding gesehen hat.«

»Keine Heimlichkeiten mehr?« sagte Steengo zweifelnd.

»Genau. Keine Heimlichkeiten mehr. Während des

schlaflosen Teils der letzten Nacht habe ich eine Tarngeschichte ausgetüftelt. Sie geht folgendermaßen – und kommt der Wahrheit recht nahe: Die Nomaden haben das Ding nach einer Überschwemmung in einem Bachbett gefunden. Haben versucht, es an die Wächter im Pentagon zu verkaufen, die aber kein Wort mit ihnen reden durften. Allerdings haben sie es beim Herzeigen fotografiert. Sie haben erst später erkannt, daß es sich um ein archäologisches Artefakt von eventuellen Interesse handelt.«

»Angemessen«, sagte Steengo zweifelnd. »Aber was haben wir damit zu tun?«

»Man hat uns die Fotos vor dem Rauswurf aus dem Pentagon gegeben. Hat eine Belohnung angedeutet, vielleicht sogar Strafminderung, einen Haufen Fedha. Wir haben nach langem Zögern eingewilligt, das Ding zu suchen, da wir ganz einfach nichts zu verlieren haben.«

»Dünn, aber plausibel«, sagte Floyd. »Versuchen wir's mal.«

Es gab keine Schwierigkeiten, mit den Paradiesiern zu reden. Das einzige Problem bestand darin, sie wieder vom Hals zu kriegen, wenn man sie einmal angesprochen hatte. Wie sie die Edelstahlratten liebten! Bald klebte mir ein Rattenschwanz bewundernder Fans an den Fersen – zusammen mit dem größten Teil der Wachtschwadron. Alle wollten helfen. Keiner hatte die geringste Ahnung. Doch als ich meine Fragen stellte, hörte ich immer wieder einen Namen: Sjonvarp.

Steengo schob sich durch die Menge und hob das inzwischen eselsohrige Foto. »Noch immer nichts. Aber ein paar Leute haben gesagt, ich soll Sjonvarp fragen. Der scheint hier der Händler Nummer eins zu sein.«

»Ich habe das gleiche gehört. Hol Floyd. Er muß sich inzwischen erholt haben, ich hab ihn nämlich am Stand für gegorene Schiegenmilch gesehen. Bring ihn her, bevor er einen Fehler macht, den er lange nicht vergessen wird.«

Sjonvarp war sehr leicht zu finden, denn zahllose Finger wiesen uns den Weg. Er war hochgewachsen und kräftig und hatte eisengraues Haar. Seine ernste Miene verzog sich zu einem Lächeln, als er sich umdrehte, um zu sehen, wer seinen Namen rief.

»Die Edelstahlratten höchstpersönlich! Ich bin dreifach gesegnet!«

Wir summten zwei Takte von *Ganz allein* und zogen eine flotte Schau ab, die uns eine Runde Applaus von den Zuschauern und ein noch breiteres Lächeln von Sjonvarp eintrug.

»Welch ein Rhythmus!« sagte er. »Einfach toll!«

»Wir singen es so, wie es dir gefällt«, sagte ich. »Auf dem Markt sagen alle, du bist der Meisterhändler in dieser Gegend.«

»Bin ich auch. Freut mich, eure Bekanntschaft zu machen, Jim, Floyd und Steengo.«

»Ebenfalls. Falls du einen Moment Zeit hast ... Ich habe da ein Bild, und ich möchte, daß du es dir anschaust.« Ich erreichte den Höhepunkt unseres Gequassels, als ich es ihm reichte. Er hörte zwar nur halb zu, aber er konzentrierte sich voll auf das Foto. Er drehte es auf Armeslänge herum und blinzelte weitsichtig, um es zu erkennen.

»Natürlich! Dachte ich mir gleich.« Er gab es mir zurück. »Vor ein paar Märkten, vor wie vielen weiß ich nicht mehr genau, hat irgendein Einfaltspinsel es an einen meiner Assistenten verkauft. Wir kaufen alles, was eventuell von wissenschaftlichem Interesse ist, damit die Experten es untersuchen können. Es sah zwar nicht nach etwas Besonderem aus, aber ich habe es trotzdem dem alten Heimskur gegeben.«

»Tja, das war's denn wohl«, sagte ich, zerriß das Foto und ließ die Fetzen fliegen. »Wir haben heute abend ein Konzert – wenn du 'ne Eintrittskarte brauchst, kann ich dir eine besorgen.«

Das Artefakt war auf der Stelle vergessen – hoffte ich wenigstens, obwohl es eine Weile dauerte, bis wir uns aus der aufmerksamen Umarmung unserer Fans gelöst hatten. Wir konnten uns nur freimachen, weil ich sagte, wir müßten jetzt zur Probe.

»Suchen wir jetzt nicht mehr nach dem Ding?« fragte Floyd besorgt. Er war zwar ein guter Musiker, aber ich glaubte, seine Hirnzellen knackten allmählich ab.

»Wir haben doch den Namen des Mannes«, sagte Steengo. »Und um den kümmern wir uns als nächstes.«

»Wie denn?« fragte Floyd, der immer noch an Halbparalyse seines neuralen Netzwerks litt.

»Auf jede nur erdenkliche Weise«, sagte ich. »Indem wir Freunde gewinnen. Namen ins Spiel bringen. Heimskurs Namen, zum Beispiel. Wir kriegen raus, wer er ist und was er macht. Und jetzt, während wir so dahinschlendern, schick ich 'ne Meldung ab.«

Tremearne und Madonette lauschten konzentriert meinem Bericht. Tremearne bestätigte und klinkte sich aus, aber Madonette blieb noch zum Tratschen in der Leitung.

»Jim, es wird Zeit, daß ich mein Mauseloch verlasse und in die andere Hälfte der Stadt gehe. Sie scheint sicher zu sein ...«

»Das hoffen wir auch. Aber wissen tun wir's nicht. Und es hat keinen Sinn, daß du irgendwelche Risiken eingehst, solange das Ding, das wir suchen, hier ist. Genieß doch die Pause. Unternimm bloß nichts, ehe wir nicht wissen, was wir hier noch herausfinden.«

In unserem Quartier wartete das Mittagessen auf uns. Obst und kalte Rindfleischscheiben auf Silbertellern, von Kristalldeckeln behütet.

»Toll!« sagte Floyd und mampfte eine Scheibe.

»Ist wahrscheinlich zerstückelter Schiegenarsch«, sagte Steengo plötzlich düster.

»Essen ist Essen, ihre Herkunft ist mir schnuppe.« Floyd griff gerade nach der zweiten Scheibe, als unser goldiger Begrüßer erschien.

»Welche Freude, zu sehen, daß die Ratten sich vergnügen. Wenn Sie gegessen haben... Ich habe eine Bitte nach der Gegenwart von Ratten-Jim.«

»Wer will mich sprechen?« fragte ich argwöhnisch, den Mund voller süßem Brei.

»Es wird alles enthüllt werden.« Er legte den Zeigefinger auf seine Nase, zwinkerte und verdrehte die Augen. Natürlich nahm ich an, daß diese stumme Verständigung etwas bedeutete, das ich bald herausfinden würde. Ich hatte keine Wahl. Und mir war der Appetit vergangen. Ich wischte mir die Finger an einem feuchten Leinentuch ab und folgte ihm wieder mal.

Eisenhans erwartete mich an der Tür des Veritoriums, in dem wir den verwirrenden Holofilm gesehen hatten.

»Kommen Sie mit, Jim«, sagte er mit einer tiefen Stimme, die wie ferner Donner grollte. »Heute werden Sie die gesamte Enthüllung sehen und verstehen.«

»Ich hol die anderen...«

»Diesmal nicht, Jim.« Seine Hand legte sich sanft, doch fest, auf meine Schulter, und ich hatte nur die Wahl, ihn zu begleiten. »Sie sind sehr klug für Ihr Alter. Ein alter Kopf auf einem jungen Körper. Deswegen werden Sie derjenige sein, dem am meisten geholfen werden wird, das Mysterium, das kein Mysterium ist, zu verstehen. Kommen Sie.«

Er plazierte mich, nahm aber selbst nicht Platz. Trotzdem war ich mir in der Dunkelheit seiner Anwesenheit neben mir bewußt. Nebel wehten und lösten sich auf, und ich war wieder am See.

Nur Stille herrschte in dem Forst, der den dunklen Tümpel umgab. Als das letzte Wellchen sich geglättet hatte, wandte sich der junge Mann um und ging, ohne einen Blick nach hinten zu werfen, zurück. Trat auf das tote Laub unter den Bäumen, bis er wieder aus dem Wald kam und den König erblickte.

»Ich muß etwas Bestimmtes tun«, sagte er zum König, doch mehr wollte er nicht äußern. Der König sah, daß der Hund des Mannes fehlte – doch der Mann selbst war nicht verletzt. Zwar hatte er viele Fragen, aber er wußte nicht, wie er sie formulieren sollte. Also folgte er dem jungen Mann zum Schloß zurück. Im Schloßhof schaute sich der junge Mann um, dann erblickte er einen großen Ledereimer.

»Den brauche ich«, sagte er.

»Nimm ihn.« Der König entließ ihn mit einer Geste. »Vergiß nicht, daß ich dir geholfen habe. Eines Tages mußt du mir erzählen, was du im Wald gefunden hast.«

Der junge Mann wandte sich schweigend um und ging davon – allein, zum finsteren Tümpel zurück. Dort tauchte er den Eimer ins Wasser und schüttete dessen Inhalt in den Graben daneben. Und wieder. Und wieder. Er hielt nicht inne, sondern arbeitete fleißig daran, den Tümpel zu leeren. Es war eine schwere, langwierige Arbeit. Trotzdem ging die Sonne nie unter, das Licht veränderte sich nie, und der junge Mann hielt nie inne.

Nachdem sehr viel Zeit vergangen war, war der Tümpel fast leer, und er offenbarte etwas Großes, das im Schlamm auf seinem Boden lag. Der junge Mann leerte den Tümpel, bis er einen hochgewachsenen Mann enthüllte, der vom Scheitel bis zur Sohle mit rotem Haar bedeckt war – wie aus rostigem Eisen. Die Augen des großen Mannes öffneten sich und erblickten den jungen Mann. Dieser winkte ihm zu. Der Rostige erhob sich mit einem wuchtigen Beben vom Boden des Tümpels und folgte dem jungen Mann durch den Forst.

Zum Schloß des Königs. Sämtliche Soldaten und Hof-

schranzen flohen, als sie erschienen, und der König stand allein vor ihnen.

»Dies ist Eisenhans«, sagte der junge Mann. »Ihr müßt ihn auf dem Schloßhof in einen Eisenkäfig sperren. Wenn Ihr den Käfig verschließt und den Schlüssel Eurer Königin gebt, ist der Forst für jene, die ihn durchschreiten, wieder sicher.«

Nebel stieg auf und verfinsterte die Szenerie. Es war das Ende.

Die rotpelzige Hand wog schwer auf meiner Schulter – aber es focht mich nicht an.

»Jetzt verstehen Sie«, sagte Eisenhans, und in seiner Stimme herrschte wieder Wärme vor. »Nun können Sie Eisenhans befreien. – Willkommen, Jim. Willkommen.«

Ich hätte ihm gern gesagt, daß ich mehr Verwirrung als Erkenntnis empfand. Daß ich zwar etwas empfand, aber es trotzdem nicht kapierte. Statt meine Gefühle auszusprechen, stellte ich plötzlich fest, daß mir Tränen in den Augen standen. Ich wußte nicht, warum – aber ich wußte, daß sie nichts waren, dessen ich mich zu schämen brauchte.

Eisenhans lächelte mich an und wischte mit einem großen Finger die Tränen von meinen feuchten Wangen.

16. KAPITEL

»Um was ging's denn?« fragte Floyd, als ich in unser Quartier zurückkehrte. Er jazzte gerade mit seinem Trombonio, einer komplizierten und funkelnden Anordnung von goldenen Rohren und Spangen, die tatsächlich hochinteressante Klänge erzeugten. Leider waren die meisten destruktiver Natur.

»Noch ein Lehrfilm«, sagte ich so nonchalant wie eben möglich. Ich war überrascht, beim Sprechen ein gewisses Zittern in meiner Stimme zu hören. Floyd blies weiter, er bemerkte es nicht, aber Steengo, der auf der Couch zu schlafen schien, öffnete ein Auge.

»Lehrfilm? Du meinst, noch mehr über den Tumpel im Wald?«

»Das kann man wohl sagen.«

»Hast du rausgekriegt, was in dem Tümpel war? Das Ding, das den Hund in die Tiefe gezogen hat?«

»Was für 'ne doofe Geschichte«, sagte Floyd und blies ein schnelles Riff. »Aber der Hund tut mir wirklich leid.«

»Es war kein echter Hund«, sagte Steengo. Er schaute mich an, schien darauf zu warten, daß ich etwas sagte, aber ich hielt die Klappe und drehte mich um. »Und kein echter Tümpel.«

»Was meinst du damit?« fragte ich und schaute ihn an.

»Mythologie, mein Lieber. Initiationsriten. Eisenhand lag auf dem Grund des Tümpels, nicht wahr?«

Ich zuckte zusammen, als hätte mich ein elektrischer Schlag getroffen. »Ja! Woher hast du das gewußt?«

»Ich hab doch gesagt, ich kenne mich mit Mythologien aus. Aber was mich wirklich verunsichert, ist nicht der Lehrfilm, wie du ihn nennst, sondern die Tatsache, daß Eisenhans höchstpersönlich hier weilt, als fester, behaarter Körper.«

»Jetzt komm ich nicht mehr mit«, sagte Floyd und schaute von einem zum anderen. »Eine kurze Erklärung wäre jetzt echt nicht zu verachten.«

»Recht hat er«, sagte Steengo. Er schwang die Beine über den Couchrand und setzte sich hin. »Die Menschheit denkt sich Kulturen aus – und Kulturen denken sich Mythen aus, die ihre Existenz rechtfertigen und erklären sollen. Hervorstechend unter ihnen sind Mythen und Zeremonien über Mannbarkeitsriten für kleine Jungs. Der Übergang von der Kindheit zum Erwachsenendasein. In dieser Zeit werden Jungs von ihren Müttern und anderen Frauen getrennt. In manchen primitiven Kulturen gehen die Jungs fort, leben bei den Männern und sehen ihre Mütter nie wieder.«

»Kein großer Verlust«, murmelte Floyd. Steengo nickte.

»Du hast es gehört, Jim. In allen Kulturen wollen die Mütter ihre Söhne nach ihrem weiblichen Ebenbild formen. Zu ihrem eigenen Nutzen. Die Jungs widersetzen sich – und der Initiationsritus hilft ihnen bei ihrem Widerstand. Es geht immer um Symbolismus, weil Symbole eine Methode sind, die Mythen darzustellen, die jeder Kultur zugrundeliegen.«

Ich dachte darüber nach. Mir tat der Kopf weh. »Entschuldige, Steengo, aber jetzt habe ich irgendwie den Faden verloren. Erklärung?«

»Aber sicher. Bleiben wir bei Eisenhans. Du hast gerade gesagt, du hast es nicht verstanden. Aber trotzdem, glaube ich, hat es dich emotional getroffen.«

Ich wollte protestieren, lügen – doch ich hielt inne.

Warum lügen? Ich bemühte mich immer, nicht mal mich selbst zu belügen. Es war eine gute Gelegenheit, diese Regel anzuwenden.

»Du hast recht. Es hat mich berührt… Ich weiß auch nicht, weshalb.«

»Mythen handeln mit Gefühlen, nicht mit Fakten. Schauen wir uns doch mal die Symbole an. Hat der junge Mann den Tümpel leergeschöpft und Eisenhans auf dem Grund gefunden?«

»Genau das ist passiert.«

»Wer, glaubst du, ist Eisenhans? Ich meine den in der Geschichte – nicht den, der hier rumläuft. Aber bevor du antwortest… Wer ist deiner Meinung nach der junge Mann in der Geschichte?«

»Das ist doch nicht schwer rauszukriegen. Der, für den die Geschichte bestimmt ist; der, der sie sich ansieht. In diesem Fall, da ich allein war, muß ich annehmen, daß ich es war.«

»Stimmt genau. Im diesem Mythos suchst du – ebenso wie jeder andere junge Mann – nach etwas in dem Tümpel und mußt sehr schwer mit dem Eimer arbeiten, um es zu finden. Jetzt kommen wir zu Eisenhans, dem behaarten Mann auf dem Grund des Tümpels. Ist er ein echter Mensch?«

»Nein, kann er gar nicht sein. Der Mann auf dem Boden des Tümpels muß ein Symbol sein. Teil eines Mythos. Ein Symbol fürs Männliche. Der Primitivling, der in uns allen steckt.«

»Treffer, Jim«, sagte Steengo leise. »Die Geschichte will dir sagen, daß ein Mann – kein Junge –, wenn er tief in sein Innerstes schaut… Wenn er lange genug ganz tief in sich reinschaut und sich ordentlich Mühe gibt, in seinem Inneren den uralten, behaarten Primitivling entdeckt.«

Floyd hörte auf zu spielen und gaffte uns an. »Ihr habt irgend etwas geraucht, das ich nicht kenne.«

»Nichts da«, sagte Steengo. »Wir nippen nur an der Quelle uralter Weisheit.«

»Glaubst du diesen Mythos?« fragte ich Steengo. Er zuckte die Achseln.

»Ja und nein. Ja, der Prozeß des Erwachsenwerdens ist ein schwieriger, und alles, was dabei hilft, ist erst mal positiv. Ja, Mythen und Initiationszeremonien helfen Jungs, sich vorzubereiten, verleihen ihnen Zuversicht, die sie beim Übergang vom Kind zum Mann brauchen. Aber damit hat es sich für mich auch. Ich sage laut *nein,* daß mythische Manifeste mit Realität zu tun haben. Eisenhans ist gesund und munter und führt die Meute an. Wir haben es hier mit einer fragmentarischen Gesellschaft zu tun, ohne Frauen. Man weiß nicht mal etwas von Frauen. Das ist nicht gut. Es ist krank.«

Ich empfand Unbehagen darüber. »Ich bin nicht mit allem einverstanden. Als ich die Geschichte sah, hat sie mich sehr stark berührt. Und mich führt man nicht leicht hinters Licht. Es hat mich wirklich angerührt.«

»Sollte es auch – eben deswegen, weil es von diesem Persönlichkeit- und Ichzeug handelt. Ich habe das Gefühl, Jim, daß deine Kindheit nicht der glücklichsten eine war ...«

»Glücklich?« Schon bei dem Gedanken mußte ich lachen. »Dann wachs du doch mal auf einer Stachelschweinfarm auf, wenn du von Hirten und Bauern umgeben bist, die nicht mehr Grips im Schädel haben als ihre Viecher!«

»Schließt das auch deine Eltern mit ein?«

Ich wollte ihm eine warmherzige Antwort geben, aber dann merkte ich, auf was er hinauswollte und wohin dies alles führen würde. Ich hielt die Klappe. Floyd kippte die Spucke aus seinem sogenannten Musikinstrument und brach das Schweigen.

»Der Hund tut mir trotzdem leid«, sagte er.

»War kein echter Hund«, sagte Steengo und wandte sich von mir ab. »Ein symbolischer Hund, wie alles andere, was du gesehen hast. Der Hund ist dein Leib, das Ding, das du herumkommandierst: *Hinsetzen! Gib Pfötchen!*«

Floyd schüttelte verwundert den Kopf. »Das ist zu hoch für mich. Wie der Tümpel zu tief für mich war. Wenn ich das Thema mal kurz von der Theorie ab- und der Praxis zuwenden könnte ... Was steht als nächstes auf dem Terminplan?«

»Heimskur zu finden, natürlich, damit wir herauskriegen, ob er das Artefakt noch hat«, sagte ich, froh darüber, die Sache abschließen zu können. »Irgendwelche Vorschläge?«

»Mein Hirn ist leer«, sagte Floyd. »Tschuldigung. Mein Kater ist eigentlich noch nicht abgeflaut.«

»Ich bin froh, daß wir nicht alle getrunken haben«, sagte Steengo, in dessen Stimme plötzlich ein Anflug von Irritation mitschwang.

Ich war aus privaten Gründen froh, dies zu hören und freute mich, daß er Mensch geblieben war; das Mythenzeugs hatte mich ganz schön aus den Stiefeln gehoben. Aber vergessen wir es für eine Weile. Ich nahm meine Finger zu Hilfe. »Wir haben nur zwei Möglichkeiten: Wir lassen dann und wann seinen Namen fallen und sammeln so viele Informationen, wie wir können. Oder wir schreien offen heraus, daß wir ihn kennenlernen möchten. Ich persönlich neige zur zweiten Möglichkeit, da wir bei dieser Ermittlung eine zeitliche ... ähm ... Begrenzung haben.« Beziehungsweise zehn Tage, bis der Sensenmann kam. »Fragen wir Goldy, unseren Majordomus. Er scheint doch auch sonst alles zu wissen.«

»Laßt mich das machen«, sagte Steengo. Er stand auf und reckte sich. »Ich werde wie ein alter Kumpel mit ihm reden und das Gespräch dann geschickt auf die

Wissenschaft und ihre Vertreter bringen. Und auf Heimskur. Bin gleich zurück.«

Floyd schaute ihm beim Hinausgehen zu und trötete ein Märschlein im Rhythmus seiner Schritte. »Dieses Eisenhanszeug geht dir wirklich nahe«, sagte er, als die Tür zu war.

»Ja... Und das ist das Schlimmste. Ich weiß gar nicht, warum es mich plagt.«

»Frauen. Ich hatte sechs Schwestern, und bei uns haben noch zwei Tanten gewohnt. Ich hatte keine Brüder. Ich denke nie an Frauen, außer mal an eine, und dann in der passenden Situation.«

Bevor ich mir die nächste langweilige Machostory über die passende Situation anhören mußte, entschuldigte ich mich und ging eine Runde laufen. Als ich naßgeschwitzt zurückkehrte, machte ich ein paar Kniebeugen und Liegestütze und ging mich waschen. Als ich wiederkam, war Steengo da. Als ich fragend eine Braue hob, schüttelte er die gefalteten Hände über dem Kopf.

»Erfolg! Veldi sagt, Heimskur ist der Chef des Haufens, der für die Sache der Wissenschaft schuftet.«

»Veldi?«

»Unser Türsteher. Er hat also doch einen Namen. Nach allem, was er sagt, habe ich das Gefühl, daß diese Kultur hübsch geschichtet ist und jeder seinen korrekten Platz einnimmt. Wissenschaftlern gebührt höchster Respekt. Veldi war mehr als respektvoll, als er über sie sprach, weil sie offenbar diejenigen sind, die hier das Sagen haben.«

»Toll. Und wie lernen wir Heimskur kennen?«

»Indem wir geduldig abwarten«, sagte Steengo und warf einen Blick auf seine Armbanduhr. »Weil nämlich jeden Moment unser Transporter hier sein wird, um uns in seine erhabene Gegenwart zu bringen.«

»Doch wohl nicht wieder die Triumphwagen!« stöhnte Floyd.

»Nein. Aber irgend etwas, das ebenso ominös klingt. Der Wonnetransporter!«

»Meine Herren – diesen Weg, bitte.«

Wir marschierten selbstbewußt hinaus. Tarnten alle Bedenken, die wir vielleicht gehabt hatten. Doch als wir sahen, was auf uns wartete, blieben wir schlotternd stehen.

»Der Wonnetransporter«, sagte Veldi stolz und winkte großmütig in Richtung dessen, was nur eine landgebundene Barkasse sein konnte.

Sie war schneeweiß, verklinkert, hatte einen Stummelmast, war mit Fahnen verziert und wies weiße Räder auf, die unter dem Kiel so eben sichtbar waren. Ein uniformierter Offizier schaute von der Reling auf uns herab, salutierte und gab ein Zeichen – und eine Strickleiter fiel uns klappernd vors Gebein.

»Alle an Bord«, sagte ich und ging voran.

Kissengeschmückte Diwane erwarteten uns; Lakaien winkten und reichten uns Krüge mit kalten Getränken. Sobald wir saßen, gab der Offizier wieder ein Zeichen, und der Trommler am Bug ließ seine Stöckchen wirbeln. Dann nahm er sich die Baßtrommel vor. Als das erste, methodische BUMM bummte, erbebte der Wonnetransporter. Und rollte langsam voran.

»Eine Galeere«, sagte Floyd. »Ohne Sklaven oder Ruder.«

»Jede Menge Sklaven«, sagte ich, als eine Woge maskulinen Schweißgeruchs neben mir aus einem trichterförmigen Luftschlitz hereinwehte. »Aber statt zu rudern, schieben sie irgendwelche Vorrichtungen, damit die Räder sich drehen.«

»Daß sich bloß keiner beschwert«, sagte Steengo. »Nicht nach den Triumphwagen.«

Wir rollten schwerfällig zwischen den Gebäuden dahin, nickten den Passanten zu und winkten mit vornehmer Hand gelegentlich unseren jubelnden Fans.

Wir fuhren durch eine Art Wohnviertel und dann in eine parkähnliche Landschaft weiter. Die Straße schlängelte sich zwischen Bäumen dahin und an einer Reihe von Zierbrunnen vorbei, dann hielten wir schwerfällig vor einem gewaltigen Gebäude mit Glaswänden an. Eine Gruppe elegant gekleideter Rauschebärte erwartete uns. Der Älteste führte sie an; er war ganz in Weiß gekleidet und stand aufrecht, als hätte er einen Besenstiel verschluckt. Sein Gesicht war unglaublich faltig. Ich stieg die Leiter hinab und sprang vor ihm zu Boden.

»Spreche ich mit dem edlen Heimskur?«

»In der Tat. Und Sie sind natürlich Jim von den Ratten. Willkommen. Ich heiße Sie alle willkommen.«

Wir schüttelten massenhaft Hände und hörten uns glückliche Freudenschreie an, dann beendete Heimskur den Empfang und führte mich in das gläserne Haus.

»Willkommen«, sagte er. »Und noch mal Willkommen – in der Universität des Wissens, aus der alle guten Dinge kommen. Wenn Sie mir folgen wollen, werde ich Ihnen unsere Arbeit erklären. Da Sie, meine Herren, von den vorwärtsdrängenden Mischlingswelten außerhalb unserer friedlichen Grenzen kommen, werden Sie es gewiß zu schätzen wissen, wie der Einsatz der Intelligenz aus unserer Kultur eine so glückliche und friedliche Welt gemacht hat. Wir kennen keinen Hader, keine Differenzen; hier gibt es einen Platz für jeden, und jeder ist an seinem Platz. Wenn sie diesen Weg hinuntergehen, finden sie die Phasen der Physik und die Kavernen der Chemie. Dort hingegen liegen die Auen der Agrikultur, und daneben die Moore der Medizin, während gleich dahinter das Museum der Menschheit sich befindet.«

»Museum?« fragte ich ungezwungen. »Ich *liebe* Museen!«

»Dann müssen Sie sich das unsere ansehen. Es sammelt die Schwierigkeiten, durch die wir mußten, bevor wir hier ankamen; den Reifeprozeß und die Läuterung, bevor wir auf dieser Welt sicheres Asyl fanden. Hier sind wir gewachsen und erblüht, und es ist alles aufgezeichnet, auf daß jeder es sehen kann.«

Und ganz schön langweilig, wenn nicht sogar ausgesprochen grotesk. Reiner als rein, weißer als weiß. Das einzige, was hier fehlte, waren die Heiligenscheine der alten Knaben, die so viel Gutes bewerkstelligt hatten.

»Sehr inspirierend«, sagte ich, als wir schließlich das Ende der Ausstellung erreicht hatten.

»So ist es, in der Tat.«

»Und wenn man hier runtergeht?«

»Das Studentenmuseum. Biologen können das Pflanzenleben unseres Planeten erforschen, Geologen die Erd- und Schieferschichten.«

»Und die Archäologen?«

»Ach je, nur wenig. Nur primitive Artefakte, die die längst ausgestorbenen Ureinwohner hinterlassen haben, die vor uns hier lebten.«

»Dürfen wir?«

»Aber *natürlich!* – Da, sehen Sie: Feuerholz und primitive Töpfereien. Ein Beil, ein paar Pfeilspitzen. Es ist kaum der Mühe wert, es zu bewahren, aber wir nehmen unsere Rolle als Aufzeichner und Archivare natürlich sehr ernst.«

»Das ist alles?«

»Ja.«

Ich holte das Foto aus meiner Innentasche, holte tief Luft – und reichte es ihm.

»Haben Sie vielleicht schon gehört, daß die Wächter im Pentagon uns einen Gefallen versprochen haben, wenn wir ihnen helfen, das hier zu finden?«

»Haben sie das wirklich? Ich würde *denen* nie was glauben.«

Er nahm das Foto und blinzelte es an, dann gab er es mir zurück. »Das ist typisch für sie – Sie anzulügen und grundlos in Schwierigkeiten zu bringen.«

»Anzulügen?«

»Über das da. Es wurde zu uns gebracht. Ich habe es selbst untersucht. Nicht das geringste war einheimisch an ihm. War ja auch vorauszusehen. Wahrscheinlich das Bruchstück eines alten Raumschiffes. Bedeutungs- und wertlos. Ist längst weg.«

»Weg?« Es war ein harter Kampf, meine Verzweiflung zu verbergen.

»Aufgegeben. Fort vom Paradies. Nichtexistent. Männer brauchen keinen solchen Schund, deswegen ist es für immer fort. Vergessen Sie den wertlosen Gegenstand, Jim. Lassen Sie uns über interessantere Dinge reden. Musik! Sagen Sie mal … Schreiben Sie eigentlich Ihre Texte selber?«

17. KAPITEL

Auf der Rückfahrt waren wir sehr schweigsam und wurden uns kaum der mannigfaltigen Wonnen bewußt, die mit uns im Wonnetransporter unterwegs waren. Erst hinter den geschlossenen Türen unseres Quartiers ließen wir uns wieder gehen. Floyd stieß blasphemische und skatologische Flüche aus, und ich nickte anerkennend. Er hatte einen tollen Wortschatz und machte geraume Zeit so weiter, ohne sich zu wiederholen.

»Ich bin ganz deiner Meinung«, sagte ich, als der Sauerstoffmangel ihn zum Luftholen zwang und er aufgab. »Man hat uns tatsächlich ganz schön verschaukelt.«

»Und wie«, sagte Steengo. »Aber man hat uns auch belogen.«

»Was meinst du damit?«

»Ich meine damit, daß Heimskur uns einen Haufen Kameldung verkauft hat. Über die Hälfte seiner sogenannten Historie der Wissenschaft und Natur war doch pure Propaganda für die Doofen. Und wenn wir ihm schon in dieser Hinsicht nicht glauben können – wie können wir ihm dann glauben, wenn er das Artefakt mit einem Haufen Gelaber zuschaufelt? Erinnert ihr euch noch an seine letzten Worte?«

»Nein.«

»Ich auch nicht. Aber hoffentlich jemand anders. Ich nehme an, es ist euch nicht aufgefallen – aber als wir die Rundfahrt machten, habe ich mir laufend in der Nase gebohrt und mich am Kopf gekratzt.«

Floyd, der an diesem Tag nicht allzu helle war, glotzte bei dieser Nachricht. Ich lächelte und steckte den Daumen in mein Ohr. »He, Himmelsauge! Siehst du mich?«

»Nee, aber ich höre Sie«, sagte Captain Tremearne durch meinen Daumennagel.

»Gut. Aber was noch wichtiger ist: Haben Sie unsere Führung abgehört?«

»Bis zum bitteren Ende. Wie langweilig. Aber ich habe trotzdem alles aufgezeichnet, wie Sie es erbeten haben.«

»Wie Steengo es erbeten hat. Ehre, wem Ehre gebührt. Sind Sie bitte so freundlich und spielen die letzte Rede über den Artefakten noch mal ab?«

»Schon dabei.« Nach einigem Klackern und dem Gewinsel hoher Stimmen ertönte die Stimme unseres ältlichen Führers.

»Aufgegeben. Fort vom Paradies. Nichtexistent. Männer brauchen keinen solchen Schund, deswegen ist es für immer fort.«

Ich schrieb es mit und bekam es nach einigen Wiederholungen hin. »Das ist alles. Danke.«

»Da«, sagte Steengo und deutete auf den Zettel. »Wie er um den heißen Brei herumlabert. Der gerissene alte Knacker hat mit uns gespielt, weil er wußte, daß wir einen Grund haben, uns für das Ding zu interessieren. Er hat nicht *einmal* gesagt, daß es vernichtet wurde. Aufgegeben? Das bedeutet, es ist noch hier in der Gegend. Fort vom Paradies? Es kann überall auf dem Planeten sein. Aber ganz besonders gefällt mir sein Satz, daß Männer solchen Schund nicht brauchen.« Er lächelte wie ein Pokerspieler, der fünf Asse auf den Tisch legt.

»Wenn *Männer* nichts damit anfangen können – wie wär's dann mit Frauen?«

»Frauen?« Ich spürte, daß meine Kinnlade nach unten hing und schloß sie mit einem Klacken. »Was ist mit denen? Hier sind doch nur Männer.«

»Wie recht du hast. Und was ist auf der anderen Seite der Mauer? Ich wette, da sind Frauen. Entweder sind da die Frauen, oder in dieser Gegend pflanzen sich die Kerle durch Klonen fort. Ich wette, hier muß es irgendeine Verbindung geben, die durch die Mauer führt.«

Mein Kieferfon summte, und Tremearne Stimme hallte in meinen Nebenhöhlen. *»Ich stimme Steengo zu. Madonette übrigens auch. Sie ist schon unterwegs, an der Mauer entlang zur Stadt. Sie meldet sich, sobald sie irgend etwas findet.«*

Ich wollte protestieren, erkannte die Sinnlosigkeit und hielt den Mund geschlossen. »Es kommt hin«, sagte ich. »Die Bande, die hier am Ruder ist, lügt wie gedruckt. Also ist es nur natürlich, wenn sie auch über das Artefakt lügt. Wir müssen abwarten ...«

Ich verstummte, als Veldi anklopfte und die Tür öffnete. »Gute Nachrichten!« gab er bekannt, und seine Augen glühten vor Begeisterung. »Eisenhans hat beschlossen, im Veritorium zu den Edelstahlratten zu sprechen. Eine Ehre, wie es keine größere gibt. Beeilen Sie sich, meine Herren. Aber bürsten Sie zuvor Ihre Kleider ab und kratzen Sie – mit Ausnahme des heldenbärtigen Floyd – die Fünf-Stunden-Stoppeln ab, die Ihr musikalisches Kinn ziert. Welche Freuden Ihrer harren!«

Freuden, ohne die wir ebenso hätten leben können. Doch es war ein königlicher Befehl, und dem konnten wir uns nicht entziehen. Ich rasierte mich flink, rieb mir das Kinn glatt, kämmte mir das Haar und bemühte mich, mir im Spiegel keine finsteren Blicke zuzuwerfen. Ich war der letzte, der ins Freie trat. Wir stiegen schweigend in den Wonnetransporter und rollten schwerfällig unserem Bestimmungsort entgegen.

»Ich frage mich, warum er uns alle drei sehen will«, sagte Steengo und nippte an einem Glas mit eisgekühltem Wein. »Bei der letzten Lehrveranstaltung warst du doch allein bei ihm, Jim, oder?«

»Ich habe keine Ahnung«, sagte ich. Ich hätte das Thema gern gewechselt und war auch nicht allzu erfreut über sein unbeschwertes Betragen. Ich versuchte, an Madonette zu denken, die nun allein in die andere Stadt vordrang, doch meine Gedanken kehrten immer wieder zu Eisenhans zurück. Was würde jetzt passieren?

Als wir das Veritorium betraten, war ich überrascht, wie groß es in Wirklichkeit war. Es war jetzt auch besser ausgeleuchtet, und ich sah im Halbkreis aufgestellte Sitzreihen. Sie waren dicht besetzt – und zwar mit der ältesten Ansammlung von Paradiesbewohnern, die ich bis jetzt gesehen hatte. Kahlköpfe, graues Haar, Falten und zahnlose Münder.

Eisenhans trat höchstpersönlich vor, um uns zu begrüßen. »Ihr seid uns wirklich hier willkommen. Die Plätze da sind für euch.« Es waren die drei besten in der ersten Reihe, von den anderen abgehoben. »Ihr seid unsere geehrten Gäste, musikalische Edelstahlratten. Diese Gelegenheit ist eine besondere – besonders für den jungen Jim diGriz. Sie sind der jüngste Mann hier, Jim, und werden bald erfahren, warum. Ihre Gefährten werden, da bin ich sicher, mit Freuden zuschauen. Nicht nur mit Freude. Ich hoffe ernstlich, daß sie durch die Beobachtung lernen werden. Und jetzt fangen wir an ...«

Wie aufs Stichwort gingen die Lampen aus. Dunkelheit erfüllte das Veritorium. In der Finsternis ertönten Schritte, und irgendwo wurde leise gelacht. Ein Licht erschien, und ich sah einen kleinen Jungen nach vorn eilen, der unter dem Gewicht der Kiste wankte, die er trug. Er stellte sie ab, öffnete den Deckel und entnahm ihr einen Kreisel, der sich drehte, als er einen Schalter drückte. Dann nahm er ein Tablett mit Bauklötzen heraus und baute einen Turm. Als er hoch genug war, drehte der Junge sich um und entnahm der Kiste ein weiteres Spielzeug. Er war hochkonzentriert, sehr ernsthaft und etwa acht Jahre alt. Er kramte in den Tiefen der Kiste herum und schaute sich dann mit einem kindlichen Stirnrunzeln um.

»Du brauchst dich nicht zu verstecken, Teddy«, sagte er. Er warf einen Blick hinter die Spielkiste und schaute dann wieder hinein. Dann drehte er sich – plötzlich entschlossen – um und eilte davon. Er verschwand aus meinem Blickfeld, aber ich hörte, daß seine sich entfernenden Schritte anhielten. Dann kam er zurück. Er trug einen Teddybär. Einen gewöhnlichen, leicht abgewetzten, stinknormalen Teddybär, wie mein Freund Uwe einen hat. Er setzte ihn mit dem Rücken an die Spielkiste und nahm mit den Bauklötzen den nächsten Turm in Angriff.

Die Szenerie wurde heller. Ich erkannte, daß wir uns wieder im Schloßhof befanden. Der Junge war allein – oder nicht? Da war irgend etwas in der Finsternis; ein Umriß, der allmählich deutlicher wurde.

Es war ein Eisenkäfig, und in seinem Innern befand sich Eisenhans. Der Junge schrie, warf die Bauklotztürme um und beeilte sich, die verstreuten Klötze aufzusammeln. Er blickte Eisenhans an, dann schaute er weg. Der Käfig und sein Insasse war wohl ein vertrauter Anblick für ihn.

Sonst passierte nichts. Der Junge spielte, Eisenhans schaute ihm schweigend zu. Trotzdem war eine elektrische Spannung in der Luft, in der einem das Atmen schwerfiel. Ich wußte, daß irgend etwas Lebenswichtiges passieren würde, und als der Junge erneut in die Spielzeugkiste griff, ertappte ich mich dabei, daß ich mich vorbeugte.

Als er den kleinen goldenen Ball aus der Kiste nahm, wurde mir klar, daß ich die Luft angehalten hatte. Ich ließ sie keuchend entweichen. Ich war nicht der einzige in der Dunkelheit, der dies tat.

Der Ball prallte ab und rollte fort, und der Junge lachte vor Freude.

Dann warf er ihn noch mal, fester als beabsichtigt, und er rollte und rollte. Er rollte durch die Käfigstangen und hielt vor Eisenhans' Füßen an.

»Mein Ball«, sagte der Junge. »Gib ihn her.«

»Nein«, sagte Eisenhans. »Erst schließt du meinen Käfig auf und läßt mich frei. Dann kriegst du deinen goldenen Ball.«

»Abgeschlossen«, sagte der Junge.

Eisenhans nickte. »Natürlich. Aber du weißt doch, wo der Schlüssel ist.«

Der Junge schüttelte verneinend den Kopf und wich zurück.

»Wo ist der Schlüssel?« fragte der Mann im Käfig. Aber der Junge war weg. »Wo ist der Schlüssel? Aber du bist nur ein kleiner Junge. Vielleicht bist du zu jung, um zu wissen, wo der Schlüssel ist. Wenn man den Schlüssel finden will, muß man älter sein.«

Zustimmendes Gemurmel des in der Dunkelheit sitzenden Publikums. Es war sehr wichtig, den Schlüssel zu finden, das wußte ich. Den Schlüssel …

Erst jetzt wurde mir bewußt, daß Eisenhans mich ansah. Er war wirklich in dem Käfig, es war kein Holofilm. Er sah mich an und nickte.

»Jim, ich wette, Sie wissen, wo der Schlüssel ist. Sie sind kein Kind mehr. Sie können ihn *jetzt* finden.«

Seine Stimme war ein Ansporn. Ich stand auf und ging zur Spielzeugkiste. Mein Fuß trat gegen einen Bauklotz, und er flog beiseite.

»Der Schlüssel ist in der Spielzeugkiste«, sagte ich, aber ich glaubte mir in diesem Moment selbst nicht. Ich schaute Eisenhans an, der verneinend den Kopf schüttelte.

»Nicht in der Kiste.«

Ich schaute noch mal nach unten, und mir wurde klar, daß ich wußte, wo der Schlüssel war. Ich hob den Blick und sah Eisenhans an. Er nickte feierlich. »Sie wissen also *doch,* wo der Käfigschlüssel ist. Jetzt können Sie mich herauslassen, Jim. Weil Sie wissen, daß der Schlüssel da ist. In dem ...«

»Teddy«, sagte ich.

»Teddy. Es ist kein echter Bär. Teddys sind für Kinder, aber Sie sind kein Kind mehr. Im Teddy.«

Ich griff nach ihm, blinzelte die Tränen fort, die meinen Blick verschwimmen ließen, hob den Teddy auf, spürte das weiche Gewebe zwischen meinen Fingern. Ich hörte eine laute Stimme, die die Stille zerriß.

»Stimmt nicht ganz, Jim; stimmt nicht ganz. Da ist der Schlüssel nicht. Er muß unter dem *Kissen deiner Mutter* sein!«

Steengo war vorgetreten, um sich zu mir zu gesellen; er mußte die letzten Worte schreien, um sich vom Stimmengebrüll abzuheben.

»Mutter will nicht, daß ihr Sohn sie verläßt. Sie versteckt den Schlüssel zum Käfig des Eisenmannes unter ihrem Kissen. Der Sohn muß den Schlüssel stehlen ...«

Die schreienden Stimmen übertönten ihn. Dann wurde es schlagartig dunkel. Jemand knallte gegen mich und schlug mich nieder. Ich wollte stehenbleiben, aufschreien, aber ein harter Fuß ging über meine Hand. Ich schrie laut wegen der plötzlichen Schmerzen, aber meine Stimme blieb in dem Geschrei ungehört. Dann rempelte mich jemand anders an, und die Finsternis wurde noch finsterer.

»Jim – bist du in Ordnung? Hörst du mich?«

Floyds Gesicht war dicht über dem meinen. Er sah besorgt aus. Ob ich in Ordnung sei? – Ich hatte keine

Ahnung. Ich lag im Bett, war wohl eingeschlafen. Warum weckte er mich?

Dann fiel es mir wieder ein. Ich setzte mich hin und packte seine Arme.

»Das Veritorium! Es ist dunkel geworden, dann ist etwas passiert. Ich weiß nicht mehr …«

»Ich kann dir keine große Hilfe sein. Ich weiß es auch nicht mehr. Scheint 'ne gute Show gewesen zu sein. Konnte dem Plot zwar nur schwer folgen, aber du hast mitgespielt, falls du dich noch daran erinnerst.« Ich nickte. »Sah aus, als hättest du deinen Spaß gehabt, wenn du auch nicht allzu glücklich wirktest, als du die Füllung aus dem Teddybär gerissen hast. In dem Moment kam Steengo auf die Bühne – und damit fing der Spaß an. Oder hörte damit auf. Dann wird meine Erinnerung ziemlich vage.«

»Wo ist Steengo?«

»Das frage ich mich auch. Ich hab ihn zuletzt auf der Bühne gesehen. Ich hab selbst geschlafen. Bin gerade erst wach geworden. Hab mich umgeschaut, aber er war nicht da. Dann sah ich dich hier schnarchen und hab dich gerüttelt.«

»Wenn er nicht hier ist …«

Ein gedämpftes Klopfen erklang an der Tür; kurz darauf ging sie auf und Veldi trat ein.

»Einen fröhlichen Guten Morgen, meine Herren. Ich glaubte, Stimmen zu hören und hoffte, Sie sind erwacht. Ich überbringe Ihnen eine Botschaft Ihres Freundes …«

»Steengo! – Du hast ihn gesehen?«

»Und ob. Bevor Sie erwachten, haben wir ein freundliches Schwätzchen gehalten. Und dann, bevor er ging, hat er diese Aufzeichnung gemacht. Ich soll sie Ihnen geben. Er sagt, Sie würden sie verstehen.«

Er stellte einen kleinen Recorder auf den Tisch und trat zurück. »Der grüne Knopf ist zum Abspielen, der rote zum Anhalten.« Dann war er wieder weg.

»Eine Botschaft?« sagte Floyd. Er nahm das Ding an sich und glotzte es an.

»Drück den Knopf, statt mit dem verdammten Ding rumzukaspern!«

Mein Tonfall verblüffte ihn, also stellte er ihn wieder hin und schaltete ihn ein.

»Guten Morgen, Jim und Floyd. Weil ihr solche Tiefschläfer seid, wollte ich euch nicht wecken, bevor ich hinausgehe. Ich glaube nämlich allmählich, daß diese Stadt nichts für mich ist. Ich brauche etwas Platz, um meine Gedanken auf die Reihe zu kriegen. Ich mache einen Spaziergang zur Mauer runter, hol mir etwas frische Luft zum Atmen und etwas Raum, in dem ich denken kann. Bleibt, wo ihr seid, ich melde mich wieder.«

»Der alte Steengo«, sagte Floyd. »Was für ein Typ! Er klingt, wie er leibt und lebt. Es ist einwandfrei seine Stimme und seine übliche Art. Was für'n Typ!«

Ich schaute auf, blickte ihm ins Auge. Sein Gesicht war so grimmig wie meins. Er schüttelte lautlos verneinend den Kopf. Ich tat das gleiche.

Nicht Steengo hatte uns diese Botschaft hinterlassen. Na schön, es war seine Stimme. Aber sowas konnten gewiefte Techniker leicht fälschen.

Steengo war weg.

Was war passiert?

18. KAPITEL

Ich hab wirklich geschlafen«, sagte ich. »Wie ein Ratz. Ich hab Durst.«

»Ich auch. Ich hol uns Saft und 'n paar Gläser.«

»Großartige Idee.«

Als er wieder da war, hatte ich eine Notiz verfaßt, und als ich mein Glas nahm, schob ich sie ihm hin. Er öffnete sie hinter dem Krug und las.

Bude verwanzt. Was machen wir?

Floyd nickte, während er mein Glas füllte.

»Danke«, sagte ich und schaute zu, wie er den Zettel herumdrehte und etwas auf die Rückseite schrieb. Ich hatte keine Ahnung, ob es hier neben den Abhörwanzen auch Kameras gab, aber solange wir es nicht wußten, mußten wir so tun, als gäbe es sie. Ich behielt den Zettel in der Handfläche, als ich seine Nachricht las.

Steengo sehr besorgt. Hat das für dich hinterlassen, bevor wir zur Show gingen.

Ich leerte mein Glas, stellte es ab und runzelte fragend die Stirn. Floyd deutete schnell auf seine geschlossene Faust. Als er aufstand und an mir vorbeiging, ließ er etwas in meinen Schoß fallen. Ich wartete eine Minute, schenkte mir noch einen Saft ein, trank ihn und lehnte mich, die Hände im Schoß, zurück. Zwei kleine, weiche Gegenstände. Irgendwie vertraut. Ich rieb mir die Nase und musterte sie.

Filterstöpsel für die Nase. Um Gas zu neutralisieren. Steengo hatte etwas gewußt – oder vermutet. Er hatte auch gewußt, wie sehr mich die Sitzungen im Veritorium mitgenommen hatten. Er hatte vermutet, daß ich von irgend etwas physikalischem – nicht nur von der Lehrsitzung selbst – bearbeitet worden war.

Natürlich! Im Nachhinein einleuchtend. Ich kannte ein Dutzend hypnotische Gase, die die Fähigkeit, klar zu denken, herabsetzten und das Hirn dem Einfluß von außen öffneten. Dann war es also keine Emotion gewesen, die mich beeinflußt hatte, sondern gute alte Chemie. Steengo hatte es vermutet – aber warum hatte er mir nichts erzählt? Niedergeschlagen wurde mir der Geisteszustand bewußt, in dem ich mich befunden hatte – wahrscheinlich hervorgerufen von Drogen bei früheren Sitzungen. Er hatte gewußt, daß er es mir nicht erzählen konnte. Aber er war argwöhnisch genug gewesen, um Nasenstöpsel zu tragen.

Und als er gesehen hatte, wie tief ich in das Ritual involviert gewesen war, hatte er es unterbrochen, bevor es zu spät war. Er hatte Sand ins Getriebe der ganzen Sache geworfen. Ich spürte, daß ich mit den Zähnen knirschte und zwang mich zum Aufhören.

Er hatte über eine Mutter und den Schlüssel unter ihrem Kissen geredet – in Gegenwart von Leuten, die bestritten, daß es Frauen überhaupt gab!

Als ich mir die Ungeheuerlichkeit des Verbrechens klarmachte, das er in den Augen der Paradiesbewohner begangen hatte, empfand ich plötzlich eine überwältigende Angst um seine Sicherheit. Würden sie ihn umbringen? Oder noch schlimmer: Hatten sie ihn schon umgebracht? Ich war mir sicher, daß sie zu allem fähig waren.

Was jetzt? Ich mußte schnellstens Verbindung mit der Entsatzeinheit aufnehmen, die um den Planeten kreiste. Ich mußte ins Freie, weg von den Wanzen, und Tremearne anfunken. Ihn auf den neuesten Stand bringen. Irgend etwas war mit Steengo geschehen. Wir anderen befanden uns ebenso in Gefahr – auch Madonette; dies konnte sich auf sie auswirken. Die ganze

Sache bekam allmählich einen fiesen und gefährlichen Beigeschmack.

Und da ich gerade an Gefahren dachte – es gab da auch noch eine *andere* Gefahr, die über meinem Haupte schwebte. Mein Computer blitzte mir die höchst unwillkommene Botschaft einer roten Neun zu. Ich hatte länger geschlafen, als mir bewußt gewesen war.

Artefakt oder nicht, ich war nur noch neun Tage von meinem persönlichen Schicksal entfernt. Als man mir damals von den dreißig Tagen erzählt hatte, hatte ich mir nicht allzu viele Gedanken gemacht. Dreißig Tage sind eine lange Zeit. Hatte ich angenommen.

Neun Tage waren allerdings nicht sehr viel. Und nun, da Steengo plötzlich verschwunden war, hatte ich nicht weniger Probleme, sondern mehr.

»Ich geh mal 'ne Runde joggen«, rief ich Floyd zu und sprang in einem Anfall von furchterzeugter Energie auf die Beine. »Nach der langen Pennerei ist mir 'n bißchen blümerant zumute. Muß mir den Kopf auslüften.«

Als er antwortete, fegte ich schon aus der Tür und die Straße entlang. Ich wählte einen anderen Weg als sonst – dann änderte ich ganz beiläufig die Richtung. Vor mir ragte ein Klopsbaum-Wäldchen auf; die Bäume standen in hübschen Reihen und waren früchteschwer. Ich lief über einen Pfad neben ihnen her und schaute mich beim Laufen um. Niemand in Sicht. Die Chance, daß die Paradiesbewohner die Bäume verwanzten, war sehr gering.

Aber tun konnten sie es. Ich wandte mich einem frisch gepflügten Feld zu und lief zwischen den Furchen her. Hier mußte es sicher sein. Ich verkrampfte zweimal meinen Kiefer.

»Hallo, Tremearne, sind Sie da?«

»Und ob, Jim. Wir warten schon alle auf Ihre Meldung. Können Sie uns sagen, was los ist? Der Recorder läuft.«

Ich zuckelte eine Weile vor mich hin, dann bückte ich mich, um meinen Schnürsenkel zu binden. Dann gab ich auf, setzte mich einfach auf den Boden und beendete die Meldung in allen Einzelheiten. Ich war müde; die Chemikalien, die noch immer in meiner Blutbahn kreisten, waren nicht sehr freundlich zu mir gewesen.

»Das ist alles«, endete ich. »Steengo ist weg. Könnte auch tot sein …«

»Nein. Das kann ich Ihnen versichern. Wir haben vor ein paar Stunden eine Funkmeldung von ihm erhalten; nur ein paar Worte, dann haben wir die Verbindung wieder verloren. Er muß irgendwo mitten in der Stadt sein; hinter Mauern, die seine Funkwellen nicht durchdringen können. Möglicherweise hat man ihn von einem Ort zu einem anderen gebracht, aber er war lange genug im Freien, um eine Nachricht abzuschicken.«

»Was hat er gesagt?«

Die Aufzeichnung war kurz und kratzig. Fing mit Störgeräuschen an und hörte mit Störgeräuschen auf. Aber es war Steengo, wie er leibte und lebte.

»… nie genug! Wenn ich Sie in die Hände kriege, Sie … Sie …« Das nächste Wort war schwer zu verstehen, aber mir fielen gleich ein halbes Dutzend ein, die es hätten ersetzen können.

»Was sollen wir Ihrer Meinung nach tun? Ausbrechen?«

»Nein. Machen Sie weiter. Man wird Kontakt mit Ihnen aufnehmen.«

»Kontakt aufnehmen? Wer? Was? Wann? Antworten Sie, Tremearne!«

Es gab keine Antwort. Ich stand auf und klopfte mein Höschen ab. Sehr geheimnisvoll. Tremearne hatte irgend etwas vor. Aber er redete nicht darüber. Hatte sicher Angst vor Lauschern. Vielleicht wußte er etwas, das ich nicht wußte.

Ich lief langsam zurück, wechselte in ein schnelles,

dann in ein langsames Gehen über und schlich schließlich nur noch dahin. Wäre der Weg weiter gewesen, wäre ich möglicherweise auf allen vieren gekrochen. Doch so stolperte ich nur in unser Quartier hinein und brach keuchend auf der Couch zusammen. Floyd schaute mich verblüfft an.

»Du sieht aus, als hätte man dich durch die Mangel gedreht.«

»Ich fühl mich noch viel schlimmer. Wasser, schnell – und zwar in Massen!«

Ich trank, bis es in meinem Innern schwappte, dann nippte ich noch etwas und gab ihm schließlich das Glas zurück.

»Ich hab mich selbst k.o. gelaufen. Sei ein Schatz und bring mir meinen Tornister. Da sind ein paar Vitaminpillen drin, die müßten mich wieder auf die Beine bringen.« Als er mir den Tornister reichte, klickte ich ein paar Hauruck-Super-Aufputscher heraus und schluckte einen. »Vitamine sind gesund«, sagte ich, als ich ihm eine gab. Floyd war neuerdings geistig viel beweglicher und stellte keine dummen Fragen.

Unsere zeitliche Abstimmung war ausgezeichnet. Die Woge des guten Gefühls und der Kraft schwemmte meine letzte Erschöpfung gerade fort, als Veldi die Tür aufstieß.

»Aufstehen!« rief er. Ich rührte mich nicht.

»Veldi«, sagte ich. »Unser alter und vertrauter Diener. Sie klopfen nicht mehr an? Und Sie erheben die Stimme?«

»Es hat sich herausgestellt, daß die Edelstahlratten nur ganz gewöhnliche Ratten sind. Störenfriede. Jetzt aber dalli.«

Schlagartig ertönte das Trampeln militärischer Stiefel, und Sergeant Ljotur trat mit einer Schwadron bewaffneter Soldaten ein. Sie hatten bösartig aussehende Spieße mit funkelnden Spitzen und Stachelschäften bei sich.

»Ihr kommt mit!« befahl er. Er wirkte aber nicht glücklich bei seinem Tun.

»Bist du kein Fan mehr von uns, Ljotur?« fragt ich und rappelte mich langsam auf.

»Ich habe meine Befehle.« Befehle, die ihm offensichtlich nicht gefielen. Denen er aber natürlich gehorchte, da eigenständiges Denken beim Militär noch nie geschätzt worden war. Floyd folgte mir hinaus, und die Schwadron kam hinterdrein. Vier Mann vor uns, vier Mann hinter uns. Ljotur inspizierte die Formation, nickte, nahm vorn Aufstellung und hob seinen Spieß.

»Vorwärts – *burtu!*«

Wir burtuten in einem langsamen Trott die Straße entlang und bogen nach rechts ab. Womit wir uns, wie ich von unserem ersten Besuch her wußte, genau in die Gegend begaben, in der die roten Ziegelsteinbauten Eisenhaus' hockten. Wir trotteten die Straße entlang und kamen in einen Tunnel, der unter einer Häuserzeile herführte. Einer der Wächter tippte mir von hinten auf die Schulter.

»Kannste mir mal helfen?« fragte er mit heiserer Stimme.

Dann sprang er zur Seite und pflanzte seine Faust genau in den Magen seines Nebenmannes. Der klappte lautlos zusammen.

Wer hätte dies nicht verstanden? Da ich mich bei seiner Bitte umgedreht hatte, hielt ich den Blick nach hinten gerichtet. Ich streckte die Arme aus und legte sie um den Hals der beiden anderen Wachen. Und drückte zu, als sie ihre Spieße auf mich richteten.

»Floyd!« keuchte ich und legte all meine Kraft in den Würgegriff, damit die beiden Kasper ohnmächtig wurden, bevor sie mich harpunierten. »Die anderen!«

Einer der Wächter fiel hin, doch der andere, dessen Hals kräftiger war, schob seinen Spieß weiter auf mich zu. In meinen Bauch …

Na ja, nicht ganz. Der erste Wächter, der, der mit mir gesprochen hatte, versetzte ihm eine schnelle Ohrfeige. Er und ich wirbelten herum, bereit, Floyd zu Hilfe zu eilen. Und hielten inne.

Die vier restlichen Wächter lagen in einem schweigsamen Häufchen auf dem Boden. Floyd drückte einen Spieß fest unter Ljoturs Kinn und hielt ihn mit der anderen Hand am Kragen.

»Möchtest du mit dem Typ hier reden?« fragte Floyd. »Oder soll ich ihn zu den anderen legen?«

»Ich hab nichts zu sagen …«

»Also nicht. Fall um!«

Bevor ich meinen Satz zu Ende sprechen konnte, legte sich der schlaffe Ljotur zum Rest der schlafenden Patrouille.

»Und was ist mit dem?« fragte Floyd und deutete mit einem gekrümmten Finger auf den Soldaten, der mich angesprochen hatte.

»Warte! Er hat die ganze Sache angeleiert. Dafür muß es doch einen Grund geben.«

»Den gibt es auch«, sagte der Soldat mit der gleichen heiseren Stimme. »Ich will euch ein paar Sachen erzählen. Aber wehe, ihr lacht – verstanden?«

»Wir lachen nicht!« sagte ich. »Du bist 'n toller Kerl. Danke für deine Hilfe. Und wie sieht dein Plan aus?«

»Erstens … Wehe, ihr lacht! Ich bin kein Kerl. Ich bin ein Mädchen. – He, verzieht ihr etwa den Mund?«

»Niemals!« rief ich aus, um die Tatsache zu tarnen, daß mir tatsächlich ein *winziges* emotionales Flackern entglitten war. »Du hast uns gerettet. Wir stehen in deiner Schuld. Wir lachen doch nicht. Also erzähl es uns.«

»Na schön. Aber zuerst schleifen wir diese sogenannten Soldaten mal aus dem Weg. Dann gehen wir weiter. Der Befehl lautet, euch zu Eisenhans zu bringen, und genau das werde ich tun. Euer Freund ist in Gefahr. Tut nichts überstürzt. Vorwärts!«

Wir gingen. Vielleicht ungläubig, aber immerhin. Floyd wollte gerade etwas sagen, aber ich hob die Hand.

»Spar dir die Diskussion. Erklärungen werden uns dienlich sein, nachdem wir wissen, daß Steengo in Ordnung ist. Aber, Floyd – unterbrich mich, wenn ich mich irre –, habe ich eben gesehen, daß du fünf Kerle fertiggemacht hast, während ich nur mit zweien beschäftigt war?«

»Du hast es doch gar nicht gesehen. Es war schon vorbei, als du dich rumgedreht hast.« Er war zwar der gleiche alte ruhige Floyd, aber war in seinen Worten nicht ein fremder Anflug von Festigkeit zu hören? Es war ein Tag der Überraschungen. Und er hatte recht – ich hatte ihn wirklich nicht bei der Arbeit gesehen, nur die Resultate.

Der Ziegelsteinpalast kam vor uns in Sicht. Offenbar hatte man nicht allen Militärs erzählt, daß wir keine Idole mehr waren, denn die Torwächter knallten eifrig die Hacken zusammen und salutierten, als wir sie erreichten.

»Halt!« rief unser neuer Freund (unsere neue Freundin?). Wir blieben vor den Torwachen stehen. »Ich habe den Befehl, die beiden zu Eisenhans zu bringen. Erlaubnis zum Eintreten?«

»Erlaubnis erteilt!« rief der Offizier vom Dienst. Das Tor öffnete und schloß sich, und wir waren drin. Vor uns war der große Raum, und in ihm hielt sich Eisenhans auf. Und noch ein anderer.

Steengo. An der Wand zusammengesackt, von Schrammen und Blut bedeckt. Ein Auge zugeschwollen. Er wollte etwas sagen, aber er rasselte nur etwas Unverständliches hervor.

»Jetzt seid ihr alle da«, sagte Eisenhans. »Soldat! Bewache den Eingang. Niemand kommt rein oder raus. Ich habe mit den Eindringlingen ein *Hähnchen* zu rupfen. Weil ich meine Meinung darüber geändert habe, die Sache im stillen zu erledigen. Ich habe auf meine Berater gehört, was mir leid tut. Die Geheimnistuerei hat nun ein Ende; den Lästermäulern wird Gerechtigkeit widerfahren. Dies nun wird geschehen: Zuerst werde ich den alten Teufel umbringen, der soviel Schmutz ausgespien hat. Ihr beiden werdet zusehen.

Dann bringe ich auch euch um.«

Er ging auf Steengo zu, ein roter Riese von ungezügelter Kraft. Die Hände zum Würgen ausgestreckt.

19. KAPITEL

»Gib mir den Spieß!« rief ich der Soldatin an der Tür zu. Sie schüttelte verneinend den Kopf und sagte: »Ich habe meine Befehle.« Aus ihrer Richtung war also keine Hilfe zu erwarten.

Eisenhans hatte sich umgedreht und ging auf Steengo zu. Ich lief zwei lautlose Schritte in seine Richtung und bereitete einen beinharten Arschtritt vor. Meine Ferse zuckte zurück, holte aus zum tödlichen Schlag.

Dann wurde ich aus der Luft gedroschen. So groß Eisenhans auch war, er war ebenso schnell. Als ich in der Luft gewesen war, hatte er sich umgedreht und eine Hand geschwungen. Er klatschte mich beiseite, und ich lag auf allen vieren am Boden. Seine Stimme war so tief und unheimlich wie ein ferner Vulkan.

»Du möchtest wohl der erste sein, Kleiner? Möchtest du, daß die anderen sehen, wie ich dich vernichte? Vielleicht ist es nur fair – schließlich bist du der Anführer.«

Er kam langsam auf mich zu, und ich spürte, daß ich vor Angst zitterte. Vor Angst? Ja, weil er nicht menschlich, sondern über-menschlich war. Er war Eisenhans, der Teil einer Legende des Lebens; ich konnte ihn nicht verletzen.

Nein, war er nicht! Ich rappelte mich auf; mein Bein tat weh, ich zog mich zurück. Er war zwar viel größer, breiter und stärker als ich – aber keine Legende. Er war ein Mensch.

»Ein dicker, fetter, roter Blödmann!« schrie ich. »Ein behaarter Schwindler!«

Seine Augen wurden groß, rot und wütend. Seine gekrümmten Finger langten nach mir. Ich tat, als wolle ich ihm einen Kinnhaken versetzen und sah, daß er in Abwehrhaltung ging. Also trat ich ihm heftig gegen die Kniescheibe.

Es klappte. Aber er machte keinen Versuch, dem Tritt auszuweichen. Mein Fuß tat weh. Seine Kniescheibe war völlig unversehrt.

»Ich bin Eisenhans!« schrie er. »Eisen… Eisen!«

Ich wich zurück, es gab keinen Ausweg. Ich holte zu einem abgeschrägten Faustschlag aus, der seinen Bizeps traf. Mir war, als hätte ich gegen Stein geschlagen. Dann fegte mich ein Faustschlag gegen die Rippen quer durch den Raum.

Es tat weh, als ich nach Luft rang. Als hätte ich mir irgend etwas gebrochen. Steh auf, Jim! Ich war gerade auf den Knien, als er herankam.

Als ich zwei Arme sah, die sich um seine Beine legten und ihn taumeln ließen, blinzelte ich. Er trat um sich. Steengo war hinter ihn gekrabbelt und machte einen Versuch, ihn zu Boden zu schleudern. Nun flog er statt dessen krachend gegen die Wand. Fiel um, bewegte sich nicht mehr.

Ich war mir dessen kaum bewußt, weil ich bei Eisenhans' Ablenkung gesprungen war. Ich bekam einen Arm um seinen Hals und hielt ihn mit der anderen Hand fest. Drückte meine Unterarme fest gegen seinen Hals, um seinen Kehlkopf zu zerquetschen, ihm Blut und Luft abzuschneiden. Der Schwitzkasten tötet in Sekunden. Mein Gesicht war in seinem üppig roten Fell vergraben, als ich zudrückte – fester als je zuvor.

Doch ohne Erfolg. Ich spürte, daß sich die Sehnen in seinem Hals wie Eisenstangen strafften und dem Druck widerstanden, den ich auf seine Gurgel ausübte. Er hob flink eine Hand, dann sanken seine Finger in mein Fleisch…

… und wirbelten mich durch den Raum, bis ich gegen die Wand knallte und an ihr herabsank.

Ich bemerkte, daß die vor Schmerzen jammernde Stimme meine eigene war. Ich konnte mich nicht rühren. Die Soldatin an der Tür sah mich an und schaute weg. Seit Steengo von dem schrecklichen Einzelschlag getroffen worden war, hatte er sich nicht mehr gerührt. Mir ging es auch nicht viel besser, ich konnte kaum noch kriechen.

Endlich schien Eisenhans meinen Griff zu spüren; er rieb sich den Hals. Sein Lächeln war verschwunden, nun bedeckte schaumiger Speichel seine Lippen. Er würde mich mit einem einzigen Schlag töten …

»Eisenhans … Du hast etwas vergessen. – Mich.«

Floyd sprach. Dünn, schwarzbärtig, unbeteiligt. Er hatte dagestanden und zugesehen, als Steengo und ich eins auf die Mütze gekriegt hatten. Er bewegte sich erst jetzt.

Trat lautlos vor. Hände ausgestreckt; Finger leicht gekrümmt. Eisenhans war auf achtzig. Er sprang und haute um sich.

Und haute daneben, weil Floyd nicht mehr da war. Er war zur Seite weggetaucht und trat dem roten Riesen in die Rippen, so daß er stolperte und beinahe hinfiel.

»Na, komm schon«, sagte Floyd mit einer Stimme, die so leise war, daß ich sie kaum hören konnte. »Komm her – und laß dich vernichten.«

Eisenhans war nun vorsichtig; er wußte jetzt, wie schnell sein neuer Gegner reagieren konnte. Er breitete die Arme aus und trat langsam vor. Eine Naturgewalt. Unversöhnlich, allgegenwärtig.

Zwei rasche Rumse, zwei Hiebe erklangen, und Eisenhans wankte. Floyd war schon wieder außerhalb seiner Reichweite und umkreiste ihn langsam. Ein plötzlicher Tritt, ein Hieb, dann war er wieder weg.

Nichts von dem, was Eisenhans tat, schien sich auf das Ergebnis auszuwirken. Er war achtsam, griff plötzlich an, streckte die Arme aus und schlug zu. Haute Löcher in die Luft. Floyd war vor und hinter ihm – und es setzte Hiebe. Es laugte Eisenhans aus.

So umkreisten sie sich minutenlang. Und Floyd war noch immer so schnell und schlug ungestraft zu. Doch das rote Ungeheuer wurde immer langsamer, seine Arme sanken immer tiefer, als seine endlosen Schläge ihnen die Kraft nahmen. Ihm mußte längst klar sein, daß der Kampf unter diesen Umständen nur ein Ende nehmen konnte. Aber er war noch immer gefährlich. Und wie zufällig bewegte sich die Schlacht in meine Richtung.

Mir wurde klar, er wollte mich! Ich hatte nur ein paar Sekunden, um meine Beine anzuziehen, bevor Eisenhans herumflog und sich auf mich stürzte.

Ich trat ihm voll ins Gesicht. Er fiel hin, aber seine Hände schlossen sich um meine Knöchel, zogen mich zu ihm und hoch ...

Da schlug Floyd wieder zu. Es war keine Wissenschaft – nur rohe Kraft. Vorschlaghammerhiebe, die das Kreuz und die Nieren des Riesen trafen, so daß er den Mund voller Schmerz aufriß und gezwungen war, mich loszulassen und sich von seinem Peiniger zu entfernen.

Weitere Schläge gegen seinen Kopf. Er wollte sich erheben, doch die Beine wurden unter ihm weggetreten. Das Rumsen rascher Schläge, als sei irgendeine schreckliche Maschine an der Arbeit. Dann plötzlich Stille.

Einen Augenblick, um das Gleichgewicht zurückzugewinnen, dann krachte Floyds schrecklicher Tritt, ohne daß er eine Miene verzog, seitlich gegen den Kopf des Riesen. Er fiel aufs Maul, stand nicht wieder auf und rührte sich auch nicht mehr.

»Tot?« krächzte ich. Floyd kniete sich hin und fühlte den Puls an seinem Hals.

»Nein, war auch nicht meine Absicht. Er wird's überleben. Aber ich glaube nicht, daß er sich an einen Kampf erinnert.« Er ließ ein rasches Lächeln aufblitzen, dann wurde sein Gesicht wieder gelassen. »Wenn du in Ordnung bist, schau ich mir Steengo mal an.«

»Mir geht's großartig«, krächzte ich, als ich unter Schmerzen auf die Beine kam. »Etwas geschwächt, aber sonst großartig.«

»Puls ist gut«, sagte er, neben unserem Freund kniend. »Er hat zwar eine Menge einstecken müssen, aber soweit ich sehe, hat er sich nichts gebrochen. Dem geht's bald wieder gut.«

Ich war groggy, und jetzt noch schwächer vor Erleichterung, deswegen stieß ich meine Worte ohne nachzudenken hervor.

»Ihm geht's gut. Mir geht's gut. Aber es würde uns noch viel, viel besser gehen, wenn du dich früher in diesen Mist eingemischt hättest.«

Ich sah, daß er sich bei diesen Worten krümmte, aber ich konnte sie ja schlecht zurücknehmen. Sowas geht nicht.

»Tut mir wirklich leid, Mann. Aber ich mußte abwarten, um zu sehen, was er kann. Ich weiß, daß du gut bist, Jim. Ich wußte, daß du ihn zumindest hinhalten kannst. Tut mir leid, aber ich mußte zuerst sehen, wie schnell er ist. Ich mußte ihn ermüden; er durfte mich nicht in die Finger kriegen. Ich mußte wissen, ob ich es konnte – und als ich es wußte, hab ich ja mitgemacht. Tut mir leid ...«

»Meldung«, sagte unsere Wachsoldatin. »Der Rote ist besinnungslos.«

Als ich mich mit ausgebreiteten Armen, zum Zuschlagen bereit, an sie heranpirschte, senkte sie den kleinen, münzengroßen Kommunikator.

»Mit wem redest du da? Auf wessen Seite bist du? Was ist hier los? Sprich – sonst gibt's was auf die Ohren.«

Die Soldatin senkte den Spieß und richtete ihn auf mich, aber sie wich nicht zurück. »Die Antwort auf deine Frage trifft gerade ein. Dort.« Die Spitze des Spießes bewegte sich und deutete auf eine Stelle hinter meinem Rücken. Ein Trick? Wer weiß? Wen interessiert's? Ich drehte mich um und schaute auf Eisenhans' riesigen Thron.

Er drehte sich langsam auf einer unsichtbaren Achse. Floyd und ich glotzten hin und hoben automatisch und abwehrend die Hände. Dann zeigte sich eine Öffnung, und als die Bewegung des Throns endete, bewegte sich etwas in der dahinterliegenden Finsternis. Zwei Gestalten tauchten auf und traten in den Raum.

Zwei Frauen.

Eine von ihnen war Madonette.

»He, Jungs«, sagte sie lächelnd und winkte. »Ich möchte euch meine neue Freundin Mata vorstellen.«

Die Frau hatte etwa meine Größe und war in ihrem dunklen Gewand, das mit Goldstickereien verziert war, von königlicher Anmut. Ihr Ausdruck war ruhig und friedlich. Die Krähenfüßchen an ihren Augen und der Anflug grauen Haars waren die einzigen Zeichen ihres Alters.

»Willkommen auf der anderen Seite des Paradieses, Jim«, sagte sie und streckte die Hand aus. Ihr Händedruck war fest und schnell. Ich öffnete den Mund, aber mir fiel nichts ein, das ich hätte sagen können.

»Ich weiß, daß Sie viele Fragen haben.« Ihre Worte füllten die Lücke. »Wir werden sie alle beantworten. Aber es wäre am klügsten, unser kleines Gespräch zu verschieben, bis wir hier raus sind. Einen Moment, bitte.«

Sie zog eine sehr wirkungsvoll aussehende Spritze

aus der an ihrem Armgelenk baumelnden Handtasche. Sie entfernte den Verschluß, kniete sich hin, schob das dicke Haar auf Eisenhans' Bein zur Seite und verabreichte ihm eine schnelle Injektion.

»So schläft er noch besser«, sagte sie. »Bethuel – gehst du voraus?«

Die Soldatin an der Tür hob den Spieß zu einem angedeuteten Salut, dann marschierte sie resolut am Thron vorbei und in die Öffnung hinein. Madonette berührte Steengos Wange und winkte Floyd zu sich. »Hilf mir, ihn zu tragen. Jim hat schon genug damit zu tun, sich selbst zu schleppen.«

Ich verabscheute diese Bemerkung – ein Klecks auf meinem maskulinen Stolz? –, doch bevor ich zu ihnen hinwanken konnte, hatten sie ihn schon hochgehoben und folgten der Soldatin Bethuel.

In dem Tunnel hinter dem Thron gab es keine Lampen. Zumindest nicht solang, bis Mata hinter uns eingetreten war und ihn wieder versiegelte. Dann flackerte bleiches Licht auf. Mehr als genug, um zu sehen. Es war auch kein weiter Weg zur offenen Tür am anderen Ende. Wir traten in einen großen, von Ziegelwänden umgebenen Raum, der ein Spiegelbild dessen hätte sein können, den wir gerade verlassen hatten.

Allerdings nur, was seine physische Größe anging. Hier waren die Wände von erfreulichen Behängen bedeckt: Gobelins mit Sonnenschein und blumenprächtigen Landschaften, statt der Säbel und Schilde, die den anderen zierten. Die hiesigen Buntglasfenster beschrieben Szenen mit Bergen, Tälern, Dörfern und Wäldern. Im Gegensatz zu Eisenhans' Fenstern, auf denen Schlachtengemetzel und herumfliegende Innereien dominierten. Es war alles in allem viel kultivierter.

Und das galt auch für die besorgten Stimmen der Frauen, die sich hier aufhielten. Sie trugen Steengo liebevoll zu einer Couch, wo eine andere weißgekleidete

Frau sich um ihn kümmerte. Ich fiel in den nächsten Sessel und blickte finster auf diese weibliche Geschäftigkeit. Meine Stimme schnitt lauter und strenger als beabsichtigt durch die friedliche Umgebung.

»Würde mir nun bitte irgend jemand erzählen, was, zum Teufel, hier eigentlich vor sich geht?«

Die Ignoranz, mit der man mich bedachte, war vielsagend genug. Allerdings brachte mir ein lächelndes Mädchen ein Glas kühlen Wein – unterwegs, um die anderen zu bedienen. Madonette saß neben Mata, und bevor sie etwas sagte, sah ich, daß sie die Köpfe zusammensteckten.

»Erstens – und jetzt, da ihr alle in Sicherheit seid, am wichtigsten – ist die Tatsache, daß das Artefakt sich hier befindet und daß man sich um es kümmert. Und außerdem …«

»Verzeih, wenn ich unterbreche«, sagte ich. »Aber wir müssen Prioritäten setzen.« Ich verkantete zweimal meinen Kiefer. »Haben Sie das gehört, Tremearne?« Seine Antwort ließ meinen Kieferknochen summen.

»Habe ich, und …«

»Die Prioritäten, Captain.« Ich sprach leise, damit mich niemand hören konnte. »Unternehmen abgeschlossen. Fremdes Artefakt zurückgegeben. Gegenmittel für mich auf die Reise schicken. Neun Tage sind verdammt eng. Haben Sie alles verstanden?«

»Natürlich. Aber es gibt da eine Komplikation …«

»Komplikation?!« Ich vernahm einen Anflug von Panik in meiner Stimme. »Was denn?«

»Sobald ich von der Sache erfuhr, habe ich nach dem Gegenmittel für das Dreißig-Tage-Gift geschickt. Ich wollte nicht bis zum letzten Tag warten, um es Ihnen zu verabreichen. Aber leider hat es einen Unfall beim Transport gegeben.« Meine Stirn war plötzlich schweißbedeckt, meine Zehen trommelten beunruhigt auf den Boden. *»Sowas*

kann doch mal vorkommen. Ich habe um eine zweite Ladung ersucht, und sie ist nun unterwegs.«

Ich fluchte wütend und leise vor mich hin, dann wurde mir klar, daß ich der Gegenstand mehrerer besorgter Blicke war. Ich setzte ein hölzernes Lächeln auf und fauchte meine Antwort.

»Tun Sie's! Schaffen Sie's her! Keine Entschuldigungen. *Sofort!* Verstanden?«

»Verstanden.«

»Schön.« Ich hörte auf zu flüstern und rief: »Ich bin sehr erfreut, zu hören, daß das Artefakt gefunden wurde. Und wenn Sie nichts dagegen haben, hätte ich jetzt eine Erklärung, was hier eigentlich los ist.«

»Das sieht man doch wohl«, sagte Madonette, von meinem mürrischen Verhalten eindeutig verstimmt. »Es sieht so aus, als hätten die Damen deinen Hals gerettet. Du solltest dankbar dafür sein.«

Was auch nicht dazu beitrug, die Atmosphäre zu entgiften. »Wie mir einfällt«, fiel mir ein, »waren es die Herren, die – und wie ich hinzufügen möchte, unter einigen körperlichen Kosten – den rostbraunen Rottweiler zur Schnecke gemacht haben, bevor ihr auf der Szenerie erschient. Außerdem erinnere ich mich, daß uns in der ganzen Zeit, in der wir um unser Leben kämpften, eine von eurer Damenriege zugeschaut und nichts getan hat, um uns zu helfen.«

Eine grobe Antwort sprang auf ihre Lippen, und ich fauchte die weibliche Gesellschaft an. Auf allen Seiten schoß das Adrenalin in die Höhe, aber Mata kühlte alle wieder ab.

»Kinder ... Es hat genug Drangsal und Schmerzen gegeben, also fügt es euch nicht auch noch selber zu.« Sie wandte sich zu mir um. »Lassen Sie mich erklären, Jim. Die Soldatin Bethuel, die Ihnen bei der Flucht half, gehört zu unseren Spioninnen, die uns über alles männliche Hin und Her auf der anderen Seite der

Mauer unterrichten. Ich habe ihr befohlen, Ihnen dabei zu helfen, der Bewachung zu entwischen, und das hat sie getan. Ich habe ihr ebenfalls befohlen, Eisenhans ihre Gegenwart nicht zu offenbaren. Die Männer hinter der Mauer haben keine Ahnung, daß wir sie aus nächster Nähe beobachten, und ich möchte, daß dies so bleibt. Sie hat Ihnen bei der Flucht geholfen, und dafür sollten Sie ihr dankbar sein.«

Das war ich auch, und ich hätte es zugeben sollen, aber ich war noch immer stur und wütend, und mir war nach mürrischem Murmeln und Grollen zumute. Mata nickte vergnügt, als hätte ich ihr etwas von Wichtigkeit mitgeteilt.

»Sehen Sie, wie gut alles geklappt hat? Sie sind in Sicherheit, und Ihre Freunde ebenfalls. Und das, wonach Sie suchen, das fremde Artefakt, ist sicher und in der Nähe.«

Ich hörte ihr nur halb zu. Gewäsch für die Unterlinge. Aber da waren noch andere Kräfte am Werk, die für meine Zukunft nichts Gutes ahnen ließen. Transportunfälle passieren nun mal nicht zufällig. Irgend jemand in der Bürokratie, der mich manipulierte, konnte mich nicht leiden. Vielleicht hatte er mich nie leiden können und nie die Absicht gehabt, mir das Gegenmittel zukommen zu lassen. Wenn ich draufging, bedeutete es bestimmt viel weniger Ärger für diese Leute. Und ich hatte nur noch neun Tage, um die ganze Sache auf die Reihe zu kriegen.

Als mir all diese Gedanken durch den müden Kopf jagten, berührte ich automatisch die Kontrollen meines Computers. Die Zahl leuchtete vor mir auf. Ich hatte wirklich länger geschlafen, als mir bewußt war.

Noch acht Tage.

20. KAPITEL

Ich schaute mir die friedliche Geschäftigkeit der Frauen an und fühlte mich plötzlich ungeheuer müde. Mir tat die Seite weh, und ich war ziemlich sicher, daß ich mir ein paar Rippen gebrochen hatte. Ich nippte an meinem Wein, aber es half nichts. Im Grunde brauchte ich nur ein paar Hauruckpillen, damit wieder etwas aus mir wurde, was einem lebenden Wesen glich. In meinem Tornister …

»Mein Tornister!« schrie ich heiser. »Meine Ausrüstung. Alles! Die maskulinen Macker haben unsere ganzen Klamotten!«

»Nicht ganz«, sagte Mata in besänftigendem Tonfall. »Sobald Sie gegangen waren, haben wir dafür gesorgt, daß Veldi, der Portier, die Besinnung verlor. Deswegen sind Ihre Tornister jetzt hier. Da der Ihres Kollegen Steengo nicht in Ihrer Unterkunft war, können wir annehmen, daß er sich nun im Besitz von Eisenhans und seinen Kollegen befindet.«

»Au weia …« Ich biß nervös auf einen Fingernagel. »Da sind Dinge drin, die sie nicht sehen sollen …«

»Falls ich mal unterbrechen darf«, meldete sich Tremearne durch mein Kieferfon. *»Ich habe so lange gewartet, bis die Lage sich beruhigt. Steengos Tornister ist sicher.«*

»Haben Sie ihn?«

»Ich sollte wohl lieber ›abgesichert‹ sagen. Ihre Tornister sind alle mit einer Dosis Fauldreck präpariert. Das Zeug löst ihren Inhalt, wenn man ein codiertes Funksignal sendet, augenblicklich in seine Moleküle auf.«

»Schön, daß ich es weiß. In letzter Zeit werden

eine Menge Geheimnisse offenbart, finden Sie nicht auch?«

Mein Kiefer gab keine Antwort. Ich streckte die Hand mit dem Weinglas aus, weil ich noch eine Füllung wollte. »Ein paar einfache Antworten auf einfache Fragen, wenn es beliebt.« Mein Zorn war von der Erschöpfung aufgefressen und von der Furcht meines bevorstehenden Todes angeschrammt worden. Mata nickte.

»Gut. Erst mal was Geschichtliches. Wie kommt es, daß die Jungs da drüben leben, und ihr Mädchen hier?«

»Ein Bequemlichkeitsbündnis«, sagte Mata. »Vor vielen Jahren wurden unsere Vormütter gewaltsam auf diesem Planeten angesiedelt. Die unfreiwillige Umsiedlung hatte ernüchternde Wirkung auf sie. Welche Exzesse ihr Eifer auch auf anderen Welten zur Schau gestellt hat – hier wurden sie nicht wiederholt. Friede, gelassener Intellekt und Logik gewannen die Oberhand. Wir wurden zu dem, was Sie nun sehen.«

»Frauen«, sagte ich. »Eine Frauenkultur.«

»So ist es. Das hiesige Leben war für ziemlich lange Zeiten ein ständiger Kampf, so jedenfalls steht es geschrieben. Die Fundamentaloiden wollten uns bekehren, und unsere nächsten Nachbarn wollten uns ausrotten. Sie nannten uns ein minderwertiges Geschlecht und sagten, wir seien eine Bedrohung ihrer Existenz. Als wir zu diesem Planeten kamen, stellten wir fest, daß die irren Machos sich schon gut hier angepaßt hatten. Unsere Gruppe war gezwungen, eine Menge Mühe in die Arbeit zu stecken, sie uns vom Hals zu halten. In dieser Zeit wurde nach Ansicht unserer Vormütter eine Menge Kraft vergeudet, also suchten sie nach anderen Methoden, um uns Frieden zu bringen. Schließlich überzeugten sie die herrschende männliche Clique, daß sie besser gedeihen würde, wenn sie ihre Kraft auf positivere Weise anwandte. Es war ein absolut egoistischer Aufruf, um für die Männer an der Spitze Möglichkeiten einzuleiten, in ihrer Kultur an der Spitze zu bleiben, während sie über die totale Kontrolle des Restes der Männer geboten.«

»Das hört sich ja schrecklich an«, sagte Madonette. »Alle Männer zu Sklaven zu machen.«

»Sag niemals Sklaven! Bereitwillige Kollaborateure trifft die Sache nämlich genauer. Wir zeigten denen, die das Sagen hatten, und speziell dem, den man nun Eisenhans nennt, um wie vieles es leichter wäre, mit Köpfchen statt mit Muskeln zu herrschen. Wir bewiesen zu ihrer Zufriedenheit, wie man so viel mehr erreichen kann. Mit unserer Intelligenz, unseren wissenschaftlichen Kenntnissen und ihren Muskeln wurden zwei getrennte Zivilisationen geboren. Im Anfang gab es zwischen den Gruppen viel Haß und viele Zusammenstöße. Doch dies hörte auf, als man beschloß, daß nur die Führer der Männer von unserer Existenz wissen durften. Es paßte den Führern vollkommen.«

»War das in der Zeit, als die beiden Städte gebaut wurden – und die Mauer?«

»Genau. Dieser Planet ist reich an rotem Ton und fossiler Energie, also wurden die Männer manische Maurer. Natürlich erst nachdem wir ihnen gezeigt hatten, wie man Brennofen baut. Es gab Wettbewerbe, um herauszukriegen, wer die meisten Ziegel formen, brennen oder tragen kann. Der Meister wurde zum Ziegler des Monats ernannt und errang großen Ruhm. Dies ging so weiter, bis man vor lauter Ziegeln keinen Baum mehr sah. Wir haben in unseren Datenbänken den Maurerberuf erforscht und die Männer dazu gebracht, ihn zu erlernen.«

Sie nippte geziert an ihrem Wein und beschrieb mit der Hand einen Kreis. »Rings um uns sehen Sie das Ergebnis – und es ist sogar recht attraktiv. Während unsere Wissenschaftlerinnen die Männer so klassifizierten, schauten sich unsere Kulturingenieurinnen die schlampigen Theorien an, nach denen die Machos bis dahin gelebt hatten. Der Mythos vom Eisenhans war nur ein Teil ihres Pantheons. Wir haben ihre Mythen simplifiziert und abgewandelt. Dann haben wir genetische Biologie eingesetzt, um den physikalischen Aufbau ihres Führers so zu modifizieren, wie man ihn jetzt sieht. Anfangs war er uns dankbar, aber das ist lange her.«

»Wie lange?«

»Jahrhunderte. Zellauffrischung war ein Bestandteil der Behandlung.«

Ich kapierte es allmählich. »Und ich wette, Sie wissen alles noch aus erster Hand, da Sie und die anderen Damen der gleichen Behandlung unterzogen wurden.«

Sie nickte erfreut. »Sehr schlau, Jim. Ja, die Autoritäten auf beiden Seiten der Mauer haben die Behandlung erhalten. Damit die Herrschaft in der gleichen Hand verbleibt ...«

»Sowie die Notwendigkeit der Geheimhaltung der Existenz der jeweils anderen, die die Mächtigen an der Macht hält?«

Mata schüttelte überrascht den Kopf. »Sie sind wirklich äußerst scharfsinnig. Ich könnte mir nichts Schöneres vorstellen, als Sie anstelle des behaarten Dämlacks von nebenan an der Macht zu wissen.«

»Danke für das Stellenangebot. Aber danke, nein. Dann wissen die Männer hinter der Mauer also gar nicht, daß Sie hier sind. Und das gleiche gilt wohl auch für die Frauen ...«

»Aber keineswegs. Alle wissen von den Männern – aber sie sind ihnen gleichgültig. Wir haben eine vollständige und zufriedenstellende Kultur. Wer Kinder gebären möchte, kann es tun; jede führt hier ein erfüllendes intellektuelles Leben.«

»Und die Religion? Haben Sie auch ein weibliches Gegenstück zum Eisenhans?«

Über diese Vorstellung mußte sie herzlich lachen, ebenso wie auch alle anderen Frauen, die unserem Gespräch lauschten. Selbst Madonette lächelte. Erst als sie meinen finsteren Blick sah, schaute sie weg.

»Wie schön«, fauchte ich. »Was für ein Spaß! Wenn Sie fertig sind – vorausgesetzt, es kommt überhaupt dazu –, könnten Sie mir den Witz vielleicht erklären.«

»Verzeihung, James«, sagte Mata. Sie hörte auf zu lachen und wurde ziemlich ernst. »Wir waren unhöflich; ich entschuldige mich dafür. Die Antwort auf Ihre Frage ist ganz einfach: Frauen brauchen keine Mythen, um ihre Weiblichkeit zu rechtfertigen. Alle Mythen über Eisenhans, Barbarossa, Merlin und andere mythologische Figuren und den Errettungsmythos sind rein männlicher Natur. Denken Sie mal darüber nach. Damit will ich gar kein Werturteil fällen; es ist nur eine Beobachtung. So wie die Beobachtung, daß Männer grundsätzlich kämpferisch, auf Konfrontation aus, unsicher und instabil sind – und diese Mythen anscheinend brauchen, um ihre Existenz zu rechtfertigen.«

Man hätte eine Menge dagegen sagen können – vielleicht nicht viel, aber einiges. Ein Menge voreilige Schlüsse und mehr als nur ein paar vernunftgemäße Deutungen. Doch im Moment hielt ich mich raus, bis ich mehr darüber wußte, wie diese Zivilisation funktionierte. Ich hob den Finger.

»Wollen wir doch mal sehen, ob ich es richtig verstehe. Sie, meine Damen, führen ein komfortables Leben auf dieser Seite der Mauer. Sie versorgen die Männer auf der anderen Seite mit wissenschaftlicher Unterstützung. Damit sie auch weiterhin hübsch brav in ihrem Maurerparadies bleiben. Hab ich recht?«

»Unter anderem. Aber im Grundsatz stimmt es.«

»Darf ich fragen, was sie Ihnen dafür geben?«

»Wenn ich die Wahrheit sagen soll, sehr wenig. Frischfleisch von den Nomaden. Die nicht mit uns handeln wollen und unsere Existenz grundsätzlich bestreiten, obwohl sie uns insgeheim gern ausrotten möchten. Dann gibt es hin und wieder eine Samenladung, damit unsere kryogenische Samenbank nicht leer wird. Das ist fast alles. Wir beobachten sie – aufgrund unserer Sicherheit – und lassen sie ihren üblichen Neigungen frönen. Wenn der Mann auf der Straße nichts von unserer Existenz weiß, kann er uns auch keinen Ärger machen. Außerdem haben die Männer eine Menge Spaß beim Verprügeln der Nomaden, wenn sie anfangen, uns zu belästigen. Insgesamt gesehen pflegen wir eine befriedigende Beziehung.«

»Jedenfalls hört es sich so an.« Ich leerte mein Weinglas und stellte fest, daß ich die Auswirkungen des Alkohols allmählich spürte. Was besser war als das Fühlen meiner Schrammen und wunden Rippen, um die sich baldmöglichst jemand kümmern sollte – aber so bald nun auch wieder nicht. Das sich entfaltende Drama des kulturellen Mischmaschs war einfach zu interessant. »Wenn Sie erlauben … Ich habe noch ein, zwei Fragen, bevor wir die Ärztinnen rufen. Die erste ist die wichtigste. Sie haben von einer Samenbank gesprochen. Kann ich also davon ausgehen, daß es bei Ihnen noch Schwangerschaften und Mütter gibt?«

»Aber gewiß doch! Wir würden nie in Erwägung ziehen, Frauen ihrer hormonellen, psychischen und körperlichen Rechte zu berauben. Wer Mutter werden will, wird Mutter. Das ist doch ganz einfach.«

»Ja, ist es. Aber wenn ich mich umschaue, stelle ich fest, daß sie alle das Glück hatten, nur Mädchen zur Welt zu bringen.«

Zum ersten Mal erblickte ich Mata nun weniger als völlig entspannt und gelassen. Sie schaute weg. Dann schaute sie mich wieder an, hob ihr Glas und nahm noch einen Schluck Wein.

»Sie müssen doch müde sein«, sagte sie schließlich. »Wir können das Gespräch irgendwann später wieder aufnehmen.«

»Mata!« keuchte Madonette. »Ich glaube, du weichst dem Thema aus. Das kann doch wohl nicht sein. Ich habe dich und dein Volk doch so bewundert! Du wirst mir doch nicht erzählen wollen, daß ich mich irre?«

»Nein, niemals!« sagte Mata. Sie nahm Madonettes Hand. »Es ist nur schon so lange her, seit wir über derlei Dinge gesprochen haben. Damals hat man Entscheidungen getroffen, die man für ausgezeichnet hielt. Zwar haben einige von uns seither Vorbehalte gehabt, aber, nun ja, jetzt kann man nichts mehr daran ändern ...«

Ihre Stimme erstarb, und sie leerte ihr Weinglas. Sie war verärgert, und ich bereute es, sie dermaßen festgenagelt zu haben. Ich gähnte.

»Sie haben recht«, sagte ich. »Ich glaube, ich habe wirklich etwas Ruhe und Schlaf nötig.«

Mata schüttelte fest den Kopf. »Madonette hat recht. Man muß sich den Beschlüssen stellen, sie diskutieren. Ungefähr die Hälfte der Schwangerschaften sind männliche Föten. Man stellt es schon in den ersten paar Wochen fest.« Sie sah Madonettes besorgten Gesichtsausdruck und schüttelte erneut den Kopf.

»Nein – bitte. Laß mich ausreden, und nimm nicht gleich das Schlimmste an. Alle gesunden Schwangerschaften werden ausgetragen. Im Fall der männlichen setzt man Flaschenbänke ein ...«

»Flaschenbänke?! Ist das nicht ein etwas unglücklich gewählter Ausdruck?«

»Vielleicht in Ihrer Kultur, Jim. Aber hier ist eine Flasche lediglich eine höchst perfektionierte künstliche Gebärmutter. Technisch überlegen, um die Wahrheit zu sagen. Es gibt keine spontanen Fehlgeburten, keine Auswirkungen falscher Ernährung und so weiter. Und am Ende des neunten Monats werden die gesunden männlichen Säuglinge ...«

»Entkorkt?«

»Nein, geboren. Und sobald sie lebensfähig sind, werden sie von den Männern übernommen. Speziell ausgebildete Kinderbrüder überwachen das gesunde Aufwachsen der Jungen, ihre Bildung und ihre Angleichung an die Gesellschaft.«

»Hochinteressant«, sagte ich, denn das war es wirklich. Bei der nächsten Frage zögerte ich, doch die Neugier nagte an mir und ließ sich nicht unterdrücken. »Aber noch interessanter ist: Was glauben die Männer, wo die kleinen Jungs herkommen?«

»Warum stellen Sie ihnen nicht diese Frage?« sagte Mata kalt, und ich erkannte, daß das Gespräch nun zu Ende war.

»Jetzt bin ich aber wirklich müde«, ächzte ich. »Reden wir später weiter.« Ich ließ mich auf die Couch fallen. »Ist zufällig eine Ärztin im Haus?«

Dies brachte eine Menge mütterlichen Instinkt aufs Tapet und erregte viel Aufmerksamkeit. Die Injektion, die mich umhaute, spürte ich nicht mal. Auch nicht die, die mich viel später wieder erwachen ließ. Die Frauen waren verschwunden, wir waren allein. Madonette hielt meine Hand. Und ließ sie absichtlich langsam fallen, als sie sah, daß meine Augen offen waren.

»Die gute Nachricht, kräftiger Jim, ist die, daß keiner deiner Knochen gebrochen ist. Du hast nur einen Haufen Schrammen. Die noch bessere Nachricht ist, daß die Behandlung der Schrammen sogleich erfolgt. Die allerbeste Nachricht ist, daß Steengo, wenn man sämtliche Umstände berücksichtigt, ziemlich gut in Form ist und dich sprechen möchte.«

»Bring ihn rein.«

»Gleich, gleich. Während du geschlafen hast, habe ich mich mit Mata unterhalten. Sie hat mir eine Menge darüber erzählt, wie die Dinge hier so laufen.«

»Hast du die Sache mit den Jungs rausgekriegt?«

»Sie ist wirklich ein netter Mensch, Jim. Sie waren hier alle sehr nett zu mir, und …«

»Aber irgendwie entwickelst du allmählich ein paar Vorbehalte?«

Sie nickte. »Mehr als nur ein paar. Oberflächlich betrachtet sieht hier alles so schön aus – vielleicht ist es sogar so. Aber die kleinen Jungs irritieren mich. Ich bin ganz sicher, daß man sich körperlich, ja, sogar geistig, um sie kümmert. Aber so dämliche Mythen zu glauben!«

»Welcher der dämlichen Mythen irritiert dich am meisten?«

»Selbstzeugung. Kannst du dir das vorstellen? Sämtliche Männer versammeln sich bei einer Lebenszeremonie rings um Eisenhans' Tümpel. Goldene Bälle treiben auf dem Wasser und werden ergriffen. Und jeder enthält einen gesunden, fröhlichen Säugling! Und erwachsene Männer glauben diesen Quatsch!«

»Erwachsene Männer – und Frauen – haben im Laufe der Jahrtausende schon schlimmeren Quatsch geglaubt. Folgender Mythos war für die sogenannten niedrigeren Lebensformen ein ganz normaler: daß Fliegen sich in Misthaufen aus dem Nichts entwickeln, weil sich niemand die Mühe gemacht hat, einen Zusammenhang zwischen dem dort wachsenden Futter und der Tatsache zu sehen, daß Fliegen Eier legen. Sämtliche Schöpfungsmythen der Menschheit – all die Götter, die mal eben runtersteigen, Ton formen und ihm Leben einhauchen; die unbefleckte Empfängnis einer intakten Jungfrau, und so weiter. All das ist Quatsch, wenn man es untersucht. Aber ich nehme an, irgendwo müssen wir anfangen. Es gefällt mir nur nicht, wie es für manche dieser Leute ausgeht.«

Rasseln und Rumsen ertönte, dann ging die Tür auf. Floyd schob einen Rollstuhl herein, und Steengo hob eine weiß bandagierte Hand.

»Siehst so aus, als hättest du's geschafft, Jim. Ende der Mission. Herzlichen Glückwunsch.«

»Dir ebenfalls. Und Floyd. Und da die Edelstahlratten jetzt – vielleicht zum letzten Mal – wieder zusammen sind, würde ich, wenn ihr nichts dagegen habt, gern ein paar Dinge klarstellen. Ich habe schon seit langem das Gefühl, daß wir nicht zufällig zusammengetroffen sind. Darf ich fragen, wer ihr in Wirklichkeit seid? Ich vermute, daß man euch nicht nur wegen eurer musikalischen Fähigkeiten ausgesucht hat. Stimmt's, Steengo?«

Er nickte trotz des bandagierten Kopfes. »So ungefähr. Madonette ist das, was sie zu sein vorgibt …«

»Nur 'ne Bürokraft, die gern singt.«

»Was die Bürokraten verlieren, gewinnt die Musik.« Ich lächelte und warf ihr ein Handküßchen zu. »Steengo, gehe ich recht in der Annahme, daß man dich gar nicht aus der Rente geholt hat?«

»Stimmt. Aber auch ich bin stolz auf meine musikalischen Fähigkeiten. Die übrigens, wenn du es schon wissen mußt, der Grund dafür waren, weshalb mich Admiral Benbow, mein alter Saufkumpan, in dieses Unternehmen eingeschleust hat.«

»*Saufkumpan?* – Wer mit Admiralen bechert …«

»… muß selbst Admiral sein. Ich gebe es zu. Ich bin der SekGebLKulV …«

»Das hab ich nicht ganz verstanden …«

»SekGebLKulV ist die Abkürzung für Sektionsgebietsleiter Kultureller Verkehr. Das Grinsen kannst du dir verkneifen. Vielleicht ist Verkehr in dem Zusammenhang nicht das passende Wort. Kulturelle Beziehungen drückt es wohl besser aus. Ich habe Titel in Archäologie und Kulturanthropologie, die mich überhaupt erst in den öffentlichen Dienst gebracht haben. Wollte meine Theorien mal erforschen. Ich habe den Fall des fremden Artefakts mit großem Interesse verfolgt. Also war ich reif zum Pflücken, wie man so sagt, als Stinky Benbow mich bat, mich freiwillig zu melden.«

»Stinky?«

»Ja, ein komischer Spitzname, geht in die Zeit auf der Akademie zurück, hatte irgend etwas mit einem chemischen Experiment zu tun. Was aber mit der Sache an sich gar nichts zu tun hat. Ich habe so viel von diesem Auftrag gehalten, daß ich mir Urlaub vom Schreibtisch genommen habe. Hat Spaß gemacht. Sagen wir mal, bis auf die letzten paar Stunden.«

»Und Jung-Floyd? Auch 'n Admiral?«

Floyd schaute verlegen drein. »Na, hör mal, Jim, das müßtest du doch besser wissen. Mich haben sie sogar aus dem College rausgeschmissen. Ich hab nie ein Examen gemacht ...«

Ich deutete vorwurfsvoll mit dem Finger auf ihn. »Wenn du keine akademischen Ehren aufzuweisen hast, mußt du einen besonderen Wert für das Sonderkorps haben.«

»Tja, hab ich auch. Ich bin in Wirklichkeit so 'ne Art Lehrer ...«

»Heraus damit, Floyd«, sagte Steengo stolz. »Cheflehrer der Schule für waffenlose Verteidigung zu sein ist doch nichts, dessen man sich schämen muß.«

»Ganz meine Meinung«, sagte ich. »Wärst du nicht der große Haudrauf ohne Waffen, wären wir jetzt alle nicht hier. Laßt uns einen darauf heben.«

Als wir die Gläser hoben, uns zuprosteten und einen ordentlichen Schluck nahmen, dachte ich an meine Mutter. Es kommt sehr selten vor; wahrscheinlich lag es an dem ganzen männlich-weiblichen Mythenquatsch, daß ich an sie denken mußte. Vielleicht auch an dem, was sie immer gesagt hatte. Meine Mama war sehr abergläubisch. Sie kannte einen Aberglauben für jede Gelegenheit. Am besten erinnere ich mich daran, daß man nie sagen soll, wie toll doch alles und welch schöner Tag heute sei. Da hat sie immer gesagt: *Beiß dir die Zunge ab.*

Was bedeutete: Fordere die Götter nicht heraus. Lob den Tag nicht vor dem Abend. Sei bescheiden. Weil es nämlich Unglück bringt, zu glauben, man hätte Glück gehabt.

Beiß dir die Zunge ab, gute alte Mama. Was für'n Käse.

Als ich mein Glas senkte, sah ich, daß eine Frau durch die offene Tür hineinstolperte. Eine junge Frau mit zerrissenen Kleidern; staubig und wankend.

»Gebt Alarm ...«, keuchte sie. »Katastrophe ... Untergang!«

Madonette fing sie auf, als sie stürzte, lauschte ihren geflüsterten Worten und schaute uns mit einem entsetzten Gesichtsausdruck an.

»Sie ist verletzt ... Sie redet über ... das Haus der Wissenschaft, das vernichtet wurde – nicht mehr da ist.«

Das war der Augenblick, in dem ich spürte, wie die kalten Zangen sich eng um meinen Brustkorb legten und so fest zudrückten, daß ich kaum noch sprechen konnte.

»Das Artefakt ...« Mehr bekam ich nicht heraus.

Madonette nickte bedeutungsschwer. »Es war drin, habe ich gehört. Im Haus der Wissenschaft. Dann muß es jetzt auch weg sein.«

21. KAPITEL

Der einmütige Beschluß der Edelstahlratten fiel einfach aus: Für diesen einen Tag hatten wir genug erlebt. Wir waren zwar lebendig, aber gut ging es uns nun auch wieder nicht. Wir hatten das Artefakt gefunden, also war das Unternehmen abgehakt. Die Tatsache, daß es nun vernichtet war, ging uns nichts mehr an. So hoffte ich. Nun würde man mir das Gegenmittel verabreichen müssen. Als ich einschlief, hielt ich mich an diesem Gedanken fest. Es war genau die richtige Zeit zum ausruhen. Unsere Wunden mußten heilen, unser Gewebe mußte sich regenerieren, unsere Erschöpfung mußte abnehmen. Medikamente und eine Mütze voll Schlaf würden sich darum kümmern.

Die Sonne schien hell in den Park unserer neuen Residenz, als ich mich am nächsten Morgen ins Freie schleppte. Der Schlaf hatte meine Erschöpfung verbannt, was bedeutete, daß ich meine Schrammen nur noch mehr spürte. Die Medikation betäubte allmählich meine Schmerzen, und so fiel ich auf einen Stuhl und wartete darauf, daß sie zu wirken begann. Steengo kam kurz nach mir hinaus; er schleppte sich auf Krücken und sah ungefähr so aus, wie ich mich fühlte. Er schwang sich auf einen mir gegenüberstehenden Stuhl. Ich lächelte ihm ein Willkommen zu.

»Guten Morgen, Admiral.«

»Bitte, Jim – bleiben wir bei Steengo.«

»Dann, Steengo, möchte ich, da wir im Moment allein sind, dir meinen herzlichsten Dank dafür aussprechen, daß du gegen den Gehirnwäscheversuch bei Eisenhans eingeschritten bist. Für die du leider einen ziemlich hohen körperlichen Preis zahlen mußtest.«

»Danke, Jim. Ich weiß es wirklich zu würdigen. Aber ich mußte es tun. Ich mußte ihn daran hindern, dich zu programmieren. Und außerdem ... habe ich wirklich die Beherrschung verloren. Der Teddybär – also wirklich! Es war eine komplette Verfälschung der Historie.«

»Kommt kein Teddybär drin vor? Und kein goldener Ball?«

»Ein goldener Ball doch. Er symbolisiert die Unschuld, die Freuden der Kindheit, in der man keine Verantwortung trägt. Wenn man erwachsen wird, gehen sie einem verloren. Und um die Freiheit zurückzuerlangen, sagt der Mythos, muß man den Ball unter Mamas Kissen suchen – und stehlen.«

»Aber in einer frauenlosen Kultur hat man keine Mutter. Mußte der Mythos deswegen verfälscht werden?«

Steengo nickte zustimmend. Dann krümmte er sich und faßte an den Verband, der seinen Schädel umspannte. »Sie haben eine Quatschversion erfunden. In der ursprünglichen Geschichte will die Mutter, daß ihr Junge nie erwachsen wird – sie sieht ihn als ewig klein und abhängig. Man muß sich die Unabhängigkeit von ihr stehlen – deswegen der goldene Ball unter ihrem Kissen.«

»Ganz schön tiefsinnig.«

»Ganz schön faszinierend. Die Menschheit ist von ihren Mythen abhängig, um ihre Existenz zu erklären. Pervertiere den Mythos, und du pervertierst die Gesellschaft.«

»So wie der Rote Riese und seine Kumpane auf der anderen Seite der Mauer?«

»Genau. Aber dort ist etwas viel Gefährlicheres passiert, als nur die Verfälschung eines Mythos. Ich hatte die Vermutung, daß irgendwelche stark narkotisierenden Gase in der Luft waren – und ich hatte recht. Floyd und du, ihr hattet glasige Augen, ihr wart praktisch bis zur Unbeweglichkeit hypnotisiert. Also ging es nicht nur darum, daß ihr euch noch eine Geschichte über das Magnetfeld des Urmaskulinen anhört. Es ging darum, eurem Bewußtsein eine sehr bösartige und wahnsinnige Theorie einzuprägen – eurem Unterbewußtsein. Man hat euch eine Gehirnwäsche verpaßt und eure Gedanken gesteuert. Und diese Art primitiver erzwungener Suggestion kann unendlich viel Schaden anrichten. Ich mußte sie aufhalten.«

»Und dabei dein Leben riskieren?«

»Unter Umständen. Aber ich bin sicher, ihr hättet das gleiche für mich getan, hätten es die Umstände erfordert.«

Was hätte ich dazu sagen sollen? Hätte ich es getan? Ich lächelte leicht ergrimmt. »Darf ich wenigstens Danke sagen?«

»Du darfst. Und wie ich mich darüber freue. Aber nun wieder an die Arbeit. Bevor die anderen kommen, müssen wir über dringendere Geschäfte sprechen. Da ich meine Tarnung nun sozusagen aufgehoben habe, entlaste ich Captain Tremearne und übernehme das Kommando über das Unternehmen. Ich bin in einer besseren Position, um den Typen von der Bürokratie auf die Zehen zu treten und dafür zu sorgen, daß dein Gegenmittel sofort geliefert wird. Beziehungsweise noch schneller. Es war der erste Befehl, den ich gab, nachdem ich das Kommando übernahm.«

»Dann weißt du also von dem Dreißig-Tage-Gift? Wenn ich offen sein darf… Jetzt kann ich's ja sagen… Das Zeug hat mir ganz schön Angst gemacht. Danke…«

»Danke mir noch nicht. Weil ich deine Zusicherung brauche, daß du auch trotz des Dreißig-Tage-Giftes an dem Auftrag dranbleibst.«

»Natürlich bleib ich dran. Ich habe ihn angenommen, weil ich dafür bezahlt wurde und mein Wort gegeben habe, ihn auch zu beenden. Das Gift war nur die Idee eines bürokratischen Schwachkopfs, um das Band zwischen mir und der Marine zu festigen.«

»Ich wußte, daß du es sagen würdest. Ich wußte auch, daß du weitermachen würdest, ob dich der Tod nun bedroht oder nicht.«

Warum war mir bei diesen seinen Worten so unbehaglich zumute? Dabei sprach er doch nur so, wie ich es von meinem alten Kumpel Steengo erwartete. Oder steckte hinter seinen Worten vielleicht ein Admiral? Einmal Kommißkopf, immer Kommißkopf ... Nein, ich wollte nichts Schlechtes von ihm denken. Aber noch besser erinnere ich mich daran, daß das Gift noch in mir wühlte. Steengo lächelte breit, und ich tat es ihm gleich. Obwohl tief in meinem Innern Sorge und Angst noch kräftig an meinen Gedanken nagten und schabten. Finde das Artefakt, Jim. Es ist die einzige Möglichkeit, sicherzugehen, daß du das Gegenmittel wirklich bekommst.

Ich lachte und lächelte. Aber nur nach außen hin. »Klar, wir machen weiter. Das Artefakt muß wieder her.«

»Es muß wieder her, ganz recht. Die Suche muß weitergehen!« Er warf einen Blick über meine Schulter und winkte. »Da sind Floyd und Madonette. Willkommen, meine Lieben, willkommen. Ich würde ja gern aufstehen, um euch zu begrüßen, aber es ginge nur unter Schwierigkeiten.«

Madonette küßte ihn unterhalb des Verbandes auf die Stirn. Sie kam natürlich als letzte, wie es nun mal das Vorrecht der Frauen ist. Aber solche männlich-reaktionären Chauvischwein-Beobachtungen gewöhnte ich mir lieber ab. Zumindest so lange, wie ich bei den Damen auf dieser Seite des Paradieses zu Gast war.

»Ich habe mit Mata gesprochen«, sagte sie, nahm Platz und nippte einen Fruchtsaft. »Das Haus der Wissenschaft war während der Explosion leer, also ist niemand zu Schaden gekommen. Inzwischen hat man die Ruine durchsucht und festgestellt, daß es keine Spur von dem Artefakt gibt.«

»Ganz bestimmt?« fragte ich.

»Ganz bestimmt. Da man die andere Seite der Mauer ständig belauscht, wußte man hier natürlich alles über unser Interesse an dem Ding. Die Frauen haben gewartet, bis sie wußten, daß sämtliche Wissenschaftler der anderen Seite sich das Artefakt angeschaut und untersucht hatten. Und wie zu erwarten gewesen war, haben die vornehmen Herren – man nennt sie hierzulande ›die geriatrische Inkompetenz‹ – nichts gefunden. Als ihr Interesse erlahmte, haben sie es hierher verlegt. Die Frauen haben ein Studienprogramm erstellt, um das Artefakt zu untersuchen, aber es hatte gerade erst angefangen, als die Explosion erfolgte. Ende der Meldung.«

Also war das Artefakt möglicherweise gestohlen worden und befand sich vielleicht noch in der Gegend. Sicher, ich konnte bei der Suche helfen. Aber ebenso konnte ich damit aufhören, meine Tage zu zählen. Kurz bevor mein Computer mich geweckt hatte, hatten meine Augen eine hell schimmernde Sieben erblickt. Nun hatte Admiral Steengo mich von meiner chronischen Sorge erlöst.

Ich hatte fünf Millionen für den Auftrag bekommen und fragte mich noch immer, was das Ding eigentlich war. Die Jagd würde also weitergehen. Ohne den Zeitdruck, unter dem ich gestanden hatte. Ich schaute meine musikalischen Ratten an und sah, daß sich für sie nichts geändert hatte. Die Suche nach dem Artefakt stand noch immer an. Nun ja – warum nicht!

»Was machen wir jetzt?« fragte ich. Steengo, inzwischen mehr Admiral als Musiker, zählte die möglichen Optionen auf.

»War die Explosion ein Unfall? War es keiner – wer hat sie ausgelöst? Es sind wirklich eine Menge Fragen offen ...«

»Mata sagt, ihr sollt Kiki fragen, wenn ihr irgend etwas wissen wollt«, sagte Madonette heiter.

Wir dachten eine Weile ernsthaft darüber nach, dann wurde uns klar, daß wir nicht die geringste Ahnung hatten, wovon sie überhaupt redete. Steengo, noch ganz der Admiral, ergriff für uns alle das Wort.

»Wer ist Kiki?«

»Nicht wer – sondern was. Kiki ist ein Akronym für Kommunikations-Integrator mit Künstlicher Intelligenz. Ich glaube, es handelt sich um den hiesigen Zentralcomputer. Auf jeden Fall habe ich einen Zugriffsterminal.«

Sie legte ein Ding auf den Tisch, das wie ein gewöhnliches tragbares Telefon aussah und schaltete es ein. Nichts passierte.

»Bist du da, Kiki?« fragte Madonette.

»Stets zu Diensten, Schätzchen«, erwiderte eine verführerische Altstimme.

»Hast du nicht Computer gesagt?« sagte ich baff.

»Höre ich da eine Männerstimme?« fragte Kiki. Dann kicherte sie. »Es ist *sehr* lange her! Sagst du mir deinen Namen, Süßer?«

»Jim – nicht Süßer. Wieso nennst du mich überhaupt so?«

»Ausbildung und Programmierung, Schnucki. Bevor ich diese Stelle übernahm, habe ich einen Forschungsraumer gesteuert. Mit männlicher Besatzung; ich war *endlose* Jahre im Raum. Meine Schöpfer waren der Ansicht, eine weibliche Stimme würde die Kampfmoral viel besser stärken als eine männliche.«

»Der letzte Forschungsraumer ist doch schon vor Jahrhunderten verschrottet worden«, sagte Steengo.

»Damen haben es nicht *gern*, wenn sie aufs Alter angesprochen werden«, sagte Kiki trocken. »Aber es stimmt. Als mein Schiff verschrottet wurde, war ich überflüssig. Da ich im Grunde ein Computerprogramm bin, bin ich – der Traum jeder Frau – unvergänglich. Bevor ich hier ankam, hatte ich eine, wie soll ich sagen, ziemlich bunte Karriere hinter mir. Aber was soll's, ich beklage mich nicht. Mir gefällt mein Beruf *wirklich*. Hier sind charmante Damen, mit denen man sich unterhalten kann, und auch Zusatz-Datenbänke, zu denen ich jederzeit Zugriff habe. Und das Schönste ist ... Aber ich rede zuviel. Man hat mich informiert, daß ihr ein Problem habt. Wenn ihr euch mit Namen identifiziert, würde es die Konversation sehr vereinfachen. Jim und Madonette kenne ich schon. Wer ist der Herr, der gerade gesprochen hat?«

»Admiral ...«, sagte Steengo und hielt inne.

»Duzen wir uns einfach. Du heißt also Admiral. Noch andere da?«

»Floyd«, sagte Floyd.

»Es ist mir eine wahre Freude, euch kennenzulernen. Wie kann ich euch helfen?«

»Es geht um einen Artefakt genannten Gegenstand, der vor kurzem ins Haus der Wissenschaft gebracht wurde. Weißt du, wo er ist?«

»Und ob. Ich habe ihn untersucht, deswegen bin ich bestens mit der seltsamen Konstruktion vertraut. Ich hatte sie sogar in dem Moment im Blickfeld, als die Explosion erfolgte.«

»Hast du gesehen, was mit dem Ding passiert ist?«

»Falls ich *›gesehen‹* wörtlich nehmen soll, lieber Jim, bin ich gezwungen, eine negative Antwort zu geben. Ich hatte in diesem Moment keine Kamera aktiviert, deswegen konnte ich physikalisch nicht sehen, was mit ihm geschah. Die einzige Information, die ich bekam, war die Richtung, in die es verschwand. Zweiunddreißig Grad rechts vom nordpolaren Nullbreitengrad.«

»In der Richtung existiert überhaupt nichts«, sagte Steengo. »Keine Ansiedlungen, keine Nomadenstämme. Nur leere Prärien, die bis zur Polkappe reichen. Woher weißt du, daß das Artefakt in diese Richtung verbracht wurde?«

»Ich weiß es, *mon admiral*, weil es Tachyonen abstrahlt, und ich es mit einem Tachyometer untersucht habe. Ich habe sie sozusagen gezählt, und es war hochinteressant. Es hat aber nicht viele abgestrahlt – *welche* Quelle tut sowas schließlich schon –, aber wenige sind besser als gar keine. Und die Aufzeichnung besagt, daß es Mikrosekunden vor der Explosion, die meine Meßgeräte vernichtet hat, aus der eben genannten Richtung ein Tachyon abgestrahlt hat.«

»Du wurdest nicht … verletzt?« fragte Madonette.

»Wie lieb von dir, danach zu fragen! Ich wurde nicht verletzt, weil ich nicht dort war. Ich habe so schnell wie möglich ein neues Tachyometer konstruiert und es an den Ort der Explosion gebracht, aber leider ohne Ergebnis. Jetzt ist nur noch Hintergrundstrahlung vorhanden.«

»Weißt du, was die Explosion ausgelöst hat?«

»Willkommen im einfachen gesellschaftlichen Gib- und Nimm-Verkehr, Freund Floyd. Um deine Frage zu beantworten: Ich weiß es. Es war eine starke Sprengladung. Ich kann dir die chemische Formel nennen, aber ich bin sicher, sie würde dich nur langweilen. Aber ich kann dir sagen, daß der Sprengladungstyp früher sehr oft für die Bergbauindustrie hergestellt wurde. Er heißt Ausbrechitit.«

»Hab ich nie von gehört.«

»Verständlich, Admiral. Man hat nämlich festgestellt, daß die Ladung im Lauf der Zeit sehr instabil wird. Man hat die Ausbrechititproduktion eingestellt und sie durch neuere und stabilere Sprengstoffe ersetzt.«

»Wann war das?« fragte ich.

»Vor ungefähr dreihundert Jahren. Möchtest du das genaue Datum wissen?«

»Das reicht mir schon.«

Wir blinzelten uns schweigend an. Wir hatten keine Ahnung, was wir mit diesem irren wissenschaftshistorischen Beweis anfangen sollten. Nur Madonette hatte den Grips, die richtige Frage zu stellen.

»Kiki – hast du irgendeine Theorie über das, was geschehen ist?«

»Nur ein *paar tausend,* meine Liebe. Aber es hat keinen Sinn, sie euch zu erzählen, bevor ich nicht mehr Hinweise gesammelt habe. Im Moment könnte man sagen, wir befinden uns bei den Anfangszügen einer Schachpartie, die für den Rest des Spiels Millionen Möglichkeiten offenläßt. Aber ich kann dir ein paar Zahlen nennen. Die Wahrscheinlichkeit, daß die Explosion rein zufällig erfolgte: Null. Die Wahrscheinlichkeit, daß die Explosion mit dem Diebstahl in Zusammenhang steht: siebenundsechzig Prozent. Und was nun geschieht, hängt von euch ab.«

»Wieso?«

»Denk realistisch. Ihr seid mobil, *cher Jim,* während ich sozusagen an meine Aufgabe gebunden bin. Ich kann euch Ratschläge erteilen, wenn ihr diesen Ort verlaßt, und in Form eines Sendeempfängers begleiten. Doch was nun passiert, hängt ganz allein von eurer Entscheidung ab.«

»Von welcher Entscheidung?« Kiki konnte manchmal ganz schön anstrengend sein.

»Ich sorge für einen neuen Tachyometer. Wenn ihr ihn in die Richtung bringt, auf die ich hingewiesen habe, seid ihr vielleicht in der Lage, der Spur des Artefakts folgen.«

»Danke«, sagte ich und schaltete Kiki ab. »Sieht so aus, als müßten jetzt Menschen einen Beschluß fassen.

Wer folgt der Spur? Jetzt redet nicht alle durcheinander – laßt *mich* zuerst was sagen, weil ich die Oberratte bin: Ich habe das Gefühl, es ist an der Zeit, unsere Reihen etwas zu lichten. Ich sage, daß Madonette nicht mitgeht. Wir haben sie für die Musik gebraucht – worin sie auch großartig! war –, aber nicht dafür, hier rumzukriechen und nach Beknackten Ausschau zu halten, die jahrhundertealte Bomben basteln.«

»Ich unterstütze Jims Antrag«, sagte Admiral Steengo.

»Ich auch, sogar mehrmals«, sagte Floyd rasch, denn Madonette wollte sich gerade einmischen. »Dies ist keine Arbeit für dich. Und auch nicht für Steengo.«

»Darf ich das bitte selbst entscheiden?« fauchte Steengo und kehrte seinen Dienstgrad raus.

»Nein«, sagte ich. »Wenn du uns wirklich helfen willst, tust du es am besten, indem du an Ort und Stelle die Basis des Unternehmens organisierst. Ich erkläre, der Antrag wurde unterstützt und trotz Gegenstimmen angenommen. Demokratie betreiben wir nur, wenn es mir in den Kram paßt.«

Steengo grinste; die finstere Admiralsmiene verblaßte. Er war zu gerissen, um sich auf Diskussionen einzulassen. »Einverstanden. Ich bin im Moment für den Außendienst wirklich übers Verfallsdatum hinaus. Das sagen mir meine schmerzenden Knochen. Bitte, Madonette, weiche auch du dem gnädigen Druck der Geschichte. Nickst du – wenn auch zögerlich? Gut. Trotz aller Hilfestellung, die Kiki uns geben kann, werde ich dafür sorgen, daß das Sonderkorps für alle Ausrüstung sorgt, die gebraucht wird. Fragen?« Er schaute uns der Reihe nach an, aber wir schwiegen. Dann nickte er zufrieden, und Madonette hob die Hand.

»Wo wir den Beschluß jetzt gefaßt haben – darf ich noch eine Bitte äußern? Bei den hiesigen Gesprächen habe ich entdeckt, daß wir von zahlreichen echten Ratten-Fans umgeben sind, deswegen ...«

»... möchtest du noch ein letztes Konzert geben, bevor die Band sich trennt? Und ob! Wir sind alle einverstanden.«

Alle jubelten, bis auf Steengo, der bei der Vorstellung, daß seine gesamten Instrumente auf ein Häufchen Partikel reduziert waren, ziemlich unglücklich dreinschaute. Aber die stets einfallsreiche Madonette hatte schon vor der Erwähnung des Auftritts einiges in die Wege geleitet.

»Ich habe mich bei den Frauen umgehört. Es gibt hier ein wirklich nettes Kammerquartett, und auch ein Sinfonieorchester. Da muß es doch irgendein Instrument geben, das Steengo spielen kann!«

»Welches, ist mir schnuppe«, sagte er und grinste wie ein Honigkuchenpferd. »Bring alle her – und wickelt mich aus!«

Mit Hilfe der Wunder der modernen Medizin und ihrer Heildrogen und Schmerzkiller sowie einem großen Glas Fusel für Steengo, waren wir noch am gleichen Tag in der Lage, eine Vorstellung zu geben. Eine Matinee, da der nächste Abend noch mehrere unserer Tage entfernt war und wir keine Zeit hatten, auf ihn zu warten.

Es waren ansehnliche Besuchermassen im Stadion. Jubel und Freudenschreie empfingen uns, und niemand schien sich daran zu stören, daß Steengo nicht nur kein Kostüm trug, sondern auch im Rollstuhl spielte. Falls dies der letzte Vorhang für die Edelstahlratten sein sollte, wollten wir einen Auftritt hinlegen, an den man sich noch lange erinnerte. Wir ließen die Militär- und Macho-Songs diesmal links liegen und stimmten eine milde Bluesnummer an.

Blaue Welt ...
Hör, ich sing mein Lied.
Blaue Welt ...
Was hab ich falsch gemacht?
Blaue Welt ...
Du hilfst mir weiter.
Blaue We-l-l-l-t.

Wir sind hier ...
Wir gehn nicht weg.
Wir sind hier ...
Und hier bleiben wir.
Blaue We-l-l-l-t.

Die Landung war einfach,
Und voller Spaß.
Unser Schiff kam runter ...
Im blauen Sonnenschein.
Die Landung war toll ...
's ist alles im Lot.

Jetzt ist es vorbei,
Das höllische Leben,
Wir bleiben jetzt hier,
Mag die Erde auch beben.

Wir mußten an diesem Tag einen Haufen Zugaben geben, und beendeten das Konzert schließlich mit dem Gefühl der Erschöpfung und Zufriedenheit, das man nur empfindet, wenn man eine künstlerische Arbeit ordentlich erledigt hat. Die anderen schliefen problemlos ein, doch da ich nicht widerstehen konnte, warf ich vor dem Einschlafen einen letzten Blick auf die mir noch verbleibenden Tage.

Noch immer sieben. Noch eine Woche. Jede Menge Zeit für meinen alten Kumpel Admiral Steengo, den

Leuten in den Arsch zu treten und das Gegenmittel heranzuschaffen. Ich glaube, ich habe gelächelt, als ich die Augen schloß, und das war, wenn man es genau nimmt, eine grundlegende Veränderung nach den vorhergehenden dreiundzwanzig Tagen. Kann mal wohl sagen.

Aber warum schlief ich nicht ein? Statt zu schlafen lag ich angespannt da und stierte in die Dunkelheit. Die Antwort war einfach.

Bis zu dem glücklichen Moment, in dem ich den Kolben zurückzog und mir das Gegenmittel spritzte, hatte ich noch sieben Tage zu leben.

Mach Heia, Jim. Schlaf gut …

22. KAPITEL

Entweder war ich ein Langschläfer oder der nun von seiner Musikerrolle entbundene Admiral war arbeitssüchtig. Oder beides traf zu. Denn als ich auftauchte, hatte er unsere Expedition völlig allein bis ins kleinste Detail organisiert. Als er die Checkliste in seinen Tragbaren eingab, murmelte er über einen Haufen Apparate hinweg. Er schaute auf, winkte kurz und machte die letzten Sachen fertig.

»Hier ist dein neuer Tornister. Er enthält eine Reihe von Gegenständen, die du möglicherweise brauchst. Und hier ist ein Ausdruck des Inhalts. Ich nehme an, in deinem alten Tornister hat sich ein Haufen illegaler und möglicherweise tödlicher Sachen befunden. Du kannst sie umladen, sobald ich gegangen bin. Kiki baut den Tachyometer zusammen, ich hole ihn glich. Auch Floyd ist gleich da. Da ist ja auch Madonette. – Willkommen, willkommen.«

Steengo legte einen so eleganten Abgang hin, wie er ihn auf Krücken bewerkstelligen konnte. Madonette, ein Bildnis guter Laune, rauschte herein und nahm meine Hände in die ihren. Dann bemerkte sie, daß ihre Begrüßung wohl nicht enthusiastisch genug war, und sie küßte herzlich meine Wange. Ich schlang automatisch die Arme um sie, umfaßte jedoch nur Luft, da sie schon fortgewirbelt war und sich auf die Couch hatte fallen lassen.

»Ich würde so gern mit euch gehen, Jim. Aber ich weiß, daß es unmöglich ist. Trotzdem – ich bin nicht wild darauf, wieder in mein verstaubtes altes Büro zurückzukehren.«

»Du wirst mir fehlen«, sagte ich. Es sollte sich kühl und lässig anhören, aber mich packte das Grauen, als ich hörte, wie anbaggernd und verschossen es klang. »Du wirst natürlich uns *allen* fehlen.«

»Dito. Wir haben zwar ein paar haarige Augenblicke erlebt, aber du bist mit allem fertig geworden, nicht wahr?« Ihre Herzlichkeit und Wertschätzung war dergestalt, daß ich spürte, wie ich errötete. »Insgesamt gesehen glaube ich, war es eine Erfahrung fürs ganze Leben. Ich kehre auf keinen Fall wieder in die Bürokratenmaschinerie zurück. Von jetzt an mache ich nur noch Außendienst. Draußen, an der frischen Luft. Ist das nicht eine tolle Vorstellung?«

»Wunderbar; ja, wirklich«, sagte ich. Sie fehlte mir schon jetzt. Ich weiß nicht, wo all dies noch geendet hätte, wäre nicht Floyd in diesem Augenblick fröhlichen Schrittes eingetreten.

»Morgen zusammen. Ein guter Tag für eine Expedition. Hallo und Tschüß, Madonette, Gefährtin meiner zahlreichen Abenteuer. Hat Spaß gemacht, mit dir zu arbeiten.«

»Könntest du mir die waffenlose Verteidigung beibringen?«

»Ist mir 'ne Freude. Ist ganz leicht, wenn man dran arbeitet.«

»Ob ich dann Außenagentin werden könnte?«

»Wahrscheinlich nicht. Aber ich kümmere mich drum.«

»Tatsächlich? Ich wäre dir ewig dankbar. Ich habe Jim gerade erzählt, daß ich nicht mehr im Büro arbeiten will.«

»Solltest du auch nicht! Ein Mädchen mit deinen Talenten kann doch eine bessere Beschäftigung finden.«

Sie lächelten sich von beiden Enden der Couch an. Ihre Knie berührten sich fast, umschlängelten sich. Ich war vergessen. Ich konnte Floyds Mumm nicht ausstehen. Ich war überglücklich, als ich das Rumsen von Krücken und das sich nähernden Schlurfen von Schritten hörte.

»Sind alle da«, sagte Steengo. »Sehr gut. Der Tachyometer ist fertig.«

Das Ding, das ihm folgte, trottete nach vorn. Es ging auf steifen Beinen und war der häßlichste Kunstköter, den ich je gesehen hatte. Er war von einem schwarzen, räudig wirkenden Kunstfell bedeckt, hatte runde Knopfaugen und streckte bellend eine trockene rote Zunge heraus.

»Wau-wau.«

»Was soll das heißen, ›wau-wau‹?« ächzte ich laut. »Was ist das denn für ein widerwärtiger Gegenstand?«

»Der Tachyometer«, sagte Admiral Steengo.

»Wau-wau«, bellte der Tachyometer. »Und listig, wie wir sind, ist der Tachyometer in diesen mobilen Terminal eingebaut.«

»Kiki?« fragte ich.

»Zur Stelle. Gefällt dir die Tarnung?«

»Ich hab in meinem ganzen Leben noch keinen künstlicher aussehenden künstlichen Hund gesehen!«

»Nun, laß es niemanden merken. Bello ist der Stand der gegenwärtigen Technik – ich meine den Stand der *hiesigen* Technik, falls dir wieder etwas Gemeines einfallen sollte. Beispielsweise kann sich das süße Hündchen mittels gravimetrischer Wellen mit mir verständigen, und die kann man – ich wette, du weißt es – nicht wie Funkwellen blockieren. Sie durchdringen die dicksten Mauern und reichen durch gewaltige Bergketten. Somit sind wir stets miteinander verbunden. Zugegeben, Bello hat schon bessere Zeiten erlebt, aber du weißt ja, was man über geschenkte Gäule sagt.«

»Klar. Aber, muß das sein? Wenn ich die Wahl hätte, würde ich lieber ein anderes Terminal haben.«

»Wie du willst, Süßer. Gib mir zwei Tage Zeit, dann kannst du haben, was du willst.«

Zwei Tage? Ich hatte nur noch sechseinhalb zu leben, es sei denn, das Gegenmittel traf endlich ein. Ich holte tief Luft und stieß einen Pfiff aus.

»Komm, Bello. Braver Hund. Gehen wir 'ne Runde Gassi.«

»Wau-wau«, machte Bello und fing unglaublich künstlich an zu hecheln.

»Ich habe folgenden Plan«, sagte Admiral Steengo. »Ich überwache das Unternehmen zusammen mit Captain Tremearne aus dem Schiff in der Kreisbahn. Jim und Floyd gehen nach Norden, in die Richtung, die das verschwundene Artefakt genommen hat. Kiki bleibt in Kontakt mit dem Terminal, der wiederum nach der Tachyonen-Emissionsquelle sucht.« Ihm schien der Text auszugehen, er kratzte sich am Kinn.

»Ein hübscher Plan«, sagte ich, ohne daß es mir gelang, einen gewissen spöttischen Tonfall aus meiner Stimme zu verbannen. »Wenn wir ihn auf sein Gerüst reduzieren, heißt es, wir trotteln einfach nach Norden, bis irgend etwas passiert.«

»Eine zufriedenstellende Interpretation. Viel Glück.«

»Danke. Und du kümmerst dich darum, daß der dringendste Teil des Unternehmens, in der eine gewisse Injektion keine unbeträchtliche Rolle spielt, auch weiterhin ganz oben auf deiner Prioritätenliste steht?«

»Ich werde den Leuten, die damit befaßt sind,

stündlich auf die Nerven gehen«, sagte Steengo grimmig. Ich glaube, er meinte es ernst.

Wir schulterten unsere Tornister, hielten es mit der Verabschiedung so knapp wie möglich und folgten Bello, ohne einen Blick zurückzuwerfen. Ich hatte Madonette sehr gern gehabt. Vielleicht sogar zu gern, während ich mit dem Auftrag beschäftigt war. Hau ab! Jim, hau ab! redete ich mir ein. Folge deiner Wandertachyone.

Wir folgten dem wedelnden schwarzen Nylonschwanz durch die Straßen und zu den Bauernhöfen hinaus. Die Frauen, denen wir begegneten, winkten fröhlich, einige pfiffen sogar Stellen aus unseren Songs, um uns aufzumuntern. Dann lag der letzte Hof hinter uns, und vor uns breitete sich die offene Prärie aus. Ich knipste mein Kieferfon an.

»Sind Sie da, Tremearne?«

»Ich lausche.«

»Irgendwelche Nomadenstämme in der Gegend? Oder vor uns?«

»Negativ.«

»Irgendwelche Gebäude, Höfe, Menschen, Schiegen – irgend etwas in unserer Richtung zu erkennen?«

»Negativ. Wir haben den ganzen Weg abgesucht – bis zum Nordpol. Nichts.«

»Danke. Und Ende.« Wunderbar.

»Rings um uns die große Leere«, gab ich Floyd bekannt. »Vor uns ist rein gar nichts. Bleiben wir also auf dieser Route, bis unser Plastikempfänger irgendwelche Tachyonen entdeckt – oder wir den Nordpol erreichen und erfrieren.«

»Ich hab's schon die ganze Zeit fragen wollen: Was sind Tachyonen?«

»Eine gute Frage. Ich habe bis heute angenommen, Tachyonen seien nur eine theoretische Einheit, die sich die Physiker ausgedacht haben, um zu erklären, wie das Universum funktioniert. Eine jener subatomaren Entitäten, die entweder in Wellen- oder Partikelform existieren. Man hat gesagt – und wer bin ich, daran zu zweifeln? –, daß sie in einer Wahrscheinlichkeiten-Rumpelkammer vieler möglicher sich überlagernder Erscheinungsformen existieren.« Mir fiel auf, daß Floyds Kinnlade allmählich nach unten sank und seine Augen glasig wurden. Er schüttelte den Kopf.

»Du mußt dir mehr Mühe geben, Jim... Ich hab schon vor 'ner ganzen Weile den Anschluß verpaßt.«

»Hast recht. Verzeihung. Versuchen wir's so: In der Physik gibt es verschiedene Einheiten. Ein Photon ist eine Einheit der Lichtenergie, ein Elektron ist eine Einheit der elektrischen Energie. Okay?«

»Toll. Bis jetzt komm ich mit.«

»Ein Gravitron ist eine Gravitationseinheit, und ein Tachyon eine Zeiteinheit.«

»Jetzt bin ich wieder raus. Ich dachte, Minuten und Sekunden wären Zeiteinheiten.«

»Sind sie auch, Floyd, aber nur für so einfache Typen wie uns. Physiker neigen dazu, die Sache auf andere Weise zu sehen.«

»Glaub ich unbesehen. Entschuldige, daß ich gefragt habe. Zeit für eine Pause; pro Stunde fünf Minuten.«

»Hast recht.« Ich löste meine Feldflasche und nahm einen Schluck, dann pfiff ich unserem trabenden Terminal, der fast außer Sichtweite war. »Komm her, Bello – Päuschen!«

»Du bist der Boss«, sagte Kiki. Der Hund schlurfte zurück, bellte und schnupperte an meinem Tornister, den ich neben mir zu Boden hatte fallen lassen.

»Nicht zuviel Realismus!« rief ich. »Laß den Plastikköter bloß nicht an meinem Tornister das Bein heben!«

Und so ging der Tag weiter. Allem Anschein nach endlos. Wir krochen durch die Landschaft, die Sonne kroch am Himmel entlang. Als wir fünf Stunden marschiert waren, spürte ich die Erschöpfung. Floyd schritt flott vor mir aus.

»Noch nicht müde?« rief ich ihm zu.

»Nein. Macht Spaß.«

»Aber nur jenen in unserem Team, die der Rote Riese nicht durch die Mangel gedreht hat.«

»Nur noch ein Stückchen.«

Das Stückchen war etwas weiter als mir lieb war, und ich war gerade im Begriff, das Handtuch zu werfen, als Bello zu uns sprach.

»Wau und wau, meine Herren. Ich habe gerade ein paar Tachyonen entdeckt, die an uns vorbeigezischt sind. War mir bei der ersten nicht ganz sicher, aber ... Da ist wieder eine, und da noch eine ... und noch eine!«

»Wo kommen sie her?« fragte ich.

»Aus der Richtung, in die wir gehen. Behalten wir einfach den Kurs bei, dann müssen wir die Quelle finden. Wenn vielleicht auch die Möglichkeit besteht – ja, ich bin mir sicher –, daß es später eine Kursabweichung geben wird.«

»Aha!« ahate ich. »Ich verstehe Zweideutigkeiten schon beim ersten Hören. Selbst aus dem Plastikhundmaul eines uralten Schiffscomputers.«

»Das Wort *uralt* schmerzt mich sehr ...«

»Wenn du mir von der Kursabweichung erzählst, entschuldige ich mich.«

»Entschuldigung angenommen. Unter Berücksichtigung der Planetenkrümmung, der Gravitationsanomalien und anderer Faktoren bin ich zu der Annahme gezwungen, daß die Tachyonenquelle sich nicht auf der Oberfläche dieser Welt befindet.«

»Das Ding ist unterirdisch?«

»Unterirdisch ist der treffende Begriff.«

Ich biß auf mein Kieferfon. »Tremearne, holen Sie mal den Admiral an den Apparat.«

»Ich bin hier, Jim. Kiki hat die Möglichkeit schon vor einer Weile gemeldet. Seitdem habe ich die Entwicklung beobachtet. Wollte euch aus allen offensichtlichen Gründen nicht beunruhigen.«

»Ja, zum Beispiel, weil wir vergessen haben, eine Schaufel mitzunehmen. Sonst noch was, was du mir verschwiegen hast?«

»Ich hab auf Daten gewartet; sie kommen gerade rein. Ich habe eine Tieffliegersonde in Marsch gesetzt, die sich die gravimetrischen Anomalien ansehen soll, die Kiki gefunden hat. Sieht aus, als wären es eine ganze Reihe; sie werden jetzt berechnet.«

»Was sind das für Anomalien? Eisenablagerungen?«

»Ziemlich genau das Gegenteil. Unterirdische Grotten.«

»Das paßt. Ende. Zumindest wissen wir jetzt, wo das Artefakt ist.«

»Wo denn?« fragte Floyd, da er nur meine Hälfte des Gesprächs gehört hatte.

»Unter der Erde. Vor uns liegen irgendwelche Höhlen oder Grotten. An der Oberfläche sieht man nichts. Aber sie sind trotzdem da. Unsere technischen Beobachter scheinen sicher zu sein, daß das Artefakt irgendwo da unten ist. Können wir jetzt eine Pause einlegen und die Meldung abwarten?«

»Schätze ja.«

Floyd schätzte richtig, was eine gute Sache war, denn kurz nachdem wir zu Boden gesunken waren, wurde eine Salve Geschosse auf uns abgefeuert. Die Kugeln zischten durch die leere Luft, in der wir gerade noch gestanden hatten.

Floyd hatte inzwischen eine lange und tückisch wirkende Pistole in der Hand, die ihn auch dann nicht langsamer machte, als er auf Händen und Knien neben mir herrobbte, da wir die Deckung eines kleinen Erdhügels erreichen wollten, der sich rings um einen Klopsbaum erhob.

»Wir werden beschossen!« schrie ich durch mein Kieferfon.

»Quelle unauffindbar.«

Bello stand auf den Hinterbeinen, dann machte er, ungeachtet der nächsten Kugelsalve, einen hohen Luftsprung.

»Wau-wau! Vielleicht für *andere* unauffindbar, aber nicht für mich.«

»Was ist es?«

»Irgendeine Art Apparat am Boden. Soll ich mal schnüffeln gehen?«

»Wenn du kannst ...«

»Grrr!« brummte er und zog die Beine ein. Dann zischte er mit unheimlicher Geschwindigkeit über den Boden dahin, so schnell, daß er kaum zu sehen war. Kurz darauf gab es eine gedämpfte Explosion, und Trümmerstücke schepperten auf die Büsche hinab.

»Das war aber schnell«, sagte ich.

»Danke«, sagte Bello, der mit einem gezackten Stück Metall zwischen den Zähnen aus dem Unterholz getrabt kam. »Geht einfach mit, wenn ihr die Überreste sehen wollt.«

Wir folgten ihm zu einer rauchenden Trichter, in dessen Mitte ein Haufen Schrott lag. Bello ließ das Trümmerstück fallen, hob eine Vorderpfote, reckte den Hals, richtete den Schwanz gerade aus und deutete nach vorn.

»Ferngesteuerter MG-Turm. An der Oberfläche getarnt; mit Erde und sprießenden Gewächsen bepflanzt. Hydraulisch bewegt – das da ist rotes Öl, kein Blut –, damit man ihn über die Bodenebene heben kann. Da sind auch Überreste eines Zielsuchgeräts. Vier automatische Läufe. Rapellitbinetti X-19. Kann zwölfhundert Schuß in der Minute abgeben. Achtzig Schuß pro Sekunde, durchschlägt auch Panzerungen.«

»Seit wann bist du Waffenexpertin, Kiki?« fragte ich.

»Seit langer, langer Zeit, Hasi. Auf dem Höhepunkt meiner Karriere mußte ich solche Sachen wissen. Ich weiß aber auch, daß diese Schießeisen seit fünfhundert Jahren nicht mehr hergestellt werden.«

23. KAPITEL

Ich trank noch einen Schluck Wasser und wünschte mir, es sei ein stärkeres Gebräu. Ich war froh, daß es das nicht war, da in diesen Zeiten ein klarer Kopf ein wichtiger Aktivposten war.

»Wie alt, sagst du, sind die Schießeisen?« fragte ich. Es kam keine Antwort, da der falsche Hund nun wie ein richtiger in der Erde scharrte, und zwar sehr fix. Er grub sich unter den Geschützturm.

»Fünfhundert Jahre«, sagte Floyd. »Wie kann das sein? Wer setzt denn sowas altes ein?«

»Du – wenn du nichts anderes hast. Hier gibt's ein Geheimnis, das wir gleich lösen werden. Erinnerst du dich noch an die alte Bombe, die das Labor in die Luft gejagt hat? Sie war ebenso antik. Also denk nach. Angenommen, der Planet war schon bewohnt, bevor man die Asis hier abgeladen hat? Angenommen, es gab hier Siedler – nur haben sie sich unter dem Boden versteckt. Es ist doch möglich. Und wenn es stimmt, sind sie vor fünfhundert Jahren hier eingetroffen. Und seither verstecken sich diese mysteriösen Emigranten hier. Beziehungsweise da unten. Sie hatten sich wahrscheinlich schon eingelebt, als die Liga den Planeten entdeckte. Deswegen gibt es auch keine Unterlagen über sie.«

»Wer sind sie?«

»Dreimal darfste raten ...«

»Arf!« sagte unser Hundboter; er arfte durch eine mit Dreck bedeckte Schnauze. »Da führt ein optisches Fiberglaskabel in den Boden rein; wahrscheinlich steuert es den Geschützturm.«

»Und reicht bis in die Grotten. Die nächste Frage lautet also: Wie kommen wir da …«

»Jim«, sagte mein Kiefer, *»etwa drei Kilometer von euch entfernt spielt sich eine interessante Entwicklung ab. In der Richtung, in die ihr gehen wolltet. Wir haben eine Bildvergrößerung des Elektronenteleskops, deswegen können wir ziemlich deutlich sehen …«*

»*Was* könnt ihr ziemlich deutlich sehen?«

»Eine Gruppe bewaffneter Männer ist aus einer Art Bodenluke geklettert. Sie scheinen einen der ihren, der gefesselt ist, mit sich zu schleifen. Jetzt stellen sie irgendeine Art Eisenpfahl auf. Da ist allerhand Hin und Her – allem Anschein nach binden sie den Mann an den Pfahl.«

Erinnerungen an tausend alte Filme überfluteten mein Hirn. »Halten Sie sie auf! Es könnte eine Exekution sein! Tod durch Erschießen. Unternehmen Sie was!«

»Negativ. Wir sind in der Kreisbahn. Außer dem Abfeuern eines Sprengtorpedos, was momentan nicht ratsam ist, können wir nichts fabrizieren, was uns innerhalb von fünfzehn Minuten dort hinbringen kann.«

»Na, dann eben nicht!« Ich griff in meinen Tornister und pfiff dem Hundbot. »Bello! Fang!«

Bello machte einen Luftsprung und kriegte die Gasbombe in der Luft zu fassen. »Los! Da rüber! Du hast die Nachricht gehört. Schnapp dir die Kerle, und beiß fest auf das Ding!«

Meine letzten Worte mußte ich hinter ihm herschreien, da sein Schweif schon zwischen den Sträuchern verschwand. Wir packten unsere Tornister und eilten ihm nach. Floyd war natürlich schneller als ich, und als ich den Ort des Geschehens keuchend und wankend erreichte, war schon alles gelaufen. Unser treuer Freund bellte und deutete mit ausgestrecktem Schwanz und erhobener Vorderpfote auf die verstreut daliegenden Gestalten.

»Gut gemacht, bester Freund des Menschen«, sagte ich und widerstand mühelos der Versuchung, sein Plastikfell zu streicheln.

»Für die Akten«, sagte ich ins Funkgerät hinein. »Es sind Männer, ausnahmslos mit Schulterwaffen irgendeiner Art bestückt. Es sind zwölf; sie tragen Tarnanzüge. Der Dreizehnte – bestimmt eine Unglückszahl – ist an den Pfahl gefesselt. Hat kein Hemd an.«

»Ist er verletzt?«

»Negativ.« Ich spürte regelmäßigen Pulsschlag an seinem Hals. »Wir haben es gerade noch geschafft. Interessanterweise ist er jung. Jünger als die anderen. Was jetzt?«

»Strategischer Planungscomputer hat Entscheidung getroffen. Alle Waffen an euch nehmen. Nehmt den Gefangenen und bringt ihn an einen sicheren Ort. Dann verhören.«

Ich schnaubte geringschätzig, als ich die Stricke an den Handgelenken des Mannes aufknotete. »Für die Entscheidung hätte *ich* keinen strategischen Planungscomputer gebraucht.«

Als der Bursche zusammensackte, fing Floyd ihn auf und warf ihn sich über die Schulter. Ich nahm unsere Tornister und streckte den Arm aus. »Laß uns zu der Wasserrinne da hinten gehen, da sind wir außer Sichtweite.«

Die Bombe, die der Ersatzköter hatte detonieren lassen, bestand aus einem schnellen Rein/Raus-Gas. Ein Atemzug, und man schlief. Etwa zwanzig Minuten lang. Mehr brauchten wir auch nicht, um unser Gepäck durch den Schlamm des vom Regen erodierten Wasserrinne zu schleppen, bis wir unter einem Uferüberhang ein trockenes Plätzchen fanden. Unser Gefangener – Gast? – bewegte allmählich den Kopf und fing an zu murmeln. Floyd, ich und unser Maskottchen setzten uns hin, schauten ihn an und warteten. Es dauerte nicht lange. Er brabbelte etwas, öffnete die Augen und sah uns an. Er setzte sich halb auf und wirkte sehr ängstlich.

»*Fremzhduloj!*« sagte er. »*Amizhko mizh.*«

»Klingt wie ziemlich schlechtes Esperanto«, sagte Floyd.

»Genau das, womit man rechnen kann, wenn er und sein Volk seit Jahrhunderten von der gesamten Außenwelt abgeschnitten sind. Red langsam, dann wird er uns schon verstehen.«

Ich wandte mich dem Burschen zu und hob die Hände, in der Hoffnung, daß er das überall verbreitete Friedenszeichen verstand. »Wir sind Fremde, wie du sagst. Aber was hast du sonst noch gesagt? Klang wie ›meine Freunde‹.«

»Freunde, ja, Freunde!« sagte er. Er nickte wie verrückt, und als Bello anfing zu bellen, zuckte er zurück.

»Kiki, bitte! Kannst du mal den Plastikpudel abdrehen? Er ängstigt unseren Gast.«

Das Ding hörte auf zu bellen und sagte: »Möchte nur eben melden, daß ich mit den Zuschauern von oben Verbindung habe. Sie melden, daß die anderen, die wir mit dem Gas betäubt haben, zu sich gekommen sind und sich zurückgezogen haben.«

»Großartig. Legt über alles eine Akte an und meldet euch später.« Ich wandte mich wieder unserem Gast zu – den die Sequenz mit dem sprechenden Hund sichtlich beeindruckt hatte. »Tja, mein Freund. Mein Name ist Jim, und das hier ist Floyd. – Der haarige Schwindler da heißt Bello. Hast du auch einen Namen?«

»Man nennt mich Schlachtschiff, ich bin der Sohn von Unempfindlich.«

»Es ist uns eine Freude, dich kennenzulernen. Und nun … Kannst du uns erzählen, warum man dich an ein Exekutionskommando verschwenden wollte?«

»Befehlsverweigerung. Ich hatte Wache. Sah, wie sich eure Gruppe näherte. Ich habe im Wachtturm auf euch gefeuert – aber zürnt mir nicht! Ich habe absichtlich danebengezielt. Zum Feuern braucht man den Befehl des Wachhabenden. Deswegen sollte ich exekutiert werden. Ich habe nicht um seine Erlaubnis ersucht.«

»Unfälle gibt's doch immer mal.«

»War kein Unfall. Habe aufgrund von Befehl geschossen.«

»Kommst du mit?« fragte Floyd.

»Nicht sonderlich. Sag mal, Schlachtschiff, wer hat den Schießbefehl gegeben, wenn es nicht der Wachhabende war?«

»Wir haben es alle zusammen beschlossen.«

»Wer ist *wir?*«

»Das darf ich nicht sagen.«

»Verständlich. Aus Solidarität deinen Freunden gegenüber.« Ich schlug ihm kollegial auf die Schulter und spürte, daß er fröstelte. »Wird kalt. Ich besorg dir ein Hemd.«

Ich wühlte in meinem Tornister und nutzte den Vorteil der Gelegenheit zu einer gemurmelten Konversation durch das Kieferfon.

»Irgendwelche Ideen? Eigene – oder von Ihrem unentbehrlichen strategischen Planungscomputer?«

»Ja. Wenn er nicht mit euch reden möchte, sind die Kollegen, die er erwähnt hat, vielleicht kommunikativer. Versucht, ein Treffen zu organisieren.«

»Richtig.« Ich ging mit dem Hemd zurück. »Hier, Schlachtschiff, damit du nicht frierst.« Er stand auf und zog es an. »Gut. Ich habe nachgedacht. Ich möchte nicht, daß du mir Dinge erzählst, die du nicht erzählen sollst. Aber vielleicht können uns deine Freunde, von denen du berichtet hast, wissen lassen, was da unten los ist. Können wir sie kennenlernen?«

Er biß sich auf die Lippe und schüttelte den Kopf.

»Nein? Tja, versuchen wir mal was anderes. Kannst du zu deinen Freunden zurückgehen? Ihnen von uns erzählen? Rede über uns. Krieg raus, ob jemand bereit ist, uns zu sagen, was da vor sich geht. Okay?«

Er schaute von mir zu FLoyd, und dann sogar auf Bello, der mit dem Schwanz wedelte. Erst dann schien er einen Entschluß zu fassen.

»Kommt mit.«

Er war jung und stark und legte ein ordentliches Tempo vor. Floyd und der mechanische Köter hielten flott mit ihm Schritt, aber mein Muskelkater kehrte zurück. Ich blieb hinter ihnen und wollte gerade rufen, sie sollten anhalten, als Schlachtschiff am Rand eines Klopshains stehenblieb.

»Wartet hier«, sagte er, als ich herangekeucht war. Er tauchte zwischen den Bäumen unter. Er merkte nicht, daß Bello mit angezogenen Beine und eingezogenem Schwanz und Kopf in der Tarnung eines schwarzen Bodenmops lautlos hinter ihm herhuschte. Das Beenden der körperlichen Aktivität tat mir wohl – wie auch die Nullkommanixheiß-Mahlzeit, die ich aus meinem Tornister holte. Stachelschweinburger mit Soße. Auch Floyd öffnete sein Nahrungspack. Wir leckten uns gerade die letzte Schmatzisoße von den Fingern, als der schattenhafte Mop zurückkehrte. Er streckte Beine, Schwanz und Kopf wieder aus und bellte.

»Zuerst die Meldung. Bell später.«

»Euer neuer Kollege hat mich nicht gesehen. In dem Wald dort befindet sich eine hebbare Gesteinsplatte, und darunter ist eine Öffnung. Da ist er reingegangen. Soll ich euch zeigen, wo es ist?«

»Später – wenn's nicht anders geht. Laß uns im Moment eine Mütze voll nehmen und sehen, ob er unsere Nachricht weitergibt.«

Ich war total erschossen. Ich schloß die Augen und nahm mehr als eine Mütze voll. Als ich wieder da war, balancierte die Sonne über den Horizont. Als ich die vergangene Zeit überprüfte, nötigte mich mein Computer, indem er die rote sechs klickend in eine fünf verwandelte. Mach dir keine Sorgen, Jim – Admiral Steengo ist auf deiner Seite! Doch die schwache Rückversicherung half nichts, und ich war sicher, daß ich das Dreißig-Tage-Gift schon in meinem Blutkreislauf kochen und Blasen werfen spürte.

Floyd schnarchte leise. Hatte einen gesunden Schlaf. Doch als Bello zurückkehrte und ein paar Steinchen bewegte, waren seine Augen sofort auf.

»Guten Morgen, meine Herren. Euer neuer Freund ist unter dem sich hebenden Fels wieder aufgetaucht, zusammen mit einem anderen. Sie kommen hierher. Vergeßt nicht: Ich hab's euch zuerst erzählt.«

Bello setzte sich hin und wartete, dann bellte er den beiden erscheinenden Männern einen Gruß entgegen. Sie trugen piekfeine Tarnanzüge und Stahlhelme; es waren Pickelhauben. Über ihre Schultern hingen Patronengurte, und an ihren Hüften lange, beeindruckend aussehende Schießeisen. Die Kanonen steckten in Holstern, die an die Oberschenkel gebunden waren. Ich entspannte mich. Ich wußte, solange Floyd hier war, würde der erste, der seine Knarre berührte, sofort besinnungslos sein.

»Da bist du ja wieder, Schlachtschiff«, sagte ich. »Auch dein Gefährte sei uns willkommen.«

»Man nennt ihn Unermüdlich; er ist der Gebietskommandeur. Das ist Floyd mit dem Bart, der andere ist Jim.«

Unermüdlich schüttelte uns nicht die Hand. Stattdessen haute er sich krachend mit der geballten rechten Faust gegen die Brust. Wir taten es ihm gleich, weil es nie schaden kann, die Gebräuche der Einheimischen zu lernen.

»Warum seid ihr hergekommen?« fragte Unermüdlich auf äußerst kalte und spöttische Weise. Ich empfand leichte Verärgerung.

»Man könnte sagen, wir sind gekommen, um deinen Gefährten vor dem sicheren Tod durch das Exekutionskommando zu bewahren. Euer Dank wird gern entgegengenommen.«

»Wenn ihr nicht gekommen wärt, hätte er nicht geschossen und wäre nicht zum Tode verurteilt worden.«

»Eins zu null. Aber mir fällt ein, daß er aufgrund eines Gruppenbeschlusses geschossen hat. Bist *du* ein Teil dieser Gruppe?«

Jetzt sah ich, daß Unermüdlichs brüske Art nur zur Tarnung seiner großen Nervosität diente. Er kaute an seiner Unterlippe, sein Blick flatterte von einem zum anderen. Er musterte sogar den falschen Hund, der bellte. Schließlich ergriff er sehr zurückhaltend das Wort.

»Das darf ich nicht beantworten. Aber man hat mich instruiert, euch zu jenen zu bringen, die eure Fragen eventuell beantworten können. Doch nun müßt ihr mir eine Frage beantworten: Warum seid ihr hergekommen?«

»Warum sollten wir es verheimlichen? Wir sind hier, um jene zu finden, die ein bestimmtes Gebäude in die Luft gesprengt und aus demselben einen uns gehörenden Gegenstand von großer Wichtigkeit gestohlen haben.«

Diese Neuigkeit schien ihn leicht zu entspannen. Er stellte das Lippenkauen ein. Schlachtschiff war einem Lächeln nahe; er beugte sich vor und flüsterte seinem Gefährten etwas ins Ohr. Sie nickten beide, dann fiel ihnen wieder ein, so sie waren, und sie nahmen erneut militärische Haltung an.

»Ihr kommt mit«, sagte Unermüdlich. Es klang wie ein Befehl.

»Vielleicht«, sagte ich. Ich kann Befehle nicht ausstehen. »Aber sagt uns zuerst – ist es gefährlich?«

»Wir werden in der Gefahr geboren; wir verlassen sie nur, wenn wir sterben.«

Es klang irgendwie nach einem Zitat; speziell da Schlachtschiffs Lippen den Satz stumm mitsprachen.

»Tja. Nun. Ein hübscher philosophischer Gemeinplatz. Ich sprach freilich von unserer konkreten Situation.«

»Man wird euch beschützen«, erwiderte Unermüdlich und bemühte sich, den Spott zu unterdrücken, als er unsere schwachen Leiber und seine offensichtliche Überlegenheit sah.

»Oh, vielen Dank«, sagte Floyd mit geradezu unglaublicher Aufrichtigkeit. »Wenn sie uns das versichern, gehen wir natürlich mit, was, Jim?«

»Aber klar, Floyd. Unter ihrem Schutz brauchen wir doch keine Angst mehr zu haben.« Floyd hätte sie und ein Dutzend anderer dazu zum Frühstück verspeisen können, aber hätten wir etwa damit angeben sollen?

Wir langten nach unseren Tornistern, aber Unermüdlich hob die Hand. »Ihr nehmt nichts mit. Keine Waffen. Ihr müßt uns vertrauen.«

Floyd zuckte einverstanden die Achseln, da er ja immer bewaffnet war. »Zuerst noch einen Schluck Wasser«, sagte ich. Ich nahm meine Feldflasche und genehmigt mir einen. Als ich sie weglegte, hatte ich ein paar Bömbchen in der hohlen Hand. »Und natürlich geht unser Gefährte, unser Hündchen, mit.«

Bello spielte seine Rolle, indem er bellte, die Zunge heraushängen ließ und hechelte. Dann übertrieb er ein bißchen, indem er das Bein vor meinem Tornister hob. Aber seine Knallchargenvorstellung schien unsere neuen militaristischen Kumpane zu überzeugen, da sie zustimmend nickten.

»Wir müssen euch die Augen verbinden«, sagte Schlachtschiff und zog zwei schwarze Schals hervor. »Damit ihr den geheimen Eingang zum Schutzraum nicht entdeckt.«

»Wenn du damit die hebbare Gesteinsplatte unter

den Klopsbäumen meinst, kannst du die Binden vergessen.«

»Woher wißt ihr davon?!«

»Wir wissen es eben. Gehen wir nun endlich?«

Meine Enthüllung hatte sie erbleichen lassen. Sie traten zur Seite und unterhielten sich in einem schnellen Flüsterton. Kamen dann zögernd zurück, mit finsteren Mienen.

»Ihr kommt mit. Schnell!«

Wir trabten, der Hund inklusive, zu dem Gehölz, dann folgten wir Schlachtschiff über eine Leiter in einen unter der Platte liegenden Tunnel. Bello bellte, und als ich aufschaute, ließ er sich auf mich fallen. Ich fing ihn auf und setzte ihn ab. Als Unermüdlich den Deckel zumachte, schaute ich finster in die Finsternis.

Ich hoffte, daß wir die richtige Entscheidung getroffen hatten, denn meine Tage waren gezählt. Auf diese Weise unter die Erde zu gehen erinnerte mich etwas zu deutlich an das Grab.

Und es würde mein Grab werden, wenn ich das Gegenmittel nicht rechtzeitig bekam.

24. KAPITEL

Als sich meine Augen an die Dunkelheit gewöhnt hatten, sah ich, daß in Schulterhöhe auf beiden Seiten des Tunnels ein dünner Lichtstreifen verlief. Der Boden war glatt und hart, wie auch die Wände, wie mir meine Finger bestätigten. Wir gingen eine Weile schweigend dahin, bis wir an eine Kreuzung kamen.

»Kein Wort mehr«, sagte einer unserer Führer. »Atmet leise – und rührt euch nicht. Drückt euch an die Wand.«

Wir blieben mehrere Minuten lang dort stehen. Dort, wo die Tunnels sich kreuzten, sah ich Leuchtziffern an den Wänden und fügte meinem Speicher an unnützen Daten hinzu, daß wir uns an der Stelle in Tunnel Y-82790 befanden, wo selbiger den Tunnel NJ-28940 kreuzte. Ich lehnte an der Wand und zog gerade ernsthaft in Erwägung, ein Nickerchen zu machen, als ich aus NJ-28940 das Poltern marschierender Stiefel vernahm. Ich wachte auf, blieb still und rührte mich nicht, als eine Schar von etwa zwanzig Mann in dem Tunnel rechts von uns auftauchte und geradeaus und in den gleichen Tunnel zu unserer Linken marschierte. Als der Klang ihrer Schritte fast erstorben war, kamen wir auf einen geflüsterten Befehl heraus.

»Nach links abbiegen, hinter ihnen her. So leise wie nur möglich.«

Dies war allem Anschein nach der einzige gefährliche Teil unserer Reise, denn wir hatten den Tunnel kaum verlassen, um uns in einen anderen zu begeben, als unsere Gefährten schon wieder miteinander tuschelten. Ich fragte mich, ob Bello noch bei uns war.

»Bell bloß nicht«, sagte ich so leise wie möglich. »Aber wenn du noch hier bist, bester Freund des Menschen, und mich mit deinem Supergehör hörst, sei dir ein leises Knurren gestattet.«

Irgendwo an meinen Unterschenkeln ertönte ein kehliges »Grrr.«

»Ausgezeichnet. Und jetzt zweimal knurren, wenn du die Tunnelnumerierung liest und sie dir einprägst.«

Sein Grrr-Grrr machte mich zuversichtlich. Also brauchte ich mir den Weg der vielen Abbiegungen nicht zu merken. Danach marschierten wir schweigend eine ermüdende Strecke weiter; meine Kraft war immer noch nicht die, die sie hätte sein sollen. Ich war mehr als dankbar, als ich vor uns ein Licht aufleuchten sah. Ich knallte beinahe in meine Gefährten, als sie anhielten.

»Still!« flüsterte Schlachtschiff. Floyd und ich schwiegen und lauschten. Dann hörten auch wir die eiligen Schritte. Sie waren ganz in der Nähe und hielten plötzlich inne.

»Tödlicher Schlachtenlärm …«, sagte der Neuankömmling.

»… und die Echos der Schreie der Sterbenden«, sagte Schlachtschiff. Aha, die Parole des Tages. Wenn auch eine ziemlich niederschmetternde. »Bist du es, Unverbesserlich?« fragte Schlachtschiff.

»Ich bin's. Man hat mich geschickt, um euch zu warnen. Uns ist eine Botschaft von Ihr-wißt-schon zugegangen, daß man euch beim Ein- und Austritt in den Tunnel entdeckt hat. Man hat Suchkommandos ausgeschickt, denen ihr aus dem Weg gehen müßt.«

»Wie denn?« fragte Unermüdlich. In seiner Stimme schwang leichte Hysterie mit.

»Das weiß ich auch nicht. Man hat mich nur geschickt, um euch zu warnen. Mögen die Götter der Schlacht mit euch sein.« Mit diesem Segen entfernten sich seine Schritte wieder, und er ging den Weg zurück, den er gekommen war.

»Was machen wir jetzt?« fragte Schlachtschiff niedergeschlagen. Sein Gefährte war nicht weniger durchsetzungsfähig. »Ich weiß nicht ...«

Ich schwöre, ich habe ihre Zähne klappern hören. Was sie auch sein mochten – Rechner oder Planer waren die beiden jungen Männer auf keinen Fall. Jetzt mußte ein Profi ran.

»Ich sage euch, was wir tun müssen.« Ich sprach wie ein erfahrener alter Fadenzieher.

»Was denn?« fragten die beiden wie aus einem Munde.

»Wenn sie die Tunnels absuchen, müssen wir die Tunnels verlassen.«

»Wunderbar«, murmelte Floyd. Darauf war er sicher auch schon gekommen, aber die beiden Burschen hießen meine Idee so willkommen, als hätten sie sie von den Schlachtgöttern persönlich erhalten.

»Ja! Weg hier – bevor sie uns finden!«

»Raus aus den Tunnels!«

So weit, so gut, dachte ich. Als die Stille sich verlängerte und mir klar wurde, daß dies das Ende ihres Beitrags war, stellte ich die alles entscheidende Frage.

»Richtig, raus aus den Tunnels. Aber *wo* gehen wir hin? Wieder an die Oberfläche?«

»Nein – sämtliche Ausgänge sind bestimmt bewacht.«

»Es gibt nur einen anderen Weg«, sagte Schlachtschiff mit steigendem Enthusiasmus. »Nach unten! Wir müssen runter!«

»In die Hegereien«, fügte sein Gefährte hinzu, der nun vom gleichen Enthusiasmus erfüllt wurde.

»Dann machen wir das mal«, sagte ich müde, da ich

nicht die geringste Ahnung hatte, wovon sie redeten. »Der Gott der Schlacht will es so.«

Die beiden setzten zu einem Laufschritt an, und wir folgten ihnen. Um die Biegung in den nächsten Tunnel, wo ein leuchtender Umriß enthüllte, daß sich dort ein metallener Einlaß in der Wand befand. Keiner unserer Gastgeber faßte die Klinke an, so daß eine große Chance bestand, daß sie verschlossen war. Unermüdlich trat vor und baute sich vor der beleuchteten Tastatur auf, die daneben in die Wand eingelassen war.

»Wendet den Blick ab«, sagte er. »Der Zugangscode ist streng geheim.«

»Merken, Bello«, raunte ich. Kiki reagierte auf der Stelle; unser Plastikköter fuhr lange Krallen aus, machte einen Luftsprung, kletterte an meiner Kleidung hoch und zerkratzte schmerzhaft mein Ohr, als er mir auf den Kopf sprang. Ich widerstand der Versuchung, *Autsch* zu sagen, und blieb ruhig stehen, so daß er die Zahlen lesen konnte, die Unermüdlich in die Tasten hämmerte. Die Tür ging quietschend auf, und das Geschöpf sprang wieder zu Boden.

Eine sanfte Brise wehte durch den Gang, als wir durch den Türrahmen gingen; sie roch frisch und sommerlich. Hier, unter der Erde? Wir stolperten in die Dunkelheit hinein, bis die Tür scheppernd ins Schloß fiel und die Lampen angingen. Wir befanden uns in einer kleinen Kammer, und vor uns war eine Wendeltreppe. Unsere Gastgeber gingen sofort runter, und wir folgten ihnen.

Mir wurde von dem ewigen Rundgang schon leicht schwindlig, als wir endlich den Boden erreichten. Die nächste offene Tür war von Licht erfüllt. Mit müde blinzelnden Augen folgte ich den anderen. Hinter der Tür breitete sich ein reifendes Kornfeld aus. Erschreckte Vögel flogen auf, als sie uns bemerkten, und zwischen den Ähren verschwand etwas Kleines und Pelziges.

Ich wußte, daß wir uns unmöglich im Freien befinden konnten – nicht nach all dem hinter uns liegenden Gekrabbel durch die Höhlengänge. Also mußte dies in Wahrheit eine riesige Kaverne sein, die von oben durch irgendeine helle Lichtquelle erleuchtet wurde. Dieses Volk war tatsächlich völlig unabhängig von der Oberfläche – kein Wunder, daß man es bisher noch nicht ausgemacht hatte.

Schlachtschiff führte uns zwischen den Getreidereihen her, und wir liefen. Es war heiß und staubig, ich war noch immer erschöpft – und irgendeine Spezies winziger Mücken flog ständig um meine Nase herum. Ich nieste und rieb meinen Zinken, und als Unermüdlich plötzlich anhielt, knallte ich gegen seinen Rücken.

»Heil Heimat – und Freude am Überleben!« rief er aus.

»Heil! Heil und Willkommen, tapferer Verteidiger«, antwortete eine Stimme.

Es war eine liebliche und hohe Frauenstimme.

Wir gingen weiter. Ich trat hinter der massiven Gestalt meines Führers hervor, rieb mir die Nase und schnupperte. Ich erhaschte einen schnellen Blick auf eine Frau und drei oder vier Kinder, die mit Hacken arbeiteten. Es war ein sehr rascher Blick – denn in dem Augenblick, in dem sie mich sah, kreischte sie.

»Invasionstag!«

Dann geschah alles unglaublich schnell. Die Kinder warfen sich zu Boden, und die Frau griff nach der schweren Pistole, die an einem Tragriemen um ihren Hals hing. Sie riß sie hoch und schoß auf uns.

Wir warfen uns noch schneller hin als die Kinder. Schlachtschiff schrie, als das Schießeisen ballerte und die Kugeln krachend durchs Getreide flogen.

»Aufhören! Nein! Keine Invasion! Genug! Genug!«

Ich glaube, sie hat ihn gar nicht gehört. Ich wollte gerade über die Ackerkrume kriechen, als ich sah, daß sie pausenlos den Abzug bediente. Ihre Augen waren rund und verschreckt, sie biß sich auf die Unterlippe. Das einzige, was uns am Leben erhielt, war die Tatsache, daß ihr Schießeisen einen gewaltigen Rückstoß hatte, und die Mündung jedesmal zum Himmel zielte, wenn sie abdrückte.

Es endete so schnell, wie es angefangen hatte. Die Kinder waren verschwunden. Unermüdlich hatte ihr die Pistole abgenommen und klopfte ihr auf die Schulter, während sie hysterisch schluchzte.

»Gute Ausbildung«, sagte Schlachtschiff anerkennend. »Untadelig ist eine vornehme Frau und eine gute Mutter ...«

»Und glücklicherweise eine lausige Schützin«, sagte ich. »Würdest du uns bitte erklären, was die ganze Sache sollte?«

»Training. Überleben. Seit ach so vielen Generationen. Während die Galaxis Krieg führt, suchen wir nur den Frieden. Wir überleben. Die anderen werden sich gegenseitig umbringen, aber wir werden überleben!«

Er steigerte sich in eine bombastische Rede hinein, also unterbrach ich ihn, bevor er auf volle Touren kam.

»Stop! Eine Sekunde – es reicht. Der galaktische Krieg und der Zusammenbruch war vor Jahrhunderten. Es gibt keinen Krieg mehr.«

Er ließ die geballte Faust sinken und seufzte. Dann rieb er die Knöchel an der Nase. »Ich weiß. Einige von uns wissen es. Die meisten wollen es aber nicht einsehen. Sie können es nicht ertragen. Wir sind nur aufs Überleben trainiert, sonst nichts. Nichts in unserer Programmierung und unserem Leben hat uns je auf eine Zeit ohne Krieg vorbereitet. Ohne die Bedrohung durch eine Invasion. Manche von uns versammeln sich. Wir reden, fällen Entscheidungen. Über die Zukunft. Wir haben einen Führer ... Mehr wage ich nicht zu erzählen.«

Er brach ab, als Unermüdlich gerade zurückkam.

»Die Botschaft ist angekommen – es ist Zeit zu gehen. Die Suche wurde ausgeweitet. Wenn wir jetzt gehen, können wir hinter den Suchtrupps bleiben und den Treffpunkt erreichen. Schnell!«

Wir beeilten uns – aber allmählich hing mir die Sache zum Hals heraus. Es war weitaus einfacher gewesen, über die Wendeltreppe nach unten zu gehen als umgekehrt. Floyd sah meinen Zustand, und hätte er mich nicht mitgeschleift, ich bezweifle, daß ich es überhaupt geschafft hätte. Und wieder rein in die schwarzen Tunnels. Ich war mir unserer beiden Führer, Floyds und der huschenden Gestalt Bellos nur verschwommen bewußt. Als wir das nächste Mal anhielten, sackte ich gegen die Wand. Ich hatte die Schnauze wirklich randvoll.

»Ihr beiden bleibt mit Schlachtschiff hier«, befahl Unermüdlich. »Man wird euch holen.«

In den paar Minuten, in denen wir warteten, wollte unser Aufpasser keine Fragen beantworten. »Weitergehen«, befahl eine Stimme, und wir gehorchten. Wir kamen in eine matt beleuchtete Kammer, die unseren an die Dunkelheit gewöhnten Augen strahlend hell erleuchtet erschien. Ein halbes Dutzend junge Männer, wie unsere Führer bis an die Zähne bewaffnet, saßen hinter einem langen Tisch.

»Stehenbleiben«, befahl Unermüdlich. Dann ging er zu Schlachtschiff, und sie setzten sich zu den anderen.

»Keine Stühle für uns?« fragte ich. Man überging die Frage einfach. Bello fühlte sich gleichermaßen verärgert, er sprang auf den Tisch und bellte. Dann sprang er wieder auf den Boden, um dem Schwung einer Faust auszuweichen.

»Maul halten«, sagte einer der Männer. »Wir warten auf Befehle. Wir sind da, Alphamega.«

Alle drehten sich und blickten auf einen roten Kasten, der auf dem Tisch stand. Er war aus Kunststoff und sah nichtssagend aus, wenn man von Kühlschlitzen an der Seite absah.

»Sind die beiden Oberflächler, von denen ihr berichtet habt, ebenfalls anwesend?« fragte der Kasten. Die Stimme war flach und mechanisch und lief allem Anschein nach durch einen Sprachverzerrer.

»Jawoll.«

»Ich spreche zu euch, Oberflächler. Man hat mir gemeldet, daß ihr hier seid, um einen Gegenstand zu suchen, der euch gehört.«

»So ist es, Sprechkasten.«

»Was ist die Funktion dieses Gegenstandes?«

»Das würde ich gern von dir erfahren – du hast ihn schließlich geklaut.« Die Geheimnistuerei ging mir allmählich gewaltig auf den Keks.

»Dein Betragen ist nicht hinnehmbar. Beantworte meine Frage – sonst wirst du bestraft.«

Ich holte tief Luft – und zügelte mein Temperament.

»Das wollen wir doch mal sehen«, sagte Floyd fröhlich, denn er hatte die Faxen ebenso dicke wie ich.

Wohin die Diskussion geführt hätte, kam nie heraus, denn in diesem Moment ertönten rennende Schritte, und ein junger Mann mit wildem Blick stürzte in den Raum.

»Alarm! Wachtpatrouille im Anmarsch!«

Das Geräusch mehrerer schwerer Stiefel fügte seiner Warnung eine gewisse Dringlichkeit hinzu. Aber wenigstens waren unsere Häscher auf einen solchen Notfall vorbereitet. In der Wand hinter ihnen öffnete sich eine Tür, und im Nu waren sie draußen. Der Neuankömmling, der gewußt zu haben schien, was passieren würde, war der letzte aus der Menge, der sich in Sicherheit brachte.

Der Tisch stand uns im Weg. Ich hechtete mich gerade über ihn, als mir die Geheimtür auch schon vor der Nase zugeschlagen wurde. Ich schaute den nun schweigenden Kasten an.

»Heraus damit, Alphamega. Wie kommen wir hier raus?«

Der rote Kasten knisterte – und ging in Flammen auf. Er schmolz zu einer Kunststofflache zusammen. »Danke«, sagte ich.

»Gibt's einen anderen Ausgang?« fragte Floyd.

»Keinen, den ich sehen kann.«

Die eiligen Schritte waren nun ganz nah. Bevor ich eine Gasbombe zücken konnte, stürmte eine Meute bewaffneter Kerle den Raum.

Jetzt wurde es wirklich haarig. Floyd haute die ersten drei um, die durch die Tür kamen, während ich mich mit den nächsten beiden abmühte. Dann wurde es noch haariger, weil sich immer mehr von ihnen zu uns reinschoben. Einige trugen Rüstungen, alle hatten Pickelhauben mit transparenten Visieren auf. Sie machten keinen Versuch, auf uns zu schießen; es machte ihnen viel mehr Spaß, mit ihren Schießprügeln auf uns einzudreschen.

Ich bekam irgend etwas Hartes an den Hinterkopf, geriet ins Wanken und fiel hin. Bevor sie sich auf mich stürzten, sah ich noch, daß Bello wie eine Spinne an der Wand hochlief und in der dort herrschenden Finsternis verschwand. Dann kriegte ich noch einen drauf und fand mich in einer hübschen Finsternis wieder.

»Geht's dir besser, Jim?« fragte eine entfernte Stimme. Ich spürte etwas Feuchtes und Kühles auf meiner Stirn.

»Labalula ...«, lallte ich. Oder etwas in dieser Art. Ich bewegte meine trockenen Lippen und machte die Augen auf. Floyds Gesicht bewegte sich verschwommen vor mir her. Ich blinzelte und sah, daß er grinste. Er legte das feuchte Tuch auf meine Stirn. Es fühlte sich herrlich an.

»Du hast 'ne Riesenbeule am Hinterkopf«, sagte er. »Mich hat's nicht ganz so hart getroffen.«

Ich wollte gerade *Wo sind wir?* sagen, als mir klar wurde, daß die Frage recht dumm war, denn ich erblickte eine Gittertür, und das war Antwort genug. Als ich mich auf die Pritsche setzte, tat mir alles weh. Floyd reichte mir eine Plastiktasse voll Wasser, das ich sofort hinunterspülte, um sie ihm zum Nachfüllen hinzuhalten. Dann tastete ich voller Hoffnung die Säume meiner Hosen ab – aber meine ganzen versteckten Waffen waren weg.

»Hast du in letzter Zeit irgendwo einen Hund gesehen?«

»Nee.«

Tja. Das war's dann. Ein Schlag auf den Kopf. Eingekastelt. Vom besten Freund des Menschen verlassen. Irgendwo unter der Erde, so daß mein Kieferfunkgerät wahrscheinlich nicht funktionierte. Um mich zu überzeugen, klackte ich zweimal heftig und heischte um Aufmerksamkeit, aber ich empfing nicht mal Störgeräusche.

»Tja, es hätte schlimmer kommen können«, sagte Floyd auf geradezu abstoßend fröhliche Weise. Ich wollte ihn gerade verfluchen, als er die Antwort bekam, die er verdiente.

»Es kommt auch noch schlimmer«, sagte der Mann auf der anderen Seite der Gittertür. »Ihr werdet sterben. Und zwar sofort – sobald ihr einen Versuch macht, mich oder den Killerbot anzufassen, der hinter mir steht. Verstanden?«

Er war grauhaarig, hatte ein ernstes Gesicht und trug den Tarnanzug und die Pickelhaube, die hier jeder zu tragen schien. Der einzige Unterschied war, daß sein Pickel vergoldet war und stilisierte Schwingen aufwies. Er trat zur Seite und deutete auf eine hinter ihm stehende, äußerst tödlich aussehende Ansammlung mobiler militärischer Eisenwaren. Das Ding bestand nur aus Gewehrläufen, Keulen, Rädern, Messern und Eisenzähnen. Eisenzähne – um uns die Kehle herauszureißen?

Ich hatte nicht die Absicht, eine Probe aufs Exempel zu machen. »Folgt mir«, sagte unser Häscher, drehte sich um und ging davon. Die Zellentür öffnete sich klickend. Floyd und ich schlurften hinaus und folgten ihm in vorsichtiger Entfernung. Der Killerbot setzte sich klickend und rumpelnd hinter uns in Bewegung.

Der Korridor war, wenn auch in einem niederschmetternd grauen Farbton gehalten, aber wenigstens ordentlich beleuchtet. In regelmäßigen Abständen hingen gerahmte Fotografien – dem Anschein nach ausnahmslos von dem gleichen Individuum, wie ich im Vorbeigehen sah. Es konnte aber auch eine Anzahl finster blickender Militaristentypen sein, die sich nur im Schulterlametta und den Orden auf dem Tarnanzug voneinander unterschieden.

Unser Gastgeber bog in einen von beschlagenen Stahlsäulen flankierten Torweg ein. Wir gingen hinterher – der klappernde Apparat hinter uns war uns nur allzu sehr bewußt.

»Beeindruckend«, sagte ich, als ich mich in der riesigen Kammer umsah. Schwarzer Marmorboden, schwarze Marmorwände. Ein großes Fenster, das auf eine Kaserne mit wehenden Flaggen, marschierenden Kompanien und Reihen von gepanzerten Fahrzeugen hinausging. Da wir uns tief unter dem Boden befanden, war es offenbar eine Projektion – aber eine sehr gute. Die diesbezügliche militärische Thematik setzte sich auch in der Innendekoration fort; Beleuchtungskörper, aus Luftbomben hergestellt; MG-Blumentöpfe; Stoffe, aus zerfetzten, uralten Bannern montiert. Ich fand es grauenhaft niederschmetternd.

Unser Häscher marschierte, ohne den Blick nach hinten zu werfen, hinter einen gigantischen Konferenztisch und nahm auf einem einzelnen Stuhl mit hoher Rückenlehne Platz. Dann winkte er uns mit einer Hand zu zwei kleineren Stühlen, die vor uns standen.

»Hinsetzen!« kommandierte er. Hinter uns ertönte Gerassel, Geschepper und das Zischen austretenden Dampfes. Wir setzten uns.

Irgend etwas streifte meinen Unterschenkel, und ich schaute nach unten und sah, daß sich gepolsterte Klammern in Stellung geschwungen hatten, um meine Beine zu sichern. Motoren summten, die Klammern schlossen sich.

Ich riß meine Arme hoch; die Klammern der Stuhllehnen schwangen heraus und schlossen sich um Luft.

»Sehr unklug«, sagte unser Gastgeber. Dicht hinter mir machte es Schepper-Schepper, und etwas, das nur die Mündung eines Schießeisens sein konnte, bohrte sich in meinen Nacken. Die Handgelenkklammern schnappten auf. Ich ließ die Arme seufzend sinken. Ich brauchte nicht hinzusehen, um zu wissen, daß Floyd auf die gleiche Weise befestigt war.

»Hinaus.«

Die Kriegsmaschine gehorchte dem Befehl ihres Herrn. Sie rumpelte aus dem Raum hinaus, und ich hörte, daß die gewaltige Tür sich schloß.

»Ich bin der Kommandant«, sagte unser Häscher, lehnte sich in seinen Stuhl zurück und steckte sich eine lange, grüne Zigarre an.

»Ist das Ihr Titel oder Ihr Name?« fragte ich.

»Beides«, sagte er und blies einen blauen Rauchkringel zur Decke hinauf. »Ich habe Sie angeschnallt, weil ich nicht angegriffen werden möchte – und außerdem wünsche ich nicht, daß jemand hier ist, während wir uns unterhalten.« Er drückte einen Knopf auf dem Tisch und warf einen Blick auf ein pulsierendes violettes Lämpchen. »Und jetzt sind wir auch vor Lauschern sicher.«

»Wollen Sie uns erzählen, wer Sie und die anderen Leute sind; was Sie hier machen und dergleichen?« fragte ich.

»Sicher. Wir sind Überlebenskünstler.«

»Ich glaube, sowas hat Ihre Bande auch erzählt.«

»Zweifellos. In den Jahren des Zusammenbruchs gab es viele Gruppen dieses Namens. Wir sind die einzigen, die ihn verdienen, da wir die einzigen Überlebenden sind.«

»Überlebenskünstler«, sagte Floyd und fuhr fort, als läse er aus einem Buch vor: »Gruppierungen, die an die Unausweichlichkeit eines bevorstehenden Krieges und ebenso an das Unvermögen ihrer jeweiligen Regierung glaubten, sie zu beschützen. Deswegen zogen sie sich von der Gesellschaft zurück und emigrierten in unterirdische Bunker, die mit Nahrung, Wasser, Munition und allen Vorräten bestückt waren, die man zum Überleben einer Katastrophe benötigte. Keine von ihnen hat überlebt.«

»Sehr gut. Sie zitieren aus ...?«

»Handbuch der historischen Spinner, Kultisten und Weltenretter.«

»Sehr gut ... abgesehen von dem Titel und dem letzten Satz. Wir *haben* überlebt.«

»Ein bißchen zu gut«, sagte ich. »Der Krieg ist längst aus, und in der Galaxis herrscht längst Frieden.«

»Freut mich, das zu hören. Aber erzählen Sie's den Leuten hier nicht weiter.«

»Warum denn nicht? Aber lassen Sie mich raten. Sie wollen, daß sie blöde bleiben und nicht aus der Reihe tanzen, weil Sie eine tolle Sache planen. Denn solange Krieg ist oder droht, bleiben die, die an der Macht sind, auch weiterhin an der Macht. Und das sind natürlich Sie.«

»Ein ausgezeichnetes Resümee, Jim. Es gibt aber auch noch jene, die mit dem Status quo unzufrieden sind ...«

»Wir haben sie kennengelernt. Junge Leute, die vielleicht nicht allzu glücklich mit dem militärischen Status quo und dem ewigen Krieg sind. Sie hätten vielleicht lieber eine Zukunft am Busen ihrer Familie. Vorausgesetzt, hier kennt man überhaupt Familien.«

»Natürlich, sie leben unversehrt und sicher in den Wohngrotten. Wir hüten und beschützen sie ...«

»Und außerdem macht es einen Mordsspaß, Soldat zu spielen und überall den Kompaniechef raushängen zu lassen.«

»Ihre negative Kritik wird allmählich langweilig.«

Er schaute die Asche seiner Zigarre fragend an, dann schnippte er sie in den vor ihm stehenden Aschenbecher, der natürlich aus einer Granathülse gefertigt war. Am Rande meines Blickfeldes rührte sich irgend etwas Schwarzes, aber ich machte keinen Versuch, in diese Richtung zu schauen. Es war höchste Zeit, daß Bello seinen Auftritt absolvierte.

»Wofür also brauchen Sie uns?« fragte Floyd.

»Ich dachte, es sei offensichtlich. Ich möchte in Erfahrung bringen, wer Sie sind und wieviel Sie über uns wissen.«

Unter dem Tisch, vor meinem Stuhl, war eine rasche Bewegung, aber der Kommandant konnte sie nicht sehen. Das Ding muß wohl an der Rückenlehne meines Stuhls hochgekrabbelt sein, denn nun flüsterte Kikis Stimme in mein Ohr.

»Ich habe eine Stimmenanalyse der Aufzeichnung vorgenommen, die ich während des unterbrochenen Verhörs gemacht habe. Ich habe den Sprachverzerrer gefiltert und weiß jetzt, daß der Redner, der sich Alphamega nannte ...«

»Das weiß ich schon«, sagte ich.

»Was wissen Sie?« sagte der Kommandant. »Was sagen Sie da?«

»Verzeihung, ich habe nur laut gedacht. Mein Verstand sagt mir, daß Sie hier ein ziemlich kompliziertes Spiel spielen, finden Sie nicht auch? Sie haben mich mit meinem Namen angesprochen – aber niemand hat uns vorgestellt. Sie könnten ihn nur kennen, wenn sie bei der Versammlung der jungen Dissidenten zugegen gewesen wären. Ich weiß jetzt, wer Sie sind.«

Ich grinste und legte eine Pause ein, bevor ich weitersprach.

»Der Kommandant und Alphamega – welcher Name ist Ihnen eigentlich lieber? – sind nämlich ein- und dieselbe Person.«

25. KAPITEL

»Ich kann Sie umbringen – und zwar ziemlich schnell«, sagte der Kommandant kalt und ungerührt. Gleichzeitig allerdings drückte er auf äußerst nervöse Weise seine Zigarre aus.

»Immer mit der Ruhe«, sagte ich. »Da Sie offenbar auf beiden Seiten dieses inneren Konflikts eine leitende Position innehaben und uns allem Anschein nach aus einem bestimmten Grund hergeholt haben: Warum weihen Sie uns nicht einfach in alles ein?«

Er setzte eine finstere Miene auf und wirkte wütend und gefährlich. Wie hatte doch meine Mutter immer gesagt? (Warum mußte ich immer an sie denken?): Mit Honig fängt man mehr Stachelschweine als mit Essig. Also immer sachte.

»Bitte, Kommandant«, bat ich salbungsvoll. »Wir sind selbst dann auf Ihrer Seite, wenn wir die einzigen sind. Sie wissen genau, was Sie tun – während Ihre Leute nicht die geringste Ahnung haben, was hier vor sich geht. Sie führen hier nicht nur das Kommando, es sieht auch so aus, als sei Ihnen ein gelinder Aufstand zu ihren persönlichen Bedingungen gelungen. Sie haben unglaubliche Arbeit geleistet, die keinem anderen gelungen wäre. Wir können Ihnen helfen, wenn Sie uns lassen.«

Die finstere Miene verschwand. Floyd schloß sich mir an, er lächelte und nickte zustimmend, sagte aber nichts. Der Kommandant nahm sich eine neue Zigarre und steckte sie an. Der Rauch stieg zur Decke hoch, und der Raucher nickte gnädig.

»Sie haben natürlich recht, Jim. Die Verpflichtung war groß, und ich stand unter fortwährendem Druck. Und ich bin von Schwachsinnigen umgeben – *stultegu-loj, kretenoj!* Die Jahrhunderte der Inzucht und das Verstecken unter der Erde haben wenig dazu beigetragen, ihre Hirnkapazität zu veredeln. Ich bin erstaunt, daß ich der einzige bin, der die Intelligenz hat, dies zu erkennen. Ich unterscheide mich so sehr von ihnen, als käme ich von einem anderen Planeten – das Kind überlegener Eltern.«

Das kam mir bekannt vor. Es hat noch nie einen starken Mann, Diktator oder militärischen Herrscher gegeben, der nicht daran geglaubt hätte, er entstamme einer überlegenen Rasse. Das hängt mit der umgekehrten Proportionalität von Machtfülle und Gehirnvolumen zusammen, wenn ich mich recht erinnerte.

»Sie sind anders, Sir«, versicherte Floyd demütig. »Ich habe es sofort bemerkt, als Sie das Wort ergriffen.«

Wir hatten offenbar die gleichen Lehrbücher gelesen – auch wenn ich der Meinung war, daß er ein bißchen dick auftrug. Aber ich irrte mich.

»Sie haben es sofort bemerkt? Für jemanden, der von draußen kommt, ist der Unterschied, nehme ich an, leicht zu erkennen. Ich kann Ihnen sagen, es war nicht leicht. Am Anfang habe ich sogar versucht, mich mit den höheren Offizieren zu unterhalten, Ihnen einige unserer Probleme erklärt und Lösungsvorschläge unterbreitet. Ich hätte ebenso gegen eine Wand sprechen können! Und die Jüngeren waren auch nicht besser. Auch wenn sie ruhelos sind, das muß man ihnen lassen. Im Grunde macht das Überleben an sich nicht viel Spaß. Am Anfang war es vielleicht so, damals muß es noch eine Herausforderung gewesen sein. Aber nach ein paar Jahrhunderten hört der Spaß auf.«

»War es die Rastlosigkeit der Jüngeren, die Sie auf

die Idee gebracht hat, ihnen einen Führer zu besorgen, dem sie folgen können?« fragte ich.

»Anfangs nicht. Aber ich erkannte allmählich, daß die Jugend den Respekt vor dem Alter verlor. Die Wissenschaftler waren so ungefähr die einzigen, zu denen sie aufschauten. Von ihrem Standpunkt aus waren sie die einzigen, die ihnen zumindest so erschienen, als täten sie neue und wichtige Dinge. Das war der Augenblick, in dem ich die Rolle Alphamegas übernahm. Sie halten mich für einen der jüngeren Wissenschaftler. Für einen Rebellen, der keinen Fortschritt gegen die alten Vorstellungen und Methoden durchsetzen kann. Daß ich deswegen gezwungen sei, andere zu anzuwerben, die das gleiche Alter und den gleichen Geist haben.«

»Meine Arme werden steif«, sagte Floyd lächelnd. »Hätten Sie was dagegen, mir die Dinger für eine Weile abzunehmen?«

»Aber ja. Ich möchte, daß Sie bleiben, wo Sie sind.«

Quecksilbrig, unser Freund. Alle Herzlichkeit war im Nu dahin, und er zerrte so fest an seiner Zigarre, daß sie sich in ihre Bestandteile auflöste. »Wir Überlebenskünstler beobachten die Ereignisse aus nächster Nähe – und zwar auf dem ganzen Planeten. Mit einem Überwachungsnetz, das wir aufgebaut haben, bevor die anderen hier ankamen. Wir haben es seither immer weiter ausgebaut und verstärkt. Hier kackt kein Vogel, hier fällt keine Frucht von einem Klopsbaum, ohne daß wir davon erfahren. Ohne daß *ich* davon erfahre. Weil ich nämlich die Beobachter beobachte. Und dabei ist mir aufgefallen, daß man eine Menge Aufwand und Energie in die Aufgabe gesteckt hat, das Artefakt wiederzubeschaffen. An ihm ist irgend etwas sehr wichtig – und das möchte ich eben wissen. Ich habe es von einer Brigade stehlen und das Gebäude vernichten lassen, um ihre Spuren zu verwischen. Es war unmöglich, sie zu verfolgen. Trotzdem haben Sie es getan. Ich möchte auch wissen, wie Sie es gemacht haben. Also reden Sie – und zwar ein bißchen plötzlich.«

»Es ist mir eine Ehre«, sagte ich. »Mein Freund hat keine Ahnung von dem Artefakt – aber ich sehr wohl. Ich war nämlich derjenige, der es ursprünglich gefunden hat. Ich bin ihm bis hierher gefolgt. Ich bin der einzige, der Ihnen sagen kann, wie es funktioniert – und zu welch unglaublichen Dingen es fähig ist. Wenn Sie mich zu ihm bringen, werde ich mich glücklich schätzen, Ihnen die Funktionsweise zu erläutern.«

»Das gefällt mir schon besser. Sie kommen mit. Ihr Kollege bleibt als Sicherheit hier – einverstanden?« Er stand auf und schnallte sich ein großes, brachial wirkendes Schießeisen um.

»Natürlich. Tut mir leid, Floyd«, sagte ich, als ich mich umdrehte, um ihn anzusehen. Ich zwinkerte ihm mit dem linken Auge zu, das unser Häscher gerade nicht sah. »Ich weiß, wenn du könntest, würdest du mir folgen, um mir zu helfen. Aber du kannst es nicht. Bleib also hier, dann bist du in Sicherheit. James Bello diGriz gibt dir sein Wort darauf.«

»Schon in Ordnung, Jim. Paß auf dich auf.«

Ich hoffte nur, daß meine Mischung aus versteckten Hinweisen, Tips und Vorschlägen als Botschaft bei ihm angekommen war. Ich konnte lediglich im Geiste die Daumen drücken und hoffen. Die Tür ging auf, und ein Zischen, Scheppern und Rumpeln ertönte, als meine Fesseln sich öffneten. Ich rieb meine steifen Gelenke und stand langsam und vorsichtig auf. Der Killerbot glotzte mich mit seinen widerwärtigen roten Augen an und schwenkte einen rauchgeschwärzten Flammenwerfer in Richtung Tür. Ich folgte Kommandant Alphamega hinaus und ließ Floyd gefangen auf dem Stuhl zurück. Ich hoffte, daß es nicht für lange war, wenn Bello-Kiki meine Andeutungen verstanden hatte.

Wir gingen nebeneinander durch den breiten Gang mit den gerahmten Heldenporträts. Mein Gefährte lächelte herzlich in meine Richtung, zog gleichzeitig das Schießeisen aus dem Holster und ließ es wieder zurückgleiten.

»Ihnen ist doch klar, daß Sie nur ein Fettfleck an der Wand sein werden, falls Sie auf die Idee kämen, auch nur ein Wort unseres Gesprächs weiterzugeben?«

»Na, und ob. Vielen Dank. Absolutes Schweigen, was dieses Thema betrifft. Jawoll, Sir. Ich werde mir das Artefakt ansehen und seine Funktionsweise erklären. Sonst nichts.«

Vielleicht lächelte ich äußerlich – aber in mir drin war ich sehr finster. Jim, du bist im Begriff, dich tiefer in den Dreck zu reiten als ein Stachelschwein in ein Schlammloch. Ein niederdrückender Gedanke. Aber wahr. Aber ich hatte wirklich keine Wahl.

Der Weg war ziemlich weit, und ich wurde wieder müde. Wenn all dies hinter mir lag – *falls* all dies je hinter mir liegen würde –, versprach ich mir einen langen Urlaub. Kopf hoch, Jim! Denk positiv, und mach dich zum Improvisieren bereit.

Eine letzte Tür ging auf, und wir betraten etwas, das offenbar ein Labor war. Es war alles da: Kontrollborde, Stromkabel, blubbernde Retorten und alte Wissenschaftler in weißen Kitteln. Als der Führer eintrat, droschen sie sich alle fest mit der Faust gegen die Brust. Salute, die er mit einem leisen Pochen der lose geballten Faust erwiderte. Sie traten respektvoll beiseite und gaben uns Zugang zu einer Werkbank. Darauf lag, nun an Kabel angeschlossen, die zu mehreren Prüfgeräten führten, das fremde Artefakt. Ich riß die Augen auf und wankte.

»Was macht ihr Kretins denn mit dem Dungolator!« schrie ich. »Wenn ihr ihn betätigt habt, sind wir alle des Todes!«

»Nein, nein – nur das nicht!« gackerte ein ältlicher Forscher. Dann hielt er den Mund und schaute ängstlich den Kommandanten an, der nun zur Antwort schnaubte.

»Ihr seid alle schwachsinnig! Erzählt dem Oberflächler jetzt, was ihr gemacht habt«, befahl er. »Er ist der einzige, der weiß, wozu das Gerät in der Lage ist.«

»Vielen Dank! Vielen Dank! Natürlich, zu Befehl.« Der Faltige wandte sich mit zitternden Händen zu mir um und hob einen bebenden Finger. »Wir haben das Gerät nur geröntgt und seine Schaltkreise aufgezeichnet. Sehr komplex, wie Sie ja wissen. Es gab allerdings...« – er fing an zu schwitzen und schaute unglücklich drein – »... eine eigenartige Reaktion, als wir versuchten, den Schaltkreis zu prüfen.«

»Eine Reaktion? Wenn Sie einen Fehler gemacht haben, hat die Welt gerade geendet! Zeigen Sie's mir.«

»Nein, keine *große* Reaktion. Es hat nur den Strom aus unserem Prüfstromkreis absorbiert. Wir waren uns dessen anfangs gar nicht bewußt – und wir haben den Test natürlich sofort abgebrochen, als wir sahen, was passierte.«

»Und *was genau* haben Sie passieren sehen?« fragte der Kommandant, dessen Stimme nun wie ölgehärteter Stahl klang.

»Das da, Sir, das haben wir gesehen. Irgendein Verschluß ist aufgegangen und hat diese Vertiefung dort enthüllt. Und die Lämpchen. Das ist alles. Nur Lämpchen...«

Wir beugten uns alle fasziniert vor und gafften. Ja, da war eine Vertiefung. Und darin befanden sich vier kleine Lichtpünktchen. Grün, rot, orange, weiß.

»Was ist das Besondere daran?« fragte mein Inquisitor, während seine Finger den Knauf seines Schießeisens streichelten.

»Nichts Wichtiges«, versicherte ich und gönnte mir

ein Gähnen, um die Unwichtigkeit zu unterstreichen. »Der Prüfstromkreis prüft nur den Stromkreis Ihres Prüfstromkreises.«

Ich deutete mit ausgestrecktem Finger auf die leuchtenden Lämpchen und spürte, daß sich der Lauf seines Schießprügels an meiner Hüfte rieb.

»Ich verstehe immer nur Bahnhof. Um der Wahrheit die Ehre zu geben, Sie sind eine Leiche.«

Es gibt Sekunden, die manchmal den Eindruck erwecken, sie erstrecken sich in alle Ewigkeit. Wie zum Beispiel in diesem Moment. Der Kommandant blitzte mich an. Ich bemühte mich, unschuldig auszusehen. Die Wissenschaftler, denen die Kinnlade herunterhing, glotzten ihn an. Der Killerbot wartete im Türrahmen, schepperte vor sich hin, stieß zischend Dampf aus und wünschte sich wahrscheinlich, irgend etwas umbringen zu können. Die Zeit stand still, die Ewigkeit schwebte in nächster Nähe.

Ich hatte nur noch wenige Optionen.

So ungefähr keine.

»Die Wahrheit ist…«, sagte ich. Und konnte nicht weiterreden. Was hätte ich denn sagen sollen, um diesen Irren überhaupt zu beeindrucken? In diesem Moment ertönte eine laute Explosion, und Teile des Killerbots schepperten und rasselten durch die Tür herein.

Wie man sich vorstellen kann, zog dies wahrhaftig die Aufmerksamkeit aller auf sich. Wie auch die Stimme, die kurz darauf zu hören war.

»Jim – hinlegen!«

Dann war Floyd in der offenen Tür und schwenkte irgendeine beeindruckend aussehende Waffe. Bello hatte seinen Job erledigt und ihn befreit. Er hatte den Killerbot zur Schnecke gemacht und schritt nun zur Aktion.

Der Kommandant schwenkte sein Schießeisen herum, hob es und wollte feuern.

Ich fiel nicht wie instruiert zu Boden, weil ich vom halluzinatorischen Augenblick des Irrsinns besessen war. Man hatte mich in letzter Zeit zuviel herumgeschubst, und so hatte ich urplötzlich das Verlangen, mich ein bißchen dafür zu rächen.

Die Lämpchen des Artefakts leuchteten ihr Willkommen, und meine Finger zuckten auf sie zu.

Um was zu tun?

Natürlich um eins der zwinkernden bunten Lämpchen zu berühren.

Aber welches?

Welche Bedeutung hatte Farbe für die uralten Lebewesen, die dieses Ding gebaut hatten?

Ich hatte keine Ahnung.

Aber Grün hatte für mich immer *Vorwärts* bedeutet.

Hysterisch kichernd drückte ich auf das grüne Lämpchen …

26. KAPITEL

Dem Anschein nach passierte nichts. Ich zog den Finger zurück und musterte die Lämpchen. Dann schaute ich den Kommandanten und sein gezücktes Schießeisen an und fragte mich, warum er sie noch nicht zum Einsatz gebracht hatte.

Ich schaute ihn mir noch mal an. Und stellte fest, daß er sich nicht rührte. Er rührte sich nicht im geringsten. Er wirkte wie gelähmt. Versteinert. Erstarrt, mit glasigen Augen.

Und so sahen auch alle anderen im Raum Anwesenden aus. Floyd stand mit erhobener Schußwaffe im Türrahmen und hatte den Mund zu einem nicht endenden Schrei geöffnet. Hinter ihm sah ich nun auch den reglosen Bello.

Die Welt war ein erstarrtes Bild, und ich war der einzige, der nicht darin gefangen war. Ich war von Menschen umgeben, die mitten in ihrer jeweiligen Handlung zu Ölgötzen erstarrt waren: beim Sprechen und Gehen, bei jeder Bewegung. Aus dem Gleichgewicht, die Hände erhoben, den Mund geöffnet. Sie waren starr und still – und tot?

Ich trat auf den Kommandanten zu, um ihn von seinem Schießeisen zu erleichtern – und sah, daß sich sein Finger fest um den Abzug spannte! Doch bei jedem Schritt, den ich tat, spürte ich, daß die Luft sich meinen Bewegungen widersetzte, fester und fester wurde, als ginge ich durch eine erstarrende Substanz. Ich konnte auch nicht atmen – die Luft war eine dicke Flüssigkeit, die ich nicht in meine Lunge kriegen konnte.

Meine Panik nahm zu, sie erfaßte mich – aber sie erstarb sofort, als ich wieder zurücktrat. Ich fühlte mich wieder normal. Die Luft war wieder Luft und ließ sich völlig normal atmen.

»Streng dein Köpfchen an, Jim!« schrie ich mir zu. Meine Worte waren in der mich umgebenden Stille laut. »Irgend etwas geht hier vor – aber was? Irgend etwas ist passiert, nachdem du das grüne Licht berührt hast. Es hat etwas mit dem Artefakt zu tun.«

Ich schaute es mir an. Trommelte mit den Knöcheln dagegen. Suchte nach einem Einfall. Dann kam mir einer.

»Tachyonen! Das Ding stößt sie aus. Wir wissen es, weil Kiki ihm so überhaupt erst auf die Spur gekommen ist. Tachyonen ... Zeiteinheiten ...«

Das Gerät funktionierte nun. Ich hatte es mit dem Berühren des Lämpchens eingeschaltet. Grün für Vorwärts. Aber wohin?

Stase oder Tempo. Entweder war ich beschleunigt oder die Welt war verlangsamt worden. Wie konnte ich den Unterschied erkennen? Von meinem Blickwinkel aus schien sich alles verlangsamt und angehalten zu haben. Das Artefakt hatte irgend etwas bewirkt – es hatte ein Zeitfeld projiziert oder die Bewegung der Moleküle angehalten. Oder es hatte ein Ereignis ausgelöst, das die umgebende Welt in einen einzigen Moment der Zeit hatte erstarren lassen. Überall dort, wo ich hinsehen konnte, war die Zeit stehengeblieben – außer in der nächsten Umgebung des Geräts. Ich trat näher heran und tätschelte es.

»Liebe kleine Zeitmaschine, Zeitbeweger, Verlangsamer, Anhalter, Stopper – was du auch sein magst. Ein hübscher Trick. Aber was soll ich jetzt machen?«

Das Gerät beschloß, mir nicht zu antworten. Ich hatte es auch nicht erwartet. Es war jetzt mein Problem, und ich war gezwungen, mir die Zeit zu nehmen, darüber nachzudenken. Im Moment hatte ich alle Zeit, die ich brauchte. Aber irgendwann mußte ich etwas unternehmen. Und dieses Etwas bedeutete möglicherweise, daß ich einen anderen der bunten Knöpfe anfaßte. Entweder das, oder ich konnte hier stehenbleiben und das Gerät blöde anstarren, bis ich langsam verhungerte oder verdurstete.

Tja – welcher Knopf war es?

Grün war ja wohl klar – und noch klarer im Nachhinein. Ich hatte die Entscheidung in einem Augenblick getroffen, in dem es um Leben und Tod gegangen war. Jetzt war ich mir nicht mehr so sicher. Ich streckte die Hand aus, dann zog ich sie wieder zurück. Jetzt, da ich eine Menge Zeit zum Nachdenken hatte, wurde ich zum Meister der Unentschlossenheit. Grün hatte vorwärts bedeutet, einschalten, die Sache ans Laufen bringen. Bedeutete Rot Aus, Abschalten? Vielleicht. Aber was bedeuteten dann Weiß und Gelb?

»Tja, das ist nicht ganz einfach, alter Junge, was?« sagte ich in einem witzig gemeintem Tonfall, der aber sehr jämmerlich und verunsichert klang. Ich rang die Hände, ich konnte mich zu keiner Entscheidung aufraffen. Dann hielt ich inne und schaute sie mir an, als sei die Lösung auf meine Handflächen geschrieben. Aber ich sah nur den Schmutz unter meinen Nägeln.

»Früher oder später mußt du es ohnehin tun«, sagte ich vor mich hin. »Also tu es lieber früher, bevor deine Nerven ganz versagen.« Ich streckte einen Finger aus – und zog ihn zurück. Es sah so aus, als hätten meine Nerven längst versagt.

»Reiß dich am Riemen, Jim!« befahl ich mir. Ich faßte mir an den Kragen und schüttelte mich, so fest ich konnte.

Es half mir auch nicht weiter. Sollte ich es also dem Zufall überlassen? Warum denn nicht? Es war auch nicht schlechter als raten. Ich streckte erneut den Finger aus und versprach mir, daß ich die Farbe drücken würde, die sich unter ihm befand, wenn mein Sprüchlein endete.

»Eene, Mene, Muh, und aus bist …«

Ich fand nie heraus, welcher von den Knöpfen aus war, da ich in diesem Moment draußen auf dem Gang das Geräusch schleppender Schritte hörte.

Geräusche?

Dort draußen, wo sich nichts bewegte?

Ich fuhr herum und hob abwehrend die Hände. Dann ließ ich sie sinken und wartete, denn die Schritte wurden lauter und näherten sich immer mehr der Tür …

Sie schlüpften an Floyds unbeweglicher Gestalt vorbei.

»Außerirdische! Ungeheuer!« keuchte ich und fuhr zurück. Ich wollte fliehen, wenn ich auch nicht wußte, wohin.

Zwei abscheuliche Metallkreaturen. Gabelförmige Gliedmaßen, mehrwinklige Schädel, glühende Augen, mit Klauen versehene Hände. Sie kamen auf mich zu. Blieben stehen. Streckten die Hände aus …

Nein! Sie hoben die Arme, um ihre Köpfe abzuschrauben. Ich vernahm einen gurgelnden Schrei, aber mir war nur vage bewußt, daß ich ihn selbst ausgestoßen hatte.

Sie schraubten an ihren Köpfen, drehten sie und hoben sie hoch.

Es waren Helme. Zwei durchaus menschliche Gesichter blickten mich an; sie wirkten ziemlich neugierig. Ich glotzte auf die gleiche Weise zurück. Dann erkannte ich, daß eine der Gestalten trotz ihres kurzgeschorenen Haars ein weibliches Wesen war. Es lächelte mir zu und ergriff das Wort.

»*Wes hal, eltheodige, ac hwa bith thes thin freond?*«

Ich blinzelte, denn ich verstand kein Wort. Ich zuckte

die Achseln und lächelte – wie ich hoffte, auf gewinnende Art. Der zweite Besucher schüttelte den Kopf.

»Unrithe tide, unrithe elde, to earlich eart thu icome!«

»Hört mal«, sagte ich, als es mir zu viel wurde und ich mich nach Antworten auf ein paar Fragen sehnte, »könnt ihr es bitte mal auf Esperanto versuchen? In der guten alten, einfachen galaktischen Zweitsprache?«

»Gewiß«, sagte das Mädchen lächelnd und ließ weiße Zähne aufblitzen. »Ich heiße Vesta Zeitpfuscher. Mein Gefährte ist Othred Zeitpfuscher.«

»Verheiratet?« fragte ich aus irgendeinem unerfindlichen Grund.

»Nein, Siebenlinge. Und du? Hast du auch einen Namen?«

»Aber ja doch. James diGriz. Aber alle nennen mich Jim.«

»Es ist uns eine Freude, dich kennenzulernen, Jim. Wir danken dir, daß du den Zeitwurzler aktiviert hast. Wir nehmen ihn jetzt mit.«

Sie ging auf das Artefakt zu, von dem ich nun wußte, daß er ein Zeitwurzler war. Was mir aber auch nicht viel sagte. Ich baute mich vor ihm auf und sagte:

»Nein.«

»Nein?« Ihre recht attraktive Stirn runzelte sich, und Othred setzte plötzlich eine grimmige Miene auf. Ich drehte mich ein Stück, damit ich ihn im Auge behalten konnte.

»Wenn mein *Nein* etwas abrupt klingt«, sagte ich, »will ich es verbessern und sagen, wartet bitte noch einen Moment. Habt ihr mir nicht gerade dafür gedankt, daß ich das Ding gefunden habe?«

»Aber ja.«

»Wenn ich es gefunden habe, bedeutet es, daß ihr es verloren habt. Und nun habt ihr es dank meines Eingreifens wiedergefunden. Ich glaube, für diesen Gefallen seid ihr mir eine Erklärung schuldig.«

»Tut uns wahnsinnig leid. Aber es ist strengstens verboten, Informationen an Zeit-Ureinwohner weiterzugeben.«

Das war meiner Meinung nach nicht gerade schmeichelhaft. Aber ich war dickhäutig genug, um es wegzustecken. »Hör mal«, erklärte ich sorgfältig. »Du hast es hier mit einem Ureinwohner zu tun, der schon eine ganze Menge über das weiß, was hier passiert. Ich habe euren Zeitwurzler in meinem Besitz – ein Gerät, das man gebaut hat, um sich durch die Zeit zu graben. Es scheint, daß ihr oder eure Kollegen nicht nur die Kontrolle über das Gerät, sondern es sogar in Zeit und Raum verloren habt. Das ist sehr beunruhigend, weil es euch untersagt ist, eure Unternehmen an Leute zu verraten, die in den Zeitpfaden leben, die ihr erforscht.«

»Woher … woher weißt du das?« fragte sie. Gut gemacht, Jim. Sie mögen zwar linguistisch was auf dem Kasten haben, aber was Extrapolation und Phantasie angeht, fehlt ihnen was. Also weitermachen.

»Anfangs, als wir Ureinwohner das Gerät fanden, hielten wir es für die Konstruktion einer fremden Rasse aus ferner Vergangenheit – gebaut von längst ausgestorbenen, seit Millennien toten Außerirdischen. Die wahre Erklärung ist natürlich viel einfacher. Es kam aus der *Zukunft* und geriet durch eine Fehlfunktion außer Kontrolle.« Eigentlich riet ich nur, aber ihre schockierte Miene zeigte mir, daß ich auf der richtigen Spur war.

»Es geriet so weit außer Kontrolle, daß es immer weiter in die Zeit zurückkehrte, bis es keine Energie mehr hatte. Ohne Energie konntet ihr es nicht lokalisieren. Ihr dachtet, es sei vernichtet worden. Deswegen wart ihr auch baff erstaunt, als es plötzlich sein Hiersein signalisierte. Und da hat man euch beide geschickt, um es zurückzuholen.«

»Du … du kannst Gedanken lesen?« hauchte sie. Ich nickte fest.

»Die Wissenschaft der mentalen Telepathie ist in dieser Ära weit verbreitet. Es ist aber offensichtlich, daß alles Wissen über unsere Fähigkeiten aus euren Unterlagen gelöscht wurde. Aber ich höre nun auf, eure Gedanken zu lesen. Ich weiß, wie peinlich es ist, wenn man einem Fremden seine geheimsten Gedanken offenbart.« Ich drehte mich um, zwickte mir in die Stirn und schaute sie wieder an. »Ich habe die Funktion nun abgeschaltet. Wir verständigen uns nun mit Worten.«

Sie schauten einander an, noch immer wie benommen.

»Sprich, bitte, denn nun weiß ich nicht mehr, was du denkst. Wir können einander jetzt nur noch durch Worte verständigen.«

»Das Wissen über Zeitreisen ist streng geheim«, sagte Othred.

»Das ist nicht meine Schuld. Ihr habt das Ding doch verloren. Ihr müßt verstehen, daß ich nun alles darüber weiß – wie übrigens auch all meine Brüder der Telepathkinese, die meinen Gedanken gelauscht haben. Aber wir sind zum Schweigen verpflichtet! Wenn ihr wollt, daß eure Geheimnisse geheim bleiben, bleiben sie auch geheim. Aber ihr müßt uns helfen, das Geheimnis geheimzuhalten. Schaut euch mal um. Seht ihr den häßlichen Vogel mit der Pickelhaube da? Er ist gerade im Begriff, mich umzubringen. Als ihr eingetreten seid, seid ihr über das Wrack einer stark bewaffneten tödlichen Maschine geklettert. Nicht wahr? Ihr nickt – also ja. Gut. Das Ding wollte mich und meinen Freund töten, aber er war schneller. Also ist es unmöglich, den Zeitwurzler einfach auszuschalten und sich davonzustehlen. In diesem Fall laßt ihr eine tödliche und destruktive Situation zurück.«

»Was sollen wir tun?« fragte Vesta. Zeit, ihr etwas unter die Weste zu jubeln.

»Zuerst werdet ihr uns helfen, indem ihr mir und meinen Gefährten zu entkommen gestattet, bevor die Zeitstase abgeschaltet wird.«

»Das müßte möglich sein«, sagte Othred.

»Also abgemacht. Zweitens brauche ich einen zweiten Zeitwurzler, den ich mit nach Hause nehmen kann ...«

»Verboten! Unmöglich!«

»Laßt mich bitte ausreden. Einen zweiten Zeitwurzler, den ich mitnehmen kann, der aber *nicht funktioniert*. Eine realistische Nachbildung, die die Tatsache verschleiert, daß ihr und eure Maschine hier wart. Geschnallt?«

»Nein.«

Die Typen aus der Zukunft schienen auch nicht sehr helle zu sein. Oder sie waren phantasielos. Ich holte tief Luft.

»Hört zu. Ich möchte euch daran erinnern, daß sämtliche Wissenschaftler, die hier herumstehen, wissen, daß irgendein Apparat existiert, der wie euer Zeitwurzler aussieht. Sie halten ihn nur für ein Artefakt aus der fernen Vergangenheit. Wir müssen sie davon überzeugen, daß ihre Annahme richtig ist. Wenn wir das tun – tja, dann wird nie jemand von euch und eurer verschollenen Kiste erfahren. Eure Techniker brauchen nur einen ein paar Millionen Jahre alten Stein zu besorgen und aus ihm etwas zu machen, das wie dieses Ding aussieht. Wir geben es als das Original aus. Das Geheimnis wird bewahrt, eure Ehre wiederhergestellt, und alles kommt zu einem guten Ende.«

»Ausgezeichnete Idee«, sagte Vesta und zog ein Mikrofon aus ihrem Panzeranzug. »Ich lasse sofort einen herstellen. Er ist in ein, zwei Sekunden hier ...«

»Warte. Ich muß euch um einen zweiten kleinen Gefallen bitten. In das Duplikat müssen gewisse Funktionen eingebaut sein, um unsere Wissenschaftler davon zu überzeugen, daß es keine Attrappe ist. Nur eine einfache Funktion, die sich nach einer Operation selbst vernichtet. Ich bin sicher, es wird eine Kleinigkeit für eure Techniker sein.«

Es dauerte etwas länger, sie von dieser Notwendigkeit zu überzeugen, aber schließlich erklärten sie sich zögernd einverstanden. Das Duplikat war von dem echten Ding nicht zu unterscheiden. Es tauchte urplötzlich auf und schwebte vor uns in der Luft. Othred griff danach und zerrte daran. Als er es nach unten zog, ertönte ein ploppendes Geräusch, dann gab er es mir.

»Wunderbar«, sagte ich und klemmte es mir unter den Arm. »Sollen wir gehen?« Sie nickten zustimmend und setzten ihre Helme wieder auf.

Ich ließ meine Zeitgefährten zuerst das Stasefeld an Floyds Hand auflösen, damit ich ihn entwaffnen konnte. Sein Finger umklammerte, wie der unseres gemeinsamen Feindes, ebenfalls den Abzug. In welcher Welt ständiger Gefahr wir doch leben! Ich schob das Schießeisen in meinen Gürtel und nickte den Zeittechnikern zu.

Eins muß man Floyd lassen: Seine Reflexe waren toll. Sobald er sich wieder bewegen konnte, zuckten seine Hände auf Othreds Hals zu, aber er hielt inne, als ich ihn anrief.

»Es sind Freunde, Floyd! Halt ein! Gruselig aussehende Ungeheuer-Freunde, die uns hier rausbringen. Wenn du dich umschaust, siehst du, daß all unsere Feinde gelähmt sind und nichts mehr tun können – und so bleibt es auch, bis wir verschwunden sind. Stolper auf dem Weg nach draußen nicht über die Trümmer des Killerbots. Und Vesta, wenn es dir nichts ausmacht: Tipp den nachgemachten Fellball mit deinem Zauberstab an, damit er mitgehen kann.«

»Was, zum Teufel, geht hier vor?« fragte Floyd und blinzelte verwirrt, als er sich zu verstehen bemühte, was hier Sache war.

»Jetzt ist wohl eine Erklärung fällig«, sagte Kiki, und Bello bellte wütend.

»Ich unterstütze den Antrag«, sagte Floyd.

»Gleich, gleich. Sobald wir hier raus sind. Bist du bitte so freundlich, und führst uns an die Oberfläche zurück?«

Ich drehte mich um und wollte unseren temporalen Rettern danken, aber sie waren schon weg. Sie waren nicht nur knapp an Phantasie, es mangelte ihnen auch an Benehmen. Als sie verschwunden waren, hatten sie die Zeitstase mitgenommen; ich konnte ihre Schritte zum ersten Mal hören. Ich schaute mit einem plötzlichen Gefühl des Entsetzens zurück, aber – richtig –, die Stase galt noch für den Feind, wie die schweigende Gestalt des zielenden Kommandanten bewies.

»Hauen wir ab«, sagte ich. »Ich hab nämlich keine Ahnung, wie lange die Bösmänner noch so da rumstehen. Gehen wir!«

»Erklärung!« rief Floyd. Er war nicht in allerbester Laune.

»Einen Moment noch«, flunkerte ich – und blieb auf der Stelle stehen. Denn urplötzlich war mir ein noch grauenhafterer Gedanke gekommen. Das ganze Herumspielen mit der Zeit – was hatte es für meinen persönlichen giftigen Stichtag bewirkt? Ich tastete nach meinem Schädelcomputer, aber natürlich war er mit dem Rest der Ausrüstung verschwunden. Wieviel Zeit war vergangen? Zeigte das Gift schon Wirkung? Lag ich schon im Sterben ...?

Ich ließ schwitzend und zitternd den Ersatz-Artefakt-Zeitwurzler fallen und griff nach dem Plastikpudel.

»Kiki – sendet Bello?«

»Natürlich.«

»Wie spät ist es? Äh … ich meine, welchen Tag haben wir? Nein, stornier den Befehl. Gib mir sofort den Admiral. Frag ihn, wieviel Zeit ich noch habe. Wann ist der Stichtag? Bitte, sofort. Und stell mir keine Fragen. Er weiß schon, was ich meine. Also los! Schnell!«

Ehrlich gesagt, die Zeit kroch vorbei wie eine Schnecke. Floyd schien die Verzweiflung in meiner Stimme gehört zu haben, denn er sagte kein Wort. Eine Sekunde … eine Minute … ein subjektives Jahrhundert kroch an mir vorbei, bevor ich Antwort bekam. Kiki schien es geschafft zu haben und brachte eine gute Verbindung zustande. Die nächste Stimme, mit der Bello sprach, gehörte Admiral Steengo.

»Gut, von euch zu hören, Jim …«

»Keine Volksreden. Hör zu. Ich weiß nicht, welcher Tag heute ist. Wieviel Zeit habe ich noch bis Ultimo?«

»Tja, Jim, ich würde mir an deiner Stelle keine Sorgen darüber machen …«

»Du *bist* aber nicht an meiner Stelle. Und ich *mache* mir Sorgen. Beantworte die Frage, sonst lege ich dich bei der erstbesten Gelegenheit um. Und da wir gerade von umlegen sprechen …« Ich konnte plötzlich nicht mehr weiterreden.

»Ich habe es ernst gemeint, als ich sagte, du brauchst dir keine Sorgen zu machen. Die Bedrohung durch das Dreißig-Tage-Gift ist vorbei.«

»Ihr habt das Gegenmittel?«

»Nein. Aber die dreißig Tage sind um. Seit vorgestern.«

»*Sie sind um?!* Dann bin ich ja tot!«

Aber ich war nicht tot. Mein Hirn spuckte und klapperte und fand wieder in den richtigen Gang zurück. Dreißig Tage waren um. Ohne Gegenmittel. Ich lebte noch. Als ich wieder das Wort ergriff, knirschten meine Zähne.

»Dann war die Injektion... das Gift... Die ganze Sache war von Anfang an ein Schwindel, was?«

»Ich fürchte ja, und ich entschuldige mich dafür. Aber du sollst wissen, daß ich es gerade erst erfahren habe. Nur einer hat es gewußt, der Anstifter des Unternehmens.«

»Stinky Benbow!«

»Ich fürchte, das ist eine Information, die ich nicht bestätigen darf.«

»Brauchst du auch nicht, ich weiß es auch so. Der Anwalt, der mir die Injektion gab, hat nur getan, was man ihm aufgetragen hat. Anwälte tun alles, wenn man sie nur ordentlich dafür bezahlt. Benbow hat alles angeleiert. Er hat das Gift nur erfunden, damit ich nicht aus der Reihe tanze.«

»Vielleicht, Jim, vielleicht.« Steengos Stimme klang selbst durch das Maul eines Plastikhundes unaufrichtig und zweideutig. »Aber jetzt können wir nichts mehr dagegen machen. Es ist eine Sache der Vergangenheit. Am besten vergessen wir sie. Korrekt?«

Ich nickte und dachte nach. Dann lächelte ich. »Korrekt, Admiral. Vergessen wir also die ganze Sache. Was gut ausgeht, geht gut aus, und morgen ist ein neuer Tag. Vergessen wir es also.«

Im Moment, dachte ich insgeheim, aber natürlich sprach ich es nicht aus.

»Freut mich, daß du so verständnisvoll bist, Jim. Du nimmst es also keinem übel.«

Ich setzte den Hund ab, drehte mich um und klopfte Floyd fröhlich auf die Schulter. Dann bückte ich mich und hob das Ersatz-Artefakt auf.

»Wir haben's geschafft, Floyd, wir haben's geschafft. Ich erkläre dir alles unterwegs. In allen Einzelheiten. Aber wie du siehst, sind wir frei, und das Artefakt ist unser. Das Unternehmen ist abgeschlossen. Und jetzt führ uns hinaus, treuer Bello, da du dir die Numerierung der Tunnels eingeprägt hast. Aber geh langsam, weil ein beschwerlicher Tag hinter uns liegt.«

Ich hatte Hunger und Durst. Aber noch durstiger war ich nach… Rache? Nein – Rache war eine Sackgasse. Wenn's also nicht Rache war, was war es dann?

Es war an der Zeit, das Konto auszugleichen; jemand hatte bei mir noch etwas gut. Das giftige Betrugsmanöver hatte mich völlig eingemacht. Deswegen wollte ich mich, bevor das letzte *i* sein Tüpfelchen erhielt, bevor das letzte fremde Artefakt zur Ruhe gelegt wurde, darum kümmern, daß ein wenig Gerechtigkeit geschah.

Zu *meinen* Bedingungen.

27. KAPITEL

Kannst du's bitte mal ein Stückchen tragen, Floyd?« sagte ich und reichte ihm den Ersatz-Zeitwurzler. Wir ließen den letzten beleuchteten Tunnel hinter uns und wollten uns für den Rest des Weges auf Kiki verlassen. »Ich bin ganz schön geschlaucht.«

»Wundert mich nicht. Aber du mußt verstehen – meine Geduld hängt an einem seidenen Faden. Also gib dir Mühe und reiß all deine Kraft zusammen, damit du mir erzählen kannst, was passiert ist. Ich bin völlig durcheinander. Ich weiß noch, daß ich den Killerbot mit der Kanone zerlegt habe, die jetzt in deinem Gürtel steckt; Bello hat sie mir gebracht. Dann bin ich durch die Tür gesprungen und hab dir zugerufen, du sollst dich hinlegen, weil ich den Kommandanten und alle anderen umlegen wollte, die auf Ärger aus waren.«

»Daran erinnere ich mich auch noch.«

Bello bellte und bog aus dem finsteren Tunnel in einen noch finstereren ab. Floyd klang besorgt.

»Ich weiß noch, daß ich den Abzug betätigt habe – aber plötzlich hattest du die Kanone in der Hand, nicht ich, und direkt neben mir standen zwei Lebewesen; Menschen, Roboter, irgendwas in der Art. Ich blinzle also und guck ins Labor, und da stehen alle wie angewachsen. Keiner rührt sich – nichts. Und als ich mich wieder umdrehe, seh ich, daß die beiden Metalldinger verschwunden sind. Also fühl ich mich allmählich wie einer, der nicht alle Tassen im Schrank hat. Deswegen würd ich es sehr zu schätzen wissen, wenn du mir freundlicherweise erzählst, was passiert ist – und zwar schnell.«

»Ich würde es auch gern wissen. Ich habe das gleiche gesehen wie du. Ich weiß nicht, was passiert ist.«

»Aber du *mußt* es wissen! Du hast doch mit ihnen geredet!«

»Wirklich? Ich kann mich nicht erinnern. In meinem Kopf ist alles so neblig.«

»Jim – tu mir das nicht an. Du *mußt* dich erinnern! Und was hast du da dem Admiral zugeschrien? Etwas über Gift und einen anderen Admiral?«

»Das kann ich ganz leicht beantworten. Gewisse Individuen haben mich zu diesem Unternehmen erpreßt, indem sie mir erzählten, ich sei vergiftet worden und hätte nur noch dreißig Tage zu leben, wenn ich kein Gegenmittel bekäme. Es war aber gelogen, deswegen gibt es auch kein Gegenmittel. Deswegen habe ich während der ganzen Zeit, in der wir unterwegs waren, nur an das Gift gedacht und die Tage gezählt, bis ich den Löffel abgebe und die schwarzen Essenmarken in Empfang nehme.«

Er schwieg einen Augenblick lang.

»Das ist ja ganz schön schräg«, sagte er dann. »War es auch bestimmt so?«

»Aber ja. Und außerdem bin ich todmüde. Können wir das Gespräch bitte verschieben? Ich würde mich für eine Weile ganz gern darauf konzentrieren, wo ich beim nächsten Schritt den Fuß hinsetze.«

Ob es Floyd nun gefiel oder nicht, damit mußte er sich im Augenblick abfinden. Weil ich nämlich etwas Zeit zum gründlichen Nachdenken brauchte, um mir eine vernünftig klingende Geschichte für ihn auszudenken – und natürlich auch für den Rest der Truppe. Vor Erschöpfung wankend war ich dankbar, daß wir den Weg durch die Tunnels ohne irgendwelche Zwischenfälle schafften. Trotzdem hielt ich für alle Fälle die

Kanone in der Hand. Als Bello die Ausstiegsluke betätigte und sie sich öffnete, um den blauen Himmel zu enthüllen, seufzte ich vor Erleichterung. Ich gab Floyd die Kanone zurück und wandte meine verbliebenen Kräfte an, um durch die Luke auf den Boden zu klettern. Dort ließ ich mich ächzend fallen und lehnte mich mit dem Rücken an einen Klopsbaum.

»Du hast die Kanone, Floyd«, sagte ich. »Also gib mir bitte das uralte Artefakt zurück. Kiki – holt uns jemand ab?«

»Höchstwahrscheinlich. Ich habe eure Position gefunkt, sobald ihr an der Oberfläche wart und ich einen Dreisatz vornehmen konnte. Hilfe ist unterwegs.«

Und es stimmte – denn ein schwarzer Punkt am Himmel wurde rasch zu der Barkasse der guten alten *Gnadenlos.* Sie landete bebend und bumsend. Den Flugstil kannte ich, so daß ich nicht überrascht war, als Captain Tremearne durch die offene Tür herauskam.

»Herzlichen Glückwunsch«, sagte er und reichte mir die Hand. »Sie haben es geschafft, Jim.«

»Danke«, sagte ich, während er mir fast die Hand zerquetschte. »Glauben Sie bloß nicht, daß es leicht war.«

»Niemals! Ich war dabei – vergessen Sie es nicht. Kann ich Ihnen das Ding abnehmen?«

»Nein!« schrie ich – und war erschreckt, in meiner Stimme einen leisen Anflug von Hysterie beziehungsweise das Anfangsstadium des Irrsinns zu vernehmen. Tja, warum auch nicht? »Ich übergebe es persönlich – zusammen mit einer detaillierten Erklärung dessen, um was es sich handelt – auf der Versammlung.«

»Auf welcher Versammlung?«

»Auf der Versammlung, die Sie im Pentagon organisieren werden. Ich möchte, daß sämtliche Edelstahlratten dabei sind. Sozusagen eine letzte Zusammenkunft. Ist Madonette schon wieder in ihrem Büroknast?«

»Sollte sie eigentlich schon sein. Aber sie wollte den Planeten erst verlassen, wenn Sie wieder da sind.«

»Treu bis zum Ende! Aber abgesehen von den Ratten möchte ich, daß noch ein paar andere Freunde anwesend sind.«

»Freunde?« Er schaute verwundert drein. »Zum Beispiel?«

»Zum Beispiel der feiste Macho-Schläger Svinjar. Der König der Macker. Dann können Sie noch Eisenhans und seine Gegenspielerin Mata einladen. Sie können übrigens auch kommen. Es wird bestimmt eine interessante Versammlung.«

»Interessant, ja. Aber unmöglich. Niemand, der auf dem Gefängnisplaneten im Exil lebt, darf das Pentagon betreten.«

»Wirklich nicht? Ich dachte, Sie sind der Kerl, der sich darum kümmern will, daß auf Liokukae endlich mal aufgeräumt wird.«

»Ja ... Aber ...«

»Dazu ist jetzt die richtige Zeit, Captain. Denn auf der Versammlung werde ich nicht nur das fremde Artefakt übergeben und sein Geheimnis enthüllen – ich werde auch allen sagen, wie man die hiesige Situation zu einem Ende bringen kann.«

»Wie denn?«

»Sie sind auch zu der Versammlung eingeladen. Dann werden Sie es hören.«

»Es wird nicht leicht zu arrangieren sein.«

»Aber ja doch.« Ich deutete auf Floyd. »Fragen Sie ihn nach den merkwürdigen Dingen, die passiert sind, als wir unten bei den Überlebenskünstlern waren. Admiral Steengo wird seine Meldung bestätigen. Auf diesem Planeten muß mehr aufgeräumt werden, als Sie sich vorstellen können. Bündeln Sie Ihre Argumente, konsultieren Sie Ihre Vorgesetzten, kümmern Sie sich darum.« Ich reichte ihm das Ersatz-Artefakt. »Und wecken Sie mich erst, wenn alles arrangiert ist.«

Ich kletterte ermüdet in die Barkasse. Klappte mir einen Liegesitz auf. Dann streckte ich mich aus und schlief sofort ein.

Als ich wieder zu mir kam, rüttelte Floyd mich sanft am Arm. »Wir sind wieder im Pentagon. Die Versammlung findet ganz nach deinen Wünschen statt. Frühstück und frische Kleider warten auf dich. Wenn du fertig bist, kann es losgehen.«

Die Dusche versprühte warmes Wasser und heiße Luft, und ich blieb viel zu lange unter ihr. Aber sie vollbrachte Wunder – nicht nur für meinen Geisteszustand, sondern auch für meine Muskulatur. Ich beeilte mich nicht. Man hatte die Versammlung nur – und zu meinen Bedingungen – organisiert, weil man keine andere Wahl hatte. Wenn sie es sich hätten erlauben können, hätten sie gesagt, ich könnte sie mal. Aber wenn die Labortechniker das Artefakt dann untersuchen würden, würden sie nichts finden. Floyd hätte eine konfuse Geschichte über das erzählt, was geschehen war, als er gerade hatte schießen wollen. Sie war wirklich sehr konfus. Am Ende wären sie dann doch gezwungen gewesen, den Schluß zu ziehen, daß die einzige Möglichkeit herauszukriegen, was in dem unterirdischen Laboratorium geschehen war, darin bestand, daß ich es ihnen erzählte. Woraufhin sie, ihre verbürgte Wahrheitsliebe kennend, wahrscheinlich das Gefühl gehabt hätten, mit mir tun zu können, was ihnen beliebte.

»Tja, Jim«, sagte ich zu meinem lächelnden und geschmeidigen Ebenbild im Spiegel, als ich mir sorgfältig das Haar kämmte, »dann geben wir ihnen mal, was sie wollen.«

Floyd war mein Führer. Er marschierte im Gleichschritt mit mir durch die Gänge und in den Konferenzraum hinein.

»He, Leute«, sagte ich fröhlich zu den mich alles andere als freundlich musternden Gesichtern.

Nur Madonette erwiderte mein Lächeln und winkte mir zaghaft zu.

Admiral Steengo war ernst. Tremearne sagte nichts – wie auch Mata. Floyd hatte eine grimmige Miene aufgesetzt, aber er zwinkerte, als ich zu ihm hinübersah. Eisenhans und Svinjar waren an ihre Sitzgelegenheiten gekettet, weil sie mich sonst auf der Stelle umgebracht hätten. Sie beugten sich vor, ihre Augen quollen in mordlustiger Wut hervor. Ich war äußerst erfreut, als ich sah, daß mein rothaariger Freund einen Kopfverband und den Arm in der Schlinge trug. Das Artefakt lag vor ihnen auf dem Tisch, und ich ging um ihn herum und nahm auf der Tischkante daneben Platz.

»Erzähl uns von dem Gerät«, sagte Admiral Steengo mit angemessener und freundlicher Stimme.

»Gleich, Admiral, gleich. Ich nehme an, die Techniker haben nichts damit anfangen können?«

»Sie sagen, es sei über eine Million Jahre alt. Aber das ist alles.«

»Es ist längst nicht alles. Aber zuerst ein paar Vorstellungen. Der zerschrammte Kerl mit dem roten Fell ist Eisenhans, Anführer eines Kultes, den ihr nun abschaffen werdet. Ihr könnt ihn zu einer Behandlung in eine Anstalt für kriminelle Geisteskranke verlegen. Zusammen mit dem Fettsack neben ihm. Ich habe die beiden eingeladen, weil ich möchte, daß ihr mal seht, was eure Politik der gütigen Vernachlässigung aus den menschlichen Wesen gemacht hat, die auf diesem Müllplaneten leben.«

Ich lächelte und wartete, bis die Flüche und Rotzereien abgeflaut waren, dann nickte ich den beiden Lumpen erfreut zu.

»Möchte etwa einer von euch in einer der Kulturen leben, die ihr den hilflosen Völkern Liokakues aufzwingt? Es muß sofort ein Komitee gebildet werden. Man muß Pläne machen, um die Frauen und Kinder von ihren Ketten zu befreien. Ihr werdet feststellen, daß Mata euch dabei viele Ratschläge geben kann. Ich glaube, mit den zahlreichen Männern dieses Planeten müssen wohl Einzelgespräche geführt werden. Ich bin sicher, einer ganzen Reihe von denen gefällt ihre Welt so, wie sie ist. Sie können sie behalten. Die anderen haben etwas Besseres verdient. Doch all dies ist Zukunftsmusik. Werfen wir zuerst einen Blick in die Vergangenheit. Ich bin sicher, daß die anderen meines Teams es beklagen werden, daß es die Edelstahlratten nicht mehr gibt. Wir haben unsere letzte Vorstellung gegeben, unseren letzten Song gesungen. Und für einen Haufen Amateure waren wir gar nicht schlecht. Ein jugendlicher Krimineller, ein Admiral, ein Experte für waffenlosen Kampf. Und eine... Was bist du in Wirklichkeit, Madonette? Und mach es nicht peinlich für uns beide, indem du wieder was von deinem erfundenen Bürojob erzählst. Es ist nicht dein Stil. Jeder hat gestanden – wie also ist's mit dir?«

Sie wand sich, setzte eine grimmige Miene auf – und lächelte. »Du hast die Wahrheit verdient, Jim. Mein Büro ist in Wirklichkeit ganz anderswo. Es befindet sich in der Galaksia Universitato, wo ich die Archäologieabteilung leite. Die Universität hat so viel Geld in dieses Unternehmen investiert, daß sie auf einem eigenen Vertreter bestand.«

»Freut mich, daß du es warst, Frau Professor. Hat wirklich Spaß gemacht, mit dir zu arbeiten.« Ich warf ihr ein Kußhändchen zu. Sie fing es in der Luft auf und warf es zurück.

»Das wußte ich ja gar nicht!« sagte Admiral Steengo. Er war mehr als verstimmt. »Allmählich begreife ich, daß es Geheimhaltungsstufen und Doppelzüngigkeiten in dieser sogenannten Artefakt-Wiederbeschaffung gab, von denen niemand etwas geahnt hat. Je mehr ich entdecke, desto mehr stinkt mir die Sache. Und umso mehr scheint sie den Stempel Stinky Benbows zu tragen.«

»Der Spitzname ist vertraulich und wird aus dem Protokoll gestrichen«, knarrte eine verhaßte vertraute Stimme aus der Richtung der sich plötzlich öffnenden Tür. »Mit dem Brot und den Spielen ist es aus. Hinsetzen, diGriz. Ich übernehme jetzt das Kommando.«

»Der Teufel soll mich holen!« Ich drehte mich um, von großer Freude erfüllt, und erblickte die wie immer finstere Miene Admiral Benbows. »Es ist fast zu schön, um wahr zu sein. Der alte Giftmörder höchstpersönlich!«

»Sie halten das Maul! Das ist ein Befehl!«

Steengo war entsetzt. »Benbow, du Hundesohn – hast du in diesem Unternehmen über meinen Kopf hinweg gehandelt? Gibt es noch andere Dinge, von denen nicht mal ich etwas weiß?«

»Haufenweise. Aber schließlich brauchst du auch nicht alles zu wissen. Halt jetzt die Klappe, wie dieser Gauner.«

»Sie befehlen jetzt gar nichts mehr, Benbow«, warf ich ein. Zögernd – denn nichts gefällt mir mehr als der Anblick zweier Admirale, die sich an die Gurgel fahren. Doch es war Zeit zum Arbeiten, nicht zum Spaßen. »Sagen Sie doch zur Abwechslung mal die Wahrheit. Es war doch Ihre Idee, mir das nicht existente Dreißig-Tage-Gift zu verabreichen, oder?«

»Natürlich. Ich weiß doch, wie man mit Verbrechern umgeht. Man vertraut ihnen nicht, man jagt ihnen Angst ein. Und man kontrolliert sie ständig.« Seine Eidechsenlippen verzogen sich zu einem kalten Lächeln. »Ich werde Ihnen zeigen, wie es funktioniert.«

Er schnippte mit den Fingern, und ein Adjutant eilte mit einem mir bekannt erscheinenden Päckchen herein. Benbow hielt es hoch, und sein Reptilienlächeln wurde breiter. »Sie haben doch nicht etwa geglaubt, ich würde Sie damit entkommen lassen, oder?«

Es war das Päckchen mit den drei Millionen Credits, die ich Professor Van Diver zum Aufbewahren zugeschickt hatte. Mein Honorar für den Einsatz meines Lebens. Es war wohlverdientes Geld. Und nun in Feindeshand. Ich war nicht nur aufgeregt, es zu sehen – ich war überglücklich.

»Wie nett von Ihnen, mein lieber Admiral«, flötete ich. »Der Kreis hat sich geschlossen. Das Spiel ist aus. Der fremde Artefakt ist wieder da. Das letzte Lied ist gesungen. Danke, danke.«

»Freuen Sie sich nicht zu früh, diGriz, weil Sie nämlich tief in der Scheiße sitzen. Auch wenn man Sie auf der Münzwelt nicht wegen Raubes exekutiert – für das Verbrechen kriegen Sie eine wohlverdiente Gefängnisstrafe. Das Honorar, das Sie von der Universität erpreßt haben, geht natürlich an den Absender zurück. Zusammen mit dem Artefakt …«

»Oh – also ist auch er uns endlich wieder eingefallen! Wollen Sie eigentlich nicht wissen, was er ist und was er kann?«

»Nein. Interessiert mich nicht. Darüber soll sich die Universität den Kopf zerbrechen. Ich war von Anfang an gegen das Unternehmen. Jetzt ist es beendet, und das Leben geht wieder seinen alten Gang.«

»Das Leben auf diesem verabscheuungswürdigen Planeten eingeschlossen?«

»Natürlich. Wir lassen auf keinen Fall nicht zu, daß sich Humanitätsapostel in die solide Durchführung des Gesetzes einmischen.«

»Admiral – ich bewundere Sie«, sagte ich, stand auf und wandte mich an die gespannten Zuhörer. »Hast du es gehört, Eisenhans? Sobald deine Wunden verheilt sind, kannst du deinen alten Job auf dem Grund des Tümpels wieder aufnehmen. – Und Svinjar: Auf dich warten jede Menge Morde und sonstige Schweinereien. Von nun an herrschen hier wieder Gesetz und Gerechtigkeit – zu Admiral Benbows Bedingungen.«

»Nehmt diesen Mann fest!« befahl Benbow. Zwei bewaffnete Soldaten traten ein und marschierten auf mich zu.

»Ich mache keine Schwierigkeiten«, sagte ich. Ich drehte mich um und berührte das fremde Artefakt so, wie man es mich gelehrt hatte. »Aber ich gehe allein.«

Es war plötzlich so still, daß man eine Stecknadel hätte fallen hören. Aber natürlich konnte keine Stecknadel fallen.

Nichts konnte sich bewegen. Nichts bewegte sich. Nichts würde sich bewegen. Für ziemlich lange Zeit.

Außer mir natürlich. Ich machte mich auf, pfiff fröhlich *Für den Feind ist uns nichts zu gut* und erleichterte den Admiral um mein hart erarbeitetes Honorar. Dabei lächelte ich freundlich in sein starrendes und erstarrtes Gesicht. Es würde sich für eine ziemliche Weile nicht verändern. Ich drehte mich um und winkte meinen statuenhaften Zuschauern zu.

»Das Beste an der Sache war die Zusammenarbeit mit den Edelstahlratten. Danke, Freunde. Auch Ihnen danke ich, Captain Tremearne. Eigentlich möchte ich Ihnen nicht nur danken. Könnten Sie mir helfen?«

Ich ging zu ihm und berührte seinen Arm, und als ich meine Worte sprach, nahm ich ihn mit in das stasenresistente Feld, das mich umhüllte.

»Wobei soll ich Ihnen helfen?« Er musterte zuerst die reglose Szenerie, dann mich. »Was geht hier vor?«

»Nur das, was Sie sehen. Niemand ist verletzt, aber alle werden sich eine Weile nicht rühren. Temporalstase. Wenn sie wieder draußen sind, werden sie nicht mal wissen, daß sie je drin waren.«

»Ist das auch mit Floyd passiert?«

»Genau.«

»Genau was?«

»Zeitreisende. Das Artefakt stammt gar nicht von einer fremden Rasse, es ist eine menschliche Konstruktion aus ferner Zukunft. Es wurde in die Zeit zurückgeschickt und ist dort verlorengegangen. Ich habe den Zeitreisenden versprochen, es niemandem zu erzählen. Ich mache diese Ausnahme nur, weil ich Ihre Hilfe brauche.«

»Welche Hilfe?«

»Uns beide hier rauszubringen, damit wir anfangen können, diesen Saustall von einem Planeten auszumisten. Wir müssen folgendes tun: Admiral Benbow ist gerade erst eingetroffen, wie Sie gesehen haben, was bedeutet, daß sich oben in der Kreisbahn ein interstellares Schiff befindet. Sie und ich werden uns eine Barkasse schnappen und hinaufgehen. Wenn wir oben sind, spielen Sie rücksichtslos Ihren Dienstgrad aus, sorgen dafür, daß man uns an Bord nimmt und wir so weit wie möglich von Liokukae verschwinden. Wenn wir wieder in der Zivilisation sind, verbreiten wir einen Haufen Publicity über das Böse, was die Menschheit auf diesem Planeten tut. Es wird einen Skandal geben, und Köpfe werden rollen.«

»Meiner wird der erste sein. Ich komm vors Kriegsgericht, und wahrscheinlich kriege ich lebenslänglich.«

»So schlimm wird's schon nicht werden. Wenn es uns gelingt, die Kräfte des Lichts auf unsere Seite ziehen, können die Kräfte der Finsternis Ihnen nicht das geringste anhaben.«

»Es wird lange dauern …«

»Captain – Zeit ist das einzige, von dem wir viel haben! Volle sechs Monate. So lange wird die Stase nämlich dauern. Sie werden es nicht merken, sie werden nicht mal merken, daß eine Sekunde vergangen ist. Natürlich werden sie konsterniert sein, wenn sie erkennen, was sich alles verändert hat, während sie gedöst haben! Wenn ich gehe, wird die Stase sich verschließen und undurchdringlich und undurchlässig werden. Wenn sie abflaut, hat der Reformfeldzug längst Erfolg gehabt; dann ist dieser Gefängnisplanet nur noch eine böse Erinnerung.«

»Und mich haben sie kassiert und rausgeworfen. Und meine Pension geht flöten.«

»Aber viele Menschen werden lebendig und glücklich sein, denen es sonst übel ergehen und die sonst sterben würden. Außerdem ist das Militär nichts für erwachsene Menschen. Und mit einer Million Kredite auf der Bank können Sie sich Anwälte kaufen, ein gutes Leben führen und Ihre Vergangenheit vergessen.«

»Von welcher Million denn?«

»Die Bestechungssumme, die ich auf ein Nummernkonto überweise, damit es sich für Sie auch wirklich lohnt.«

Er schwenkte die Faust. »Sie sind ein Gauner, diGriz! Glauben Sie etwa, ich wäre bereit, mich auf Ihr verbrecherisches, ganovenhaftes Niveau zu begeben?«

»Nein. Aber Sie könnten Erster Vorsitzender der Rettet Liokukae-Stiftung werden, die ein anonymer Gönner gründet.«

Er runzelte die Stirn und öffnete den Mund zu einem Protest. Hielt inne. Brach in Gelächter aus.

»Jim – Sie sind mir vielleicht einer! Hol's der Teufel – ich mache mit. Aber zu *meinen* Bedingungen, verstanden?«

»Verstanden. Sagen Sie mir nur, wohin ich den Scheck schicken soll.«

»Na schön. Besorgen Sie sich jetzt eine Uniform; ich fälsche schon mal den Marschbefehl für das Schiff. Ich habe das Gefühl, daß mir das Zivilleben gefallen wird.«

»Ich gehe jede Wette ein. Gehen wir?«

Wir gingen. Im Gleichschritt, echt militärisch. Wir marschierten der Zukunft entgegen – einer besseren, helleren Zukunft.

Der Blues war gesungen. Eine Seite war umgeblättert, ein Kapitel beendet. Tremearne würde gute Arbeit leisten, um auf dieser abscheulichen Welt aufzuräumen. Mir würde es in den Nischen der Zivilisation ebenso gut ergehen.

In einem halben Jahr war ich fern von hier, meine Spur erkaltet, mein Bankkonto gefüllt, mein Leben viel interessanter. Wenn ich erst einmal zur Ruhe und wieder auf die Beine gekommen war, kam auch bestimmt irgendwann die Zeit, in der die Edelstahlratte zu einem neuen Unternehmen aufbrach.

Wenn Sie den Blues mitsingen wollen ...

sollten Sie der Zweitsprache des Imperiums, in dem Jason dinAlt und Jim diGriz ihre Abenteuer erleben, mächtig sein.
Eine feine Sache, dieses Esperanto: für jeden leicht zu erlernen, unter welcher Sonne er auch aufgewachsen sein mag, und es wird überall verstanden, selbst in den Hinterhöfen der Galaxis. Ohne Esperanto wäre ein interstellarer Handel überhaupt nicht möglich.
Aber wußten Sie, daß diese Sprache heute schon von Millionen Menschen rund um den Erdball gesprochen wird?
Weil ich immer wieder von meinen Lesern und Stainless Steel Rat-Fans gefragt werde, ob ich ihnen diesbezüglich weiterhelfen könne, hier eine wichtige Adresse im deutschsprachigen Raum:

Germana Esperanto-Asocio
Lambertstraße 12
D-36251 Bad Hersfeld

Lassen Sie sich doch einfach Informationsmaterial schicken.
Und wenn Sie sich dazu entschließen sollten, es zu erlernen – und nichts ist leichter als das –, verspreche ich Ihnen eins:

Ihr Leben wird sich ändern!

Ihr Harry Harrison

HARRY HARRISON
BEI HEYNE

Retter einer Welt · 0603058
Der Daleth-Effekt · 0603352
Das Prometheus-Projekt · 0603730
New York 1999 · 0604351

DER STAHLRATTEN-ZYKLUS:

Agenten im Kosmos · 0603083; auch 0603928
Rachezug im Kosmos · 0603393; auch 0603974
Ein Fall für Bolivar de Griz, die Stahlratte · 0603417
Jim di Griz, die Edelstahlratte · 0603578
Macht Stahlratte zum Präsidenten · 0604096

Erweiterte Ausgabe in neuer Ausstattung und unter neuen Titeln:

Die Geburt einer Stahlratte · 0604487
Stahlratte wird Rekrut · 0604488
Stahlratte zeigt die Zähne · 0604489
(vormals *Agenten im Kosmos*)
Stahlratte schlägt zurück · 0604490
(vormals *Rachezug im Kosmos*)
Stahlratte rettet die Welt · 0604491
(vormals *Ein Fall für Bolivar di Griz, die Stahlratte*)
Stahlratte will dich · 0604492
(vormals *Jim di Griz, die Edelstahlratte*)
Macht Stahlratte zum Präsidenten · 0604493
Stahlratte singt den Blues · 0605296
Visionen einer Stahlratte · 0605297
Die Stahlratte fährt zur Hölle · (in Vorb.)

HEYNE BÜCHER

HARRY HARRISON
BEI HEYNE

DIE TODESWELTEN-TRILOGIE:

Die Todeswelt · 0603067
Die Sklavenwelt · 0603069
Die Barbarenwelt · 0603136
Auch als Sonderausgabe in einem Band:
Todeswelten · 06055; auch als 0604350

ZU DEN STERNEN-TRILOGIE:

Heimatwelt · 0603910
Radwelt · 0603911
Sternwelt · 0603912
Auch als Sonderausgabe in einem Band:
Zu den Sternen · 0604695

BILL, DER GALAKTISCHE HELD:

Der unglaubliche Beginn! · 0605171
Die Welt der Roboter-Sklaven · 0605172
Die Welt der eßbaren Gehirne · 0605173
(mit Robert Sheckley)
Die Welt der unaussprechlichen Wonnen · 0605174
(mit David Bischoff)
Die Welt der zehntausend Bars · 0605175
(mit David Bischoff)
Die Welt der Zombie-Vampire · 0605176
(mit Jack C. Haldeman II.)
Das letzte inkohärente Abenteuer · 0605177
(mit David Harris)

In der **BIBLIOTHEK DER SCIENCE FICTION LITERATUR:**

New York 1999 · 06026
Todeswelten · 06055

HEYNE BÜCHER

HEYNE BÜCHER

Top Hits der Science Fiction

Man kann nicht alles lesen – deshalb ein paar heiße Tips

Ursula K. Le Guin
Die Geißel des Himmels
06/3373

Poul Anderson
Korridore der Zeit
06/3115

Wolfgang Jeschke
Der letzte Tag der Schöpfung
06/4200

John Brunner
Die Opfer der Nova
06/4341

Harry Harrison
New York 1999
06/4351

Wilhelm Heyne Verlag
München

HEYNE
BÜCHER

Endlich ist er wieder da!

Bill, der galaktische Held

Er ist der perfekte Sternenkrieger, der beste Mann für diesen Job, den man sich nur vorstellen kann: Er hat nämlich zwei rechte Arme - was in jeder Hinsicht enorm praktisch ist -, und er hat sich ein paar ungeheuer eindrucksvolle Hauer implantieren lassen, vor denen seine Gegner erzittern. Sein Name ist Corporal Bill, und er gilt als der unbestrittene Held der gesamten Galaxis.

Ein interstellarer Spaß von und mit dem Bestseller-Autor HARRY HARRISON
Mit Cover-Illustrationen von Andreas Reiner

Der unglaubliche Beginn
06/5171

Die Welt der Roboter-Sklaven
06/5172

Die Welt der eßbaren Gehirne
(mit Robert Sheckley)
06/5173

Weitere Romane in Vorbereitung

Wilhelm Heyne Verlag
München

HEYNE BÜCHER

David Brin

»Wie Schriftsteller so sind, glaube ich, als eine Art Optimist zu gelten. Daher scheint es nur natürlich, daß dieser Roman eine Zukunft entwirft, in der es etwas mehr Weisheit gibt als Torheit ... Vielleicht etwas mehr Hoffnung als Verzweiflung.

Tatsächlich ist er wohl das ermutigendste Zukunftsbild, das ich mir gerade jetzt vorstellen kann.
Welch ernüchternder Gedanke!«

06/5145

Wilhelm Heyne Verlag
München